晚　祷

蒋　韵　著

作家出版社

目录

琉　璃

一　表姐丽莎

1

海棠十六岁那年，去了一趟北京，在她二姨家住了一些日子。她二姨家在柳荫街一座四合院里，离中国音乐学院不远，表姐丽莎告诉她，说那里原先是一座王府。

那是二十世纪七十年代初叶，一九七〇年春天。离现在久远得如同传说。

虽然，二姨家的四合院，早已变成了一座大杂院儿，前前后后住了不少人家，和她自己在龙城的家相差无几，可那毕竟是伟大的北京啊！一抬头，就能看见王府；一拐弯儿，不多远就是银锭桥、后海……副食店里，有珍奇的芝麻酱卖；粮店里，大米白面也不是月月只供应百分之三十，龙城哪里能比？还有，麻叶儿也不叫麻叶儿，叫"油条"，北京人在早晨吃"油条"是一件多么平常的事情啊，在后来的岁月里，北京的早晨永远是和"油条"的香气缠绕在一起的，让她眼睛一阵湿润。

几十天后，海棠回到龙城，家里人发现了她的改变——她口音变了。海棠开始说京腔的"普通话"，抛弃了与她如影随形十六年的龙城方言。可是她的口音，真是怪得要命，又古怪又生硬。海棠是那种辨音力很差的人，这是她生来的缺陷，可她不知道。她努力地学说普通话，但每个字的发音都阴差阳错地不在调儿上。她一开口，把家里人都吓住了，愣怔好一会儿，突然哄堂大笑，几乎笑岔气。

"哈，学会'撇京'了——"她弟妹们欢快地戏谑她。

她有些悲悯地、宽容地望着他们，她说："小市民！"

这是从表姐那里学到的一个标志性的词汇。生长在胡同里的表姐，正在和一个京城大院儿里的男孩儿交往，是这个男孩儿让表姐深刻地意识到了自己"小市民"的身份。他总是不经意地提醒着表姐这一点，他说："丽莎，你让我想起屠格涅夫的小说《贵族之家》……真奇怪，你怎么会叫这个名字？谁给你起的？"表姐是文艺青年，知道这话里的潜台词，她有些悲哀地回答说："我该让你想起契诃夫的小说才对，比如《跳来跳去的女人》，是不是呢？"海棠不知道屠格涅夫，也不知道契诃夫，他们的对话让她一头雾水，那是一些遥远的、和她的生活无关的事物，可是，多么文明，多么有趣和迷人，多么美！

表姐很漂亮，那是一种明媚嘹亮的漂亮，大嘴大眼，唇红齿白，漂亮得一览无余。而海棠则不同，海棠也是好看的，却是小桥流水一样有回味的好看。对这个小表妹，表姐是爱惜的，甚至，有些怜惜，海棠临走前，她带海棠去了一次"老莫"——莫斯科餐厅，请她吃了一顿西餐。她们面对面坐在高大如宫殿的餐厅里，闻着那种陌生食物的香气，表姐忽然红了眼圈儿，她温柔地凝视着手里的刀叉，它们在迷离的灯光下有一种令人心惊胆战的、不真实的明亮，表姐说道：

"这就是我想要的生活，优雅的生活……"

那是海棠生平第一次吃西餐，土豆沙拉、红菜汤、罐焖牛肉、莫斯科烤鱼。还有令她印象无限深刻的一种叫"黑森林"的蛋糕，销魂而庄严的美味。不错，那是一顿庄严的晚餐，有一种破釜沉舟的决绝，似乎，是在和旧日的、以往的一切诀别。

一年多后，身在龙城的海棠听说了表姐丽莎自杀的消息。她是在插队的陕北切腕死的。原因很多，最要命的不用说是失恋：那个大院儿里的男孩儿参军入伍，爱上了一个文工团里拉小提琴的姑娘。他们，他和表姐之间的恋情，在他，也许只是蜻蜓点水，是一段插曲，而在表姐，则是她生命的全部希望和梦想，是她为之献身的图腾……海棠想起了莫斯科餐厅的送行，想起表姐的话，"这就是我想要的生活，优雅的生活……"表姐波光潋滟的眼睛里的悲伤和庄严，还有，那种宁死不屈的执拗，此刻，让知道了结局的海棠心痛如割。海棠在心里一遍一遍叫着她的表姐："表姐呀！表姐呀！"却不知道该说什么，因为，她比任何时候都更清楚地看到了，她和表姐，是这样的相似。

2

那时，海棠已经在河滩的砖窑上做工了。从前，窑上背窑推坯的，大多是从五台、定襄一带招来的农村合同工，或是无业游民。招收城里的年轻人，"社会青年"，是这几年的事。河滩上，百八十号人，各有各的口音，五台话、定襄话、南郊北郊话，以及纯正的龙城方言，五花八门，就是鲜有人说"普通话"。

所以，海棠很孤独。

起初，她就像一个笑料，走到哪儿，人家笑到哪儿。她一开口，人人脸上一片愕然；她一转身，窃笑的、哄笑的，骤然而起。人们捧着肚皮，"哎哟——哎哟——"笑得直不起腰。刻薄些的，在身后模仿着她的口音，夸张着它的南腔北调和不准确，夸张着它的古怪："你呲（吃）得剩馍（什么）饭？"她也因此得了一个外号——"撇京"，简称为"老撇"。起初是在背后叫，叫着叫着，就叫到了她脸前，渐渐地，她的本名海棠，倒不大被人提起了。

可是，她不放弃。海棠不放弃。

她坦然又辛酸地坚持着，努力使自己的发音变得准确一些，每晚下班回来，她坚持收听半导体里的广播，学习着、模仿着播音员的腔调。不能说没有效果，有了一些改变，明显的改变，但仍旧是荒腔走板的，就像五音不全的人唱歌，那其实是无法战胜的。她和自己与生俱来的缺陷斗争着，不屈不挠。那些讥笑、嘲讽、挖苦，她觉得，那就是她命运的一部分，那是她的人生。

那是她从"小市民"的人生中挣脱而出的代价。也是她对表姐丽莎，那个与屠格涅夫小说的女主角同名的姑娘永远的纪念。

其实，在河滩上，会"撇京"说"普通话"的，还有一个人，刘耘生。

刘耘生是在校园里长大的孩子，他父亲是一所学院里的教授，母亲则是校医院里的校医。这种家境的孩子，流落到了河滩上的砖窑，做一个风吹日晒的苦力——推坯工，也算是公子落难了。而一个落难的公子"撇京腔"，人人都觉得那是自然而然的事。

何况，他的普通话，听来跟广播里的播音员相差无几。

然而，在河滩这片方言的海洋里，刘耘生却渐渐感到了自己的"普通话"既孤苦伶仃又软弱无力，它在粗暴的、粗糙的、毫无修饰的生活面前显得苍白和没有表情。看来它是一种嫌贫爱富的语言，他有些自嘲地这样想。这是他放弃它的原因，改说龙城方言。他的龙城方言自然不很地道，掺杂着普通话学生腔和书面语的痕迹，但，他在努力吸收和学习。

他推着沉重的坯车，从机房门口的长坡道上呼啸着冲向姑娘们的坯行，千斤重的坯车，在年轻的、熟谙技巧的推坯工手中，竟有一种壮丽而轻盈的飞翔感。他如同一只大鸟一样飞翔而下，超过了前头的车辆，回头对人家咧嘴一笑，洁白的牙齿被太阳晒得黝黑的脸色映衬出了某种凛冽的耀目。他用龙城方言说道："嗨！断（追）你了！"这种时候，他觉得内心有一种酸楚而歹毒的快乐，他在心里对自己说道："刘耘生，你干得不错。"

就在他能够熟练地驾驭这个城市的方言的时候，他遇上了海棠。

那年，他二十二岁。

3

河滩叫涧河滩。涧河，是夹在山涧中的一条河流、山溪，听来几乎不算一个正式的名字。

山叫东山，在他们这个多山的省份，不清楚东山究竟属于什么山脉，也没有人想弄清楚。涧河从东山上奔流而下，冲刷出一条深深的河槽。只不过，如今这河槽里，流淌的不再是山水，而是大大小小的石头。涧河如今是一条干涸的、石头的河流。

他们的厂，就守着这条枯河，绵延着。河滩上，十几座砖窑，河槽里，一几座石灰窑，溯河而上，东山上，则是他们的采石场。从前，这厂，叫"白灰社"，现在，壮大了，有了一个以"厂"命名的名字，有了规模，来了新工人，是城里的年轻人，骑着自行车，呼啸着来，呼啸着走。河滩热闹起来，有了喧腾的气味，青春的气味。

和东山遥遥相对的，则是西山。西山也有他们的人马，为电石厂采石。起初，刘耘生他们这一批城里招来的新工人，百十号年轻人，都聚集在西山上，吃大锅饭，睡大通铺，朝夕在一起。那似乎是一段光辉岁月，有着啸聚山林的那种不羁和热闹。年轻人聚集的地方，自然是生长故事的，于是，就有了"四大美人"，有了"八大金刚"，有了一段一段恋情，有了悲欢离合，有了茂盛的逸闻和传说。

一年多后，他们的厂和电石厂解约，百十号年轻人被重新安置，沿着一条涧河流散开来。有人到了砖窑，有人到了灰窑，有人去做麻刀，有人则到东山上开山。西山上的"光辉岁月"，风流云散，但那些故事，却沿着一条涧河，流传开来。故事越传越夸张，越传越演义，不再真实，却使后来者如海棠们，心生羡慕，觉得自己错过了一段迷人的好时光。

常常有人向刘耘生求证某件传闻的真伪。刘耘生差不多总是回答："你说那件事？当然是真的！"言之凿凿。然后就不慌不忙不紧不慢从头讲起。他是一个很会讲故事的人，寻常的一件事，他娓娓道来，就像一朵花，毫不张扬地在夜色中慢慢舒展，然后出其不意地给你一个惊艳的结局。在所有的听众中，刘耘生注意到了一个人，一双眼睛，那是一双姑娘的眼睛，当这双眼睛全神贯注凝望着刘耘生的时候，刘耘生觉得，这姑娘身体深处，似乎有一种吸纳声音的神秘的力量。

有一天，午后，突然下起了雷雨。那天海棠的坯行，在远离车道的僻静地方。她让搭档燕子先去躲雨，自己用草垫苇帘苫好新码起的砖坯，冒雨跑进最远处砖窑的窑道里时，身上已经淋湿了。她摘下破草帽抬头，才发现，已经有人站在那里了。

是刘耘生。

刘耘生挪挪身子，让她站定。他们并排站在窄窄的窑道里，看雨。雨越下越大，此刻，坯场上一阵忙乱的欢腾之后，不见了人迹。轰鸣的机器声停息了，白茫茫的雨中，河滩突然变得静谧。那静谧是温柔的，一种辽阔而肃穆的温柔，从蜿蜒的、被炸药炸成残疾的山坡，从那些点火和没有点火的砖窑，从一排排遮盖着苇帘的坯行、零星的野草和方圆多少里唯一的那棵杨树上，弥散开来，使它们拥有了某种新鲜的、安宁的表情。

"这雨真大，"刘耘生突然开口说了一句，像是自言自语，又像是和海棠搭话，"好雨啊。"

"是好雨，"海棠觉得自己有义务回答，"下它个七天七夜才好。"

"你可真贪心。"刘耘生快活地说。

他们都笑了。

他们都盼下雨，他们盼下雨比童年时盼过年还要心切，就像大旱之年一个真正的农人盼望甘霖。下雨是他们的节日，可以摆脱苦役似的劳作，可以不干活又挣钱。河滩上的男男女女，人人都会抬头辨云，看它的走向，人人都会说那几句民谚，"云往东，一场空；云往西，披蓑衣；云往南，大水漂起船"之类。

"这要在西山上，这么大的雨，能看到汾河涨水。"刘耘生望着白茫茫的雨雾，这么说。

"你很想西山吧?"海棠突然转过脸来，望着他。

他点起了一支烟卷儿，是那种褐色的、味道极其浓烈的劣质卷烟，他吐出一口烟雾，烟雾遮住了他的眼睛。

"我恨西山，"他平静地，但是毫不犹豫地回答说，"我也恨这里。"

海棠愣了一下，慢慢湿了眼睛。不是因为他话的内容，而是那声腔：他用"普通话"回答了海棠。他用他熟悉的、熟练的、母语似的普通话回答了这个姑娘。多少日子以来，在这片酷烈的河滩上，海棠不屈不挠、荒腔走板的"普通话"是多么悲伤和孤独，它就像孤魂野鬼一样独自游荡，像丧偶的大雁一样被雁群抛弃，形单影只，伤痕累累……此刻，他的普通话，京腔，竟让她生出一种故乡的感觉，就像一个游子万里奔波之后终于看见了家乡的土地、山川、河流。她眼热鼻酸，她想，原来你藏在这里，原来你在这里等着我……

雨仍然在下，白茫茫的，一种隐秘的欢腾在雨中弥漫着，那是正在生长的野草、新鲜的黄土，以及麦秸草垫和苇帘散发出的生命的气味，清香的气味，原来，在大雨洗去人的气味和痕迹之后，河滩竟然是美好的。

4

那是一个默契。从此，只要他们两人在一起，刘耘生就只说普通话。

从前，革命者凭着《国际歌》寻找自己的同志，而海棠，则是凭普通话。

和一六岁时那个什么都不懂的海棠相比，如今的她，变了很多。她努力学做一个文艺青年。表姐丽莎是她的启蒙者，指引她走上了"文艺青年"这条小布尔乔亚的道路。如今，契诃夫、屠格涅夫，再也不是让她一头雾水毫不相干的名字，她读了不少他们的小说，爱上了那些故事中美丽的女人。普天下，文艺青年千千万万，那差不多是一种青春期的流行病，可不知为什么，她这个"文艺青年"，却给人一种惨烈的感觉，她惨烈地爱着那些所谓"优雅的事物"，也许，是因为，表姐丽莎年轻而浓郁的鲜血是它们的底色。

他们俩独处的时间，其实并不多，只有下雨的日子，他们或许能够摆脱开众人躲在窑道里安静地说话。现在，刘耘生是海棠的第二个启蒙者了，他总是借书给海棠看，他家里是有书的，虽然破四旧时烧毁了不少，但毕竟还有一些漏网之鱼。何况，他还有借书的渠道，那些不见天日的书，托尔斯泰普希金们，谁也不知道，它们藏身何处，只知道，它们如同地下工作者一样活跃地穿行在这城市的深处，就像不散的游魂。

他们的话题，永远是书，从书开始，说啊说，最后总是说到眼前的苦闷。这片河滩，这苦役似的劳作，不是他们想要的生活……雨声中，他们沉默了，然后，刘耘生吹起口哨，那口哨又明亮又忧伤，是一首俄罗斯歌曲：

为什么，我苦难的命运，
送我到，西伯利亚……

那口哨声，就像一只云雀（这也是非现实的，因为，海棠从来也没见过这种叫云雀的鸟）在雨雾中，飞翔，徘徊，无枝可栖。

冬天到了，冬天，河滩变得很宁寂。霜降过后，机器就停止了轰鸣。他们就像农民一样迎来了冬闲的好时光。每日里清清坯场，抱抱草垫、苇帘，日子开始变得悠闲。机房里，生起了两只巨大的火炉，休息时，大家拥炉而坐。炉边的话题，差不多永远是饮食男女间那点苟且的事。那是海棠无法忍受的事情。她宁愿在空旷的河滩上，找一处背风的角落，用废弃的破苇帘，点起一堆火。她守着那堆旺火，把冻僵的双手凑上去，或者转过身，让明亮的火光去烤暖她的脊背。苇帘毕毕剥剥响着，啵一声，爆出一串火星来，金黄的小火星，飞舞着，像一群奇幻的小蜜蜂，扑到她脸前，美如梦境。

那是一面阳坡，有太阳，很暖和。

"你会不会喁那首歌？"她转过被火光映红的脸，问旁边的刘耘生，"小时候唱的——小喜鹊造新房，小蜜蜂采蜜忙，幸福的生活哪里来？要靠劳动来创造……会唱不会？"

"会。"刘耘生回答。

"你相信吗？幸福的生活哪里来？要靠劳动来创造？"

"理论上相信。"

"可我现在为什么这么憎恨劳动？这么恨？"她抬眼望着脚下的河槽，远处，灰窑上，女人们正在往灰坑里添石头，远远看去，她们是灰白色臃肿的一团，"你看看那些女人，你能说，劳动是美的吗？她们也就三十多岁吧，可你看看她们的样子，三十多岁脸上已经是沟壑纵横，残酷的劳动已经把她们榨干了！……夏天的时候，有一天，我和燕子在坡上干活，看见她们正在出灰，燕子指着她们忽然辛酸地对我说，'海棠，十年后，咱们就是那个样子……'那个时候我觉得手脚都冰凉了……"

"我给你背一首诗吧。"刘耘生忽然认真地说道。

"假如生活欺骗了你?"海棠笑笑。

"不是。"刘耘生回答。

于是，在北方酷寒的冬季，在荒凉的、没有希望的一片河滩上，守着一堆毕毕剥剥的旺火，海棠第一次听到了那首诗：

当蜘蛛网无情地查封了我的炉台

当灰烬的余烟叹息着贫穷的悲哀

我依然固执地铺平失望的灰烬

用美丽的雪花写下：相信未来

……

许久，他们沉默着，啵一声，又一串金色的小虫从火堆里飞出来，刹那间就变成了余烬，原来那是一种壮丽的挣扎，就像一个许诺。

"你知道这是谁写的吗?"刘耘生问海棠。

"谁?"海棠抬起了眼睛,"俄国人吗?"

"不是。"

"那就是法国人。"海棠淡淡地说。她觉得那是一种美丽却遥远的哀伤。

"不是,"刘耘生摇摇头,"是一个知青。"

"知青?"海棠惊讶得半晌合不上嘴, "现在的人?中国人?"

"对,"刘耘生回答,"现在的人,和我们一样,不知道他叫什么,也不知道他在哪儿,可他是和我们一样的人。"

海棠非常、非常震撼。

一个和她同病相怜的年轻人,不知姓名的人,一个同样在无望的生活中挣扎的人,对她这样说,相信未来。她眼睛慢慢湿了,她想,相信未来,这是一件多么罗曼蒂克的事!多么诗意的事!……好吧,那就相信吧。

"刘耘生,谢谢你。"她转过脸来,望着刘耘生明亮的眼睛,"那就让我们相信……不过,未来有多远?十年够不够?假如,十年后,生活还是这个样子,我就死。"她安静地说。

刘耘生凝视着她被火光映红的粗糙的脸,从前的干净和洁白如玉,早已不见了踪影,不过,仍然是好看的,尤其是眼睛，比从前深了，有了一种深潭般复杂的寒气。荒腔走板的"普通话"，使她的表白，总有一些台词的感觉，好像她在拼尽全力投入生命塑造着一个什么角色。刘耘生一阵心痛，他伸出胳膊，把这可怜的姑娘搂进了自己怀中，他说：

"好吧，那就让我们等十年。不过你要答应我，海棠，十年之内，你不能干傻事！这是咱们的'十年之约'，你不能失约，假如你失约了，我，我会追进地狱和你算账……"

海棠在他怀中，抬起脸，望着他，他们相互怜惜地凝望着，忽然，海棠郑重地凑上去，在他被寒风吹得皴裂的嘴唇上，轻轻亲了一下。这潦草的，却是开天辟地的亲吻，一下子让她自己泪如泉涌。她流着热泪回答他说：

"刘耘生，没有回头路了，我盖章了。"

春天到来的时候，不知什么人在河滩上种下了一小块苜蓿，等到苜蓿刚刚开出漂亮的紫花，刘耘生就离开了河滩。他有了一个新工作。那是在这个省的东南部，一家三线大工厂。告别的时候，刘耘生对她说："我给你写信……"她回答："好。"他写了，一封、两封、三封，可是从没有收到过海棠的回信。他又写，又写，五封、六封、七封，依然石沉大海。新的环境，新的生活，自然有更多吸引他的事情，渐渐地，他不再写了，时间一长，他们失去了联系。

二　人面不知何处去

1

几年后，海棠参加了史上最壮观的那次高考，十年间囤积的考生在同一个冬季走进考场。海棠没念过高中，初中一年除了学工学农就是挖防空洞，等于没上学。听说她要报名参加高考，家里人都骂她疯了。她不在意，恶补了两个月，不想，初选成绩下来后，她居然入围了。那一天，她高兴极了，此生，她从没有这样高兴过。只是，没有人分享她的高兴，她只有一个人跑到一家小饭馆，要了一盘难吃无比的饺子，一大碗散打的啤酒，咕咚咕咚一饮而尽，让饭馆里其他的食客惊异地侧目而视。她快活地想，他们把我当女流氓了。

借着酒劲，她填报了志愿。三个志愿，她先填了第二个：某某大学，也就是本省的最高学府。第三志愿，填什么呢？她笑了，大笔一挥，气壮山河地填了"北大"。是啊，为什么不让自己更高兴些呢？没准儿，把"北大"填成第三志愿的，她是前无古人后无来者的唯一的一个……然后，才是第一志愿，她收敛了笑容，许久，郑重地、字字千钧地写下了那几个字：那是本省东南部的一所师范专科学校，大专。

她直奔东南而去。

听说她报了这样一所偏远的、名不见经传的小学校，人人都很惊诧，问她，就算是读专科，为什么不选择在省城读？人往高处走啊！她回答说，我在这座城市住厌了。

二十世纪七十年代末，那个位于太行山下上党盆地的小城，不通火车，长途汽车要在盘山公路上绕行十几个小时。一早乘车启程，中午，要在一个叫"子洪口"的地方，打尖休息。汽车停在唯一一家稍具规模的饭店门前，她买了一碗刀削面，面又粗又硬，不好吃，环境也脏乱，遍地狼藉。她捧着粗瓷碗，温柔地打量着这肮脏的店堂、油腻的木桌凳、用白粉笔写在黑板上的歪歪斜斜的"菜谱"，心里想，他一定也在这家店里吃过她正吃着的难吃的打卤面……

从子洪口开始，山变得陡峻，崇山峻岭间的公路，九曲十八弯，一侧就是无遮无挡的万丈深渊，然而这凶险的蜿蜒中不知为何有一种安静和神秘的温婉，让她动心。春寒料峭，千山万壑仍旧是枯黄的，还没有苏醒，突然山坡上一株孤零零的桃树，繁花怒放，一树的粉红，有一种旁若无人赤裸裸的娇艳，就像是太行山突然裸露的艳情。

她满心喜悦奔向她的新生活，她以为那新生活的起点就在此行的目的地。她对东南部这座小城，怀了太多的期许、希望、梦想，在心里一遍遍把它诗意化。起初的日子，她是亢奋的，一点也没有在意作为一所"大学"这学校所存在的明显的缺陷，比如，它局促的小格局、它的简陋、它拥挤的学生宿舍、它藏书贫瘠的图书馆和糟糕的伙食，等等。她像一个乐观主义者一样坦然地，甚至是愉快地接受着这一切，她在心里对自己说："面包会有的，牛奶会有的。"她甚至用这样的高调来安慰自己的同学，一边回味着电影中那个经典的镜头，瓦西里是怎样温柔、怜惜地把愁苦的妻子紧紧搂在自己可以信赖的怀中。

于是，到了那一天，她觉得自己终于准备好了。那是一个星期天，风和日丽，春末夏初的太阳，从小城干净的、碧蓝的天空中洒下来，明亮而凄清。她怀揣着一个几年前的旧信封，那上面"寄信人"的地址，其实早已像刀刻斧凿一样镌刻在了她心底。可她仍然把它揣在了身上，就像一件信物。她早已打听好了去那地方的路线，东西南北，怎么走，乘什么车。她乘公交车辗转两次从城的这头来到城的那头，那大工厂在城那头的郊外，赫赫有名，她还知道这厂星期四休息，周日是他们的工作日。下了公交车，一眼就看到了那牌楼似的巍峨的厂门，非常醒目。她的心一阵狂跳，她在心里对一个人说，嘿，我来了……

这厂，门禁森严，门卫让她在窗口例行登记后，拨通了车间的号码，几句简短的对话后，门卫放下话筒，对她说道：

"你在这儿等一下，人马上就出来。"

她等着。

四周的一切，巍峨的厂房、马路、行人和车，似乎，突然之间都消失了，世界只剩下了无垠的阳光，明净到虚无，照耀着一个静静等待的姑娘：等待一个人从那明亮的虚无中穿过岁月朝她走来，满面笑容，风情万种，就像空山中那棵怒放的山桃树。

一个骑"飞鸽"自行车的人"唰——"地停到她面前。

"你找刘耘生?"他问道，一边跳下车来。

这是一个陌生的中年男人，身穿油渍麻花的工作服，一脸络腮胡子，说一口天津话。

"对。"她疑惑地回答。

"刘耘生不在厂里了，他考上大学走了，我是他师傅。"

"噢，师傅，"海棠匆忙招呼了一声，"他，他去哪儿上大学了?"

"北京，"天津师傅说出了那学校的名字，"好学校！他和他对象，一块儿考上了！"

"他对象?"海棠没有听明白。

"对，就是他未婚妻，是个北京知青，两人都领证了。好事成双，一块儿考走了——"

天津师傅的嘴，在络腮胡子的包围中，一张一合，一张一合，白牙凌厉地闪动着，可她已经听不见他在说什么了。他的声音就像云端上的絮语。她也不清楚自己是怎样和人家告别，怎样离开了那巍峨森严的工厂，怎么就来在了这么一片郊野之中的。看到那一片金黄的油菜花，她眼一疼。她在一条田埂上坐下，愣了许久，突然笑了。

十年之约。

此刻，一九七八年五月，北方的暮春时节，距离一九七一年那个酷寒的冬天，还不到七年的时间。他失约了。

她咬着牙，跌跌撞撞，千辛万苦一路奔波走到了今天，走到了这阳光灿烂凄清的小城，来和他会合，可是，他失约了。

刘耘生，你失约了。

她望着这一片蜂飞蝶舞美如梦境的菜田，觉得自己成了一个空心人。她连哭的力气都没有了，连最后一点点力气都没有了。她就这样在田埂上坐着，坐着，看着太阳终于一点一点坠下山云。那是告别，她告别了自己弱不禁风的初恋。

2

海棠三十岁那年，嫁给了一个叫崔护的内科医生。崔护比她大四岁，个子不高，不满一米七〇，这应该说是一个较为致命的缺陷，也是他为什么蹉跎到三十四岁才结婚的重要原因。

八十年代初，他们两人都属于"大龄青年"，这些"大龄青年"迟迟不结婚让全社会着急。有一天，海棠供职的单位一定要让海棠去参加区里举办的交友联谊的活动，她就是在那里认识了崔护。崔护请她跳舞，跳了一支又一支，她想，大概是因为自己个子不高和他比较般配的缘故。他跳舞不笨，甚至是娴熟优雅的，很舒服。突然之间她闪过一个念头，她想，就这样一辈子跳下去好像也不错……

崔护问她："你好像不爱说话？"

她回答："嗯，我说话有口音。"

崔护说："我也有口音。"

她笑了。那不同，她想。

"你说你叫崔护？哪两个字？"她问道。

"就是戏里的那个崔护，"他笑着回答，"'人面不知何处去，桃花依旧笑东风'，就是我。"

那是一支"慢四"的舞曲，如同走。不是在地上走，而是在船上，有一种奇妙的、令人微微眩晕的起伏。是啊，人面不知何处去，桃花依旧笑东风。她心里一痛。

"我父亲是个戏迷，"他笑着说，一边驾轻就熟地带领着她避开别人的冲撞，"喜欢眉户、碗碗腔、秦腔。我妈生我的时候，是在老家，生我那天，刚巧有一个碗碗腔的好戏班来村里唱戏，唱的就是这出《借水》。我这边落地了，我父亲还在戏台下边看戏呢！散戏回来，咦？炕上多了个小子！一高兴，就给我起了个名字叫崔护——好在他姓崔，要不我恐怕还得改姓呢！"

他们都笑了。她想，这是一个比较有趣的人。

半年后，海棠和崔护领了结婚证。婚礼，他们采取了旅行结婚的方式。没有大摆婚宴，亲朋好友在一起吃了顿饭，就把两个新人打发上了夜行的火车。旅行结婚，是海棠的主意，她对崔护说："我不要那种闹哄哄的小市民婚礼！"斩钉截铁。崔护答应了，不过让崔护有些不高兴的是，他觉得海棠似乎很轻视她自己的家人，轻视人间烟火的生活。

他们来到了北京，住在一家不错的招待所里，是崔护大夫辗转认识的关系，给他们打了折扣。海棠带他去了柳荫街，不过没去二姨家，几年前，二姨死于癌症，知情的人都说那是因为她思念女儿忧郁成疾……后来姨父又再婚了，柳荫街不再是从前那个柳荫街，可她仍然、仍然怀念那里。她带他走银锭桥，带他穿胡同，带他去看中国音乐学院——听说它很快就要搬走了，原来那里是从前的恭王府。

她听着从那里传出的丝竹声，泪流满面。

崔护不知道这其中的隐情，海棠没有跟他讲过表姐的故事。他闷闷不乐，他想，原来他的新娘是个有秘密的人。

不过，接下来的日子，他们还是快乐的，几乎玩遍了北京，颐和园、香山、八达岭长城、故宫，该去的地方都去了。在天坛回音壁，他们一人一头，互相喊着对方的名字，没有海誓山盟，也没有那些私密的情话，可是，仍旧是奇妙的。当海棠听着她自己的名字从长长的老墙那一边颠簸着、如同一唱三叹传到自己耳边时，她心一热，觉得那是茫茫人海中他对自己的呼喊。

在北京的最后一晚，他们去了莫斯科餐厅，老莫。这当然是海棠的主意。起初，崔护不愿意，他说，他吃不惯西餐，他想去尝尝北京著名的炒肝儿。但最后的结果他们还是面对面坐在了这高大如宫殿般的苏式建筑里。与十四年前相比，它衰颓了不少，尽管它灯火辉煌却仍旧掩盖不住那衰颓，它弥散在空气中，让人感伤。海棠点了土豆沙拉、红菜汤、罐焖牛肉、莫斯科烤鱼，还有餐后甜品黑森林蛋糕——和十四年前一模一样的菜式。红菜汤端上来时，她嗅着那魂牵梦绕的香气，像当年的表姐一样，眼睛一下子湿了。

"真难吃，"崔护低头用汤匙喝了一口，皱起了眉头，"能把西红柿做得这么难吃，也算本事！"

两人的主菜上了桌，崔护又刻薄地批评着，把它们褒贬得一无是处。那些"家伙什"，刀和叉，他更是看不顺眼，把它们摔来摔去。海棠沉默着，任他像个母鸡一样唠叨。终于，崔护不说了，他抬起了眼睛，望着对面的海棠，问道：

"你吃得惯？"

海棠放下了手中的刀叉，其实，她也不会熟练地使用它们，可她觉得它们是亲切的，久别重逢的那种亲切，还有感伤。她不忍心看别人那样粗暴地对待无辜的它们。

"我第一次来这里，老莫，是我表姐带我来的，"突如其来地，她望着一片狼藉的桌子这样说道，"那天，表姐也是点了这些菜，一模一样……菜还没上来，看着这些刀叉她就哭了，她说，这就是我要的生活，优雅的生活。"她抬起了湿润的眼睛，望着崔护，"这句话我一辈子也忘不了，优雅的生活……后来我表姐自杀了，切腕死的，她没有从她不想要的生活中突围出来，挣扎出来，她得不到她想要的，她就干脆什么都不要了！——"她说不下去了，眼泪突然之间奔涌而出。

原来她是在凭吊啊！崔护想。在他们燕尔新婚的蜜月之际，竟然把他带到这样一个莫名其妙华丽的地方，来凭吊一个如此虚荣的女人！这个女人，从一开始，就给他们的新婚生活蒙上了不快的阴影。他想起第一天，她站在那个叫柳荫街的地方，站在那座什么王府的墙外，泪流满面的情景：一个泪流满面的新娘，让他心里结了一个疙瘩，原来都是这个"表姐"在作祟……他是个心直口快的人，也是个小心眼儿的男人，忍了半天，没忍住，他终于还是把那句话说了出来，他说：

"海棠，这是我们俩的蜜月旅行啊，你非得让第三者掺和进来吗？"

霎时间，海棠想起了刘耘生。她以为自己已经忘记了他，可此刻，又堂皇又衰败的灯光下，望着眼前这个人，她的丈夫，她觉得自己比任何时候都更想念他。

3

婚后的生活是宁静的。

他们的家，安在崔护供职的医院里，从前他的集体宿舍，现在做了他们的新房。那是一间十五六平方米的房间，背阴，在一座五十年代的旧筒子楼里，走廊是所有人家的厨房兼杂物储藏室，家家在门前支炉子做饭。好在那是一座苏式的建筑，走廊宽敞，尽管蜂窝煤炉夹道，还不至于壅塞。

海棠尽可能地装扮了他们那间背阴的房间，请木匠打制的家具，一律漆成白色，而窗帘、床罩、简易沙发的罩子，则选择了明亮而鲜艳的图案：娇嫩的玫红底，上面盛开着梵高风格的热烈的向日葵。冰冷的水泥地板上，则铺着她用旧毛线混搭编织而成的漂亮的地垫：在八十年代中期的内陆小城，它独一无二。

崔护很骄傲。他喜欢向人展示他们的小巢。

星期天，崔护有时会请同事、同学或者老乡来家里吃饭。一张折叠式餐桌，当屋支起来，上面铺一块海棠用家织的白色土布缝制而成的台布，那土布来自崔护的老家，是那里女人们传统的手艺。餐具却是现代和亮丽的。崔护喜欢下厨炒菜，普普通通的家常菜，他总是能炒得有滋有味儿。海棠在屋外走廊上给他们煮饺子，静静听着里面的喧哗。她端饺子上桌，客人中总有人会说：

"嫂子辛苦了！嫂子你也喝一盅！"

她笑笑，接过客人斟满的酒盅，不管什么酒，一饮而尽。

"哎呀呀，嫂子真是性情中人！"大家欢声笑语嚷成一片。

这种时候，崔护是幸福的。他满意这样的生活。现在，除了一个孩子，他什么都不缺了。

平静是突然之间被打破的，此前，崔护几乎没有看到任何预兆：海棠突然决定要调工作，去南方，去那个热火朝天正在崛起的新城市。如今，成千上万的人正在奔向它，就像当年的淘金者奔向冰天雪地的阿拉斯加一样。不知何时，海棠已联系好了单位，是一家大报社，而这边单位也已同意放人。就是说，万事俱备，只欠登程南下了。

崔护蒙了。

"这么大的事，你怎么、怎么都不跟我商量？"一时间，他说话都变得结巴。

"商量，你会同意吗？"海棠平静地、冷静地问道。

"不同意！当然不同意——"他气急败坏地叫喊。

"所以呀！"海棠笑笑，"商量有什么用？你肯定不让我走，我肯定要走，商量的结果就是多吵几架！还不如就这样，长痛不如短痛！"

"你的意思，是要拆散这个家？"他的语气突然变得很悲伤。

"不是拆散这个家，是要给咱们建设一个新家——"海棠回答，"我先过去，安顿下来，你再过来。那是一个新世界，那里一定更需要医生！"

"你怎么就能肯定我会跟你去那个说鸟语不说人话的鬼地方？"

"我说服你呀！"

"你说服不了我！我哪儿也不去，我爹妈在这儿，家在这儿，事业在这儿！这里就是我生活的全部，我哪儿也不去！"

"可是我的生活呢？"海棠突然愤怒了，"我中文系毕业，每天在单位里就是跑腿儿打杂、看报喝茶？回到家里，一头钻进这烟熏火燎暗无天日的走廊，伸手不见五指，这就是我的生活？"她忍不住一阵伤心，"崔护，我不想要这样的生活，再这样活下去，我会死——"

"就和你那个了不起的表姐一样？"崔护冷笑两声，"你们到底要什么？啊？要'优雅的生活'？别他娘的跟我鬼吹这文艺腔！不是就想拣高枝飞吗？想飞上枝头变凤凰吗？不就是骨子里、骨髓里一个嫌贫爱富！嫌弃自己的出身，自己的爹娘，自己的乡音！现在连自己的家乡也抛弃了，不要了！好，你走吧，去你的新世界吧！去干什么？当记者？撇着你那一口让人倒吸一口凉气的京腔四处采访？好，你走，走！这个家我也不要了——"他手一挥，把桌上的几只茶杯扫到了水泥地板上，啪一声，碎玻璃片蹦起老高，他又抓起花瓶、钟表、果盘、烟灰缸、相框，最后是暖水瓶，所有他能抓起的东西，一件一件地，举起来，砸向地板。刹那间，它们血肉横飞粉身碎骨，家变成了一个屠场。他又转着圈，用自己穿着皮鞋的脚，恶狠狠地，踩踏着它们，嘴里疯狂地、绝望地说道："不要了！不要了！不要了——"

海棠站在那里，不阻拦，不躲避，也不说话。她任他发泄、发疯，任他践踏和伤害。最后他冲出家门，她也没有追赶。她裸露的手臂，被飞溅的碎玻璃划伤了几处，慢慢渗出鲜血。她就像一个孤独的伤兵站在横尸遍野的战场。所有能打碎的，都打碎了，她望着一地的狼藉，想："只有打碎一个旧世界，才能建立一个新世界……"

那一夜，崔护没有回家，她不知道他在哪里过夜。她一个人，用受伤的手，慢慢地，清理着战场。第二天、第三天，他仍旧不回来。一直到她临行前，他都没有露面。她独自一人拖着大包小包去火车站，没有人送行。她家里人，父母、兄弟姐妹，人人都认为她疯了，认为她放着好好的日子不过简直是伤天害理。她觉得自己走得很悲壮。

她给崔护留了一封信，只有短短两行字，她这样写道：

"我走了。我在新世界等你，或者是一份离婚协议书。一切，由你裁决。"

很短，但很冷酷。

南行的列车，哐当哐当，哐当哐当，穿过白昼和黑夜，穿过北方和南方，跨过黄河、淮河、长江，在它单调如永恒的节奏中，海棠耳边听到的是这样一个声音，如同咏叹：远方远方远方远方……

去远方。

　　崔护，这就是我想要的，去远方。或者说，逃离，逃离庸常的、令人窒息的生活与人生。

　　自由、美好、优雅、罗曼蒂克和梦想，这一切，似乎，都在远方，只在远方。

　　还有爱。

　　请原谅我，崔护。她望着车窗外疾驰而过的点点灯火，望着列车正在穿行的无边的黑夜，忽然间泪流满面。

4

　　大约半年前，有一天，海棠在一家新开张的豪华商场里遇到了一个熟人，起初，她根本没有认出眼前这个春风满面、插金戴银的胖女人是谁，直到她冲上前一拳捣在海棠肩窝里，说："连我都认不出来了？"海棠才惊叫起来："哎呀燕子！"

　　不错，是燕子，她河滩上的伙伴、工友，当年她们俩是合码一架砖坯的搭档。

　　燕子显然属于"先富起来"的那一部分人，她请海棠在商场的咖啡座里喝茶。商场设咖啡座，是这城市的新生事物。燕子絮絮叨叨说了一些她自己这些年的经历，怎么留职停薪、怎么一跺脚下海摆摊做小买卖，从卖袜子做起，现在则是做钢材生意……听得海棠目瞪口呆。海棠望着这个志得意满、皮肤滋润、浓妆艳抹的妇女，感慨万端，她忍不住说道：

"燕子，你还记不记得，当年在河滩上，有一天，你指着灰窑上正在出灰的那些女人对我说，'海棠，十年后，咱们就是那个样子'，你记不记得这话？"

"咋不记得？"燕子回答，"那个时候，做梦也不会想到有今天哪。"

燕子慨叹着。不过，没有半分钟的时间，她又开始兴高采烈地絮叨。说起旧日河滩上的伙伴，谁谁谁怎么了，谁谁谁又怎么了。谁谁谁发了，谁谁谁下岗了，谁谁谁进了监狱，谁谁谁已经不在人世了，死于什么什么疾病……她说得眉飞色舞激情澎湃，海棠却听得黯然神伤。突然，燕子说道：

"哎，你和刘耘生，你们还有联系吗？"

刹那间，如同长风吹过海棠的身体，岁月的长风，吹得她的心如同灯笼一样打晃。

她摇摇头，强作镇定，回答说："没有。"

"哦——"燕子点点头，"听人家说，他去南方了。"她说出了那城市的名字，那个人人都在好奇的地方，那个新世界，"听说，是引进人才把他引进到那里的……"燕子望着她，笑了，"那时候，还以为你们两人能成一对儿呢！"

南方，就这样，如同一支箭，射进了海棠的生活，给她那原本虚弱的平静射出了鲜血淋漓的伤口。她知道那伤口是无药可救的，那是致命的、又疼又甜蜜的诱惑和吸引，是黑夜的大海上妖女美妙绝伦的歌声……除了赴死般地扑向它，她别无选择。

现在，她来到这个新世界了。

炎热，让她始料未及。她想象过它的热，然而身临其境才知道自己的想象是多么无力和贫弱。这真是一个炽热的地方，热烈、喧哗、生机勃勃，所有那些南方的植物，每棵树每朵花每棵草似乎都在叫喊着生长，长成不可思议的丰美、强势和夸张。生活也是这样，有一种热烈而欢快的、恣情肆意扩张的霸气。

起初，她租来的出租屋很简陋，没安空调，一只吊顶的电风扇对热的搅动和驱逐就像一只苍老而疲倦的手一样无力。她尽可能晚回家去，宁可在办公室里加班，享受着写字楼里清凉如海风的冷气。周日，她则去公共场所，那些豪华的大商场、大商厦或者酒店的大堂。她并不买什么，她喜欢坐在那里，痴迷地看来来往往的人流。有无数次，她以为自己看到了一个熟悉的、久违的身影，迎面走来，她心都快不跳了，大睁着梦幻似的眼睛，等着一个奇迹降临。然而，没有奇迹，没有巧遇。在这座炽热的城市里，她孤单一人。

几个月后，手边有了一些积蓄，她搬家了，搬到了一个有冷暖空调、一室一厅的小单元。她陆续添置了一些东西，比如，录像机，这样她可以常常租录像带回家来消磨时光。小区外不远，就有一个租录像带的小店，她成了那里的常客。她租小众的文艺片看，渐渐地，老板和她熟识了，常常为了她一人的缘故，进一些鲜有人问津的片子。于是，有一天，她看到了费里尼的《大路》。

孤女朱利亚特的命运，让她伤心欲碎。

一个叫安东尼奥的流浪艺人，带着他花钱雇来的搭档、弱智的孤女朱利亚特一起卖艺：朱利亚特有一副纯净如天使的歌喉。他教会了朱利亚特一首歌，那是他们俩的保留节目。后来，在某个城镇，朱利亚特病了，安东尼奥遗弃了这孤苦无依的姑娘，一个人悄然离去。多年后，他重返这个地方，突然听到了他熟悉的那首歌，属于朱利亚特的那首歌，他很震撼：唱歌的是一个陌生的女孩儿。那女孩儿告诉他，是一个流浪的女艺人，一个孤苦无依的姑娘，在临死前教会了她这支歌……

海棠泪流满面。

往事滚滚袭来，河滩上的往事：雨中的窑道，那一堆似乎永不熄灭的光明的旺火，还有，他们的"十年之约"。他对她说："假如你失约了，我会追进地狱和你算账……"信誓旦旦。她翻过重重山峦去追寻他，去赴那个约会，可是，他爽约了，他没有等她十年，他遗弃了她，从此杳如黄鹤，就像安东尼奥遗弃了朱利亚特。

此刻，在这个炽热的、生机勃勃的、最喧哗又最寂寞的城市，她觉得，他又一次遗弃了她。她涉过千山万水重重阻隔再一次孤注一掷地践约，可他，却始终、始终没有让她找到他。

一年后，深秋，某个晚上，突然有人按响了海棠家的门铃。她很惊诧，在这座城市，她没有朋友，也很少有人来她的家，特别是在这样深的晚上。她疑惑地打开房门，门外站着一个风尘仆仆的男人，脚边放着大包小包的行装。她愣住了，不相信自己的眼睛，那个人是——崔护。

崔护望着她，不说话，只是不好意思地笑。

许久，海棠轻轻地、嗫嚅似的说道："我不是在做梦吧？"

崔护回答说："不是——你说服我了……"

眼泪夺眶而出，她一下子扑上去，扑进他怀中，紧紧抱住他，把泪脸埋在他肩头，说了一声，"你怎么现在才来……"

三　安东尼奥与朱利亚特

1

海棠没有说错，有人的地方，永远需要医生。

　　偶尔，走在这城市生机勃勃的街头，崔护会感到一点疑惑，这样一个生猛的、年轻而健康的都市，真的有那么需要医生吗？当然这是错觉，是杞人忧天式的疑惑，只要走进他工作的地方，你就会发现，和任何一座旧城或正在衰败的城市一样，有人的地方，就有痛苦和疾病。

　　没有的，是内地医院所见惯的、难以逾越的森严等级和盘根错节的种种利益关系，或者说，还没有来得及建立和培植。

　　所以，他如鱼得水。

　　仅仅一年的时间，他顺利晋升为副主任医师。那时他们的儿子南南——崔哲南刚刚出生。等到儿子四岁那年，他就已经是一名主任医师了，登上了职称中最高的那级台阶。又一年，他们终于拥有了一套属于自己的房子，那是在一座有电梯的高层建筑里，一百五十平方米，三室两厅，高踞在二十六层。夜晚，从他们的落地式窗口俯瞰，一城的灯光，在他们脚下，流金溢彩，像璀璨的海。这种时刻让他心生感慨，他想，在这个远天远地的城市，他总算有一个家了。

　　他们小区的名字，叫"幸福新村"，他对人说起他们的小区，就总是"我们村、我们村"的，听上去像一个农民。

　　只是，在这个城市里，他只是一个崔护医生，崔护主任，崔护副院长，却不是任何人的老友、故交或者昔日的同窗。这是一个没有根、没有历史的城市。他不再请任何人来家里吃饭，尽管他们现在有了宽敞的新居和现代化的厨房。作为一个医生，名医，一个医院的负责人，在外面，应酬交际自然是少不了的，他有时甚至也喝得酩酊大醉。可那说到底只是应酬而不是心灵沉浸的欢宴。后来，他学会了开车，拿到了驾照，买了一辆家用型轿车，休息日，一家人，去海边度假，或者去哪个港口吃渔船刚刚打捞上来的深海海鲜。他其实并不爱吃那些海里出产的怪怪的东西，像海胆、象鲅蚌什么的。但是儿子南南喜欢。南南生于斯长于斯，是南方的儿子，口味和他这个父亲南辕北辙。

有时，他和海棠坐在海边沙滩上，看儿子游泳。他们一起看夕阳静静沉落到海水里，把海水涂染成浓郁的血红。他忽然对海棠说：

"这一辈子，能看到这样的美景，也算值了。"

海棠有些惊讶。这不像他说的话。忽然她明白了，他这是在说服他自己啊，给这漂泊一个灿烂的理由。她听出了他话里隐藏的忧伤，她知道他想念家乡。

许久，海棠回答说：

"崔护，你知道吗？你总是让我有负罪感……"

就在儿子中考那一年，某一天，崔护接到了北方老家哥哥的电话，告诉了他母亲病重的消息。

他心急如焚，买了当天下午的机票，飞回北方。不想由于大雾，航班晚点，到达内陆省城已是深夜十一点多钟。一个他昔日的哥们儿在机场接站，连夜开了一辆越野车把他送回了几百公里之外的老家。但是，他仍然晚了一步，仍然没有赶上见母亲最后一面。

大哥对他说："咱妈一直在等你，到死都没闭上眼睛……"

噩耗传来，海棠带着儿子来奔丧。几天的工夫，她几乎认不出崔护了。只见他身穿家织的、生白毛边布袍，腰系一缕麻丝，头戴孝帽，眼窝深陷，瘦得几乎脱了形，跪在母亲灵前，谁叫也叫不起来。海棠二话不说，默默地，给自己也披上了同样的孝服，戴上了同样的孝帽，系上了同样的麻丝，走到了他身边，陪他一起跪下了。那一夜，他们两个远游的孝子孝妇，肩并肩跪着，默默地，为母亲添香守灵。

封棺前，崔护的大哥把侄儿哲南叫过来，让他做一件事，他给了哲南一块白馍、一沓纸钱，让他把白馍塞到奶奶的左手，纸钱塞进奶奶的右手。为的是让她过奈何桥时，遇到拦路的小鬼撒钱，碰到断路的恶狗扔馍。新世界长大的南南不懂这些乡俗，他和奶奶也不亲。这些年来，奶奶只在他上幼儿园时到南方他们家里住过一阵，死活住不惯，也不知是南方潮湿的空气还是某种热带植物的花粉，害北方的奶奶诱发了过敏性哮喘。吓得崔护赶紧把母亲护送回老家，从此再没敢让她来过。尽管后来，他们有了漂亮宽敞的新居，新居中设有舒适的客房，有了出行自由的汽车，可这一切，都和家乡的母亲无关。

奶奶是陌生的。躺在棺材里，穿着稀奇古怪的绸缎衣服，被打扮成一个戏台上的旧人物，南南有些害怕，踌躇着，不敢上前。人们催促他，越催，他越往后躲。突然间，只见崔护猛地跳起来，扑上去，狠狠一脚把儿子踹倒在了地上，然后，长嚎一声，转身扑倒在母亲的棺木上，像匹受伤的狼一样，号叫着大哭起来。嘴里一边号一边喊，"妈呀——妈呀——妈呀——"那哭号和叫喊令人心惊胆寒。所有人都落泪了。人们上前拉他起来，他愤怒而疯狂地抗拒。封棺的时辰到了，这是不能拖延的时辰，可是他拦在那里，就像一块泰山石敢当，不许任何人近前壹棺。终于，大哥指使几个抬棺的壮小伙冲上来绑架似的架起了他，他挣扎着，反抗着，嘶吼着，突然昏厥过去。

海棠默默看着这一切，她把儿子扶起来紧紧搂在怀里，她想，他又一次让她成为一个罪人。

传来了钉棺的声音，一锤一锤，钉进人心里一样。人们凄厉地哭喊着：躲钉——躲钉——躲钉——

2

那一年中考，儿子没有如愿考上中意的高中。

有很长一段时间，儿子疏远着崔护。

这个暑假，儿子突然之间蹿个儿了，远远高出了崔护半头，长成了一米七八的大小伙子！海棠又感动又惊喜，她一直担心儿子会遗传父亲矮小的基因。每当她为儿子的个头发愁时，崔护就总是说那句人人皆知的所谓"名言"来解嘲和调侃，"浓缩的都是精华"。海棠恨透了这句无辜的话。

一米七八的大儿子，变得沉默寡言，放学回来，躲进自己屋里，耳朵里塞上 MP3 的耳机，一边听音乐，一边做功课。一天，儿子把 MP3 忘在了家里，海棠收拾房间时，好奇地把耳机塞在了耳朵里，打开了电源开关，骤然间，重金属轰鸣的声音几乎刺穿她的耳膜。

她很担心。

饭桌上，她对两个男人说："这个周末，咱们开车出去玩儿吧，好久没出去了。"

崔护沉默不语，儿子头也不抬地说道："不去。"

丧母的悲痛，使崔护看上去有了一种寥落的秋意，那是他身上最明显的变化。他想和儿子和解，可却觉得没有力气。他望着儿子出来进去的背影，高大的背影，心里是伤感和歉疚的。从前，儿子天天早晨缠着他要他开车送他上学，那时他的学校，离家其实并不很远，何况，他们父子俩的作息时间并不相同，为了送儿子，他每天至少要早起一个小时。那时，他常常一边开车一边跟儿子开玩笑，说："小子，赔你老爸的觉！"儿子则回答说："你记账吧，以后还。"

可现在，儿子的高中远多了。每天早晨，儿子都要匆匆忙忙背着书包去挤公车。那青春的背影里有一种冷酷的、不动声色的拒绝。这天，是台风袭来的日子，早晨起来就在下雨。崔护早早地起床，把汽车从地下停车场开到了他们楼门口，儿子一露面，他按下了车窗，说道：

"上车！"

儿子冷冷望着他。

他的车，堵在了车道上，后面有车开始鸣喇叭。崔护不动，坚挺着。父子二人僵持了一阵，又有车在后面催促，儿子终于打开了后面的车门，上车了。

他舒出一口气。

一路上，他们沉默着，他从后视镜悄悄注视着他长大的儿子。儿子一脸的严肃，那么英俊。他眼眶一热。雨刷的声音，单调地响着，唰——唰——他突然说话了，他说：

"奶奶去世，我非常伤心……可是，在这里，在这个城市，没有一个人，和我一起难过……"

儿子心里一震。

半月后，崔护开车应邀去邻近的一个小城给一个病人会诊，在高速公路上发生车祸，追尾，在送医院的途中，伤重身亡。

儿子考上北京的某所大学那年，海棠把崔护的骨灰送回了北方安葬。她和儿子在那个内陆城市为崔护选了一块墓地，在东山脚下，四周是移植过来的、高大的松柏树，很肃穆也很安静。墓碑是儿子设计的，没有雕琢的一块青石板，无任何修饰，上面刻着：河东崔护之墓。下葬那天，来了那么多儿子不认识的叔叔、伯伯、阿姨，他们是他父亲的同学、同乡、从前的同事，纷纷从四面八方赶来。葬仪上，一个头发花白的阿姨走上前，站在墓碑前，对着墓碑说道：

"崔护，这么多年，你在南边，大概从来听不到咱们的家乡戏吧？记不记得当年咱们在宣传队演《梁秋燕》？你演春生，我演秋燕，几十年了，崔护，我唱一段送你吧——"说着，她开口唱起了在他们家乡，尽人皆知家喻户晓的、属于过去年代的那个名剧：

那一天呀那一天，相亲相爱多呀多喜欢，

咱二人竞赛搞生产，看谁落后谁占了先，

我给咱争取个劳动英雄，我给咱争取个模范团员——

从前的、青春的、过时的戏词儿，天真的戏词儿，穿越了茫茫岁月，来至了一个人生命的终点。那唱腔，又高亢又明亮又婉转，引来了四周枝头上百鸟的和鸣。花白头发的阿姨，崔哲南不知姓名的阿姨，泪流满面，唱着，唱着，唱出了所有人的眼泪。此时此刻，崔哲南忽然明白了，父亲曾经跟他说过的那句话：

"在这个城市，没有一个人，和我一起难过。"

他心痛如割。

这一晚，他们住在姥姥家。哲南睡在客厅沙发上，他久久难眠。半夜里 他忍不住了，起来推开了母亲借宿的房门，母亲竟也醒着。也走到母亲床前，说道：

"妈，奶奶去世，你难过吗？"

"为什么问这个？"海棠有些奇怪。

"爸爸跟我说，他说，奶奶去世，他非常悲伤，可是，在那里，在南方我们那个城市，没有一个人，和他一起难过……"

海棠坐起来，把儿子拉到床边坐下，紧紧握着他的手，许久，她对儿子这样说道：

"这就是我跟你爸爸不同的地方！儿子，他是一棵树，而我，我是一只鸟。"

可是，这棵树，把自己连根拔起来，和鸟一起迁徙了。这是一棵多么悲壮的树！崔哲南悲伤地想。

3

又一年初夏，海棠因出差再一次回到了北方家乡，那个崔护如今安息的城市。

这一次，她是来采访一个致力于某"非遗"项目传承和研究的文化人。他们约好在一间酒店的茶吧见面。那是一间五星级酒店，她从自动旋转门内走进暗沉沉奢华的大堂，迎面过来一个人，步履匆匆，暗沉沉的大堂烘托着他犹如一幅巨画的背景。骤然间，她觉得身体里一阵爆炸般的轰鸣。

她呆住了。

那人直奔大门而来，走到她面前，就要擦肩而过时，"咦"了一声，忽然大叫起来：

"海棠！陈海棠！"

她张张嘴，笑了。

"哎呀真的是你！你怎么在这儿？听说你去南方了呀？"

"你呢？你怎么在这儿？"她觉得自己的声音轻飘飘的，很遥远。

他低头看了一眼手表。

"一言难尽——我现在有急事，车在外面等我，你手机多少？给我个联系方式，我打电话约你，我请你吃饭——"他急匆匆地说。

仓皇间，海棠从包里摸出一张名片，递给了他，说："全在这上头了。"他接过来扫了一眼，笑了。"嘿嘿，资深记者、编辑，挺适合你的。"他说，仍旧是字正腔圆、播音员一样标准的普通话，潇洒地一挥手，"等我电话——"旋转出了大门。

就像一个短暂的梦。

暗沉沉奢华的大堂里，有一种隐约的异香，强化着那不真实和虚幻。一定是梦，海棠这样想。只有在梦里，他才可能这样潇洒、轻松、毫无负担地站在她面前吧？

接到刘耘生的来电，已经是第二天下午了。他约她吃晚饭，在一个叫"×公馆"的地方，是这城市隐秘的私人俱乐部：庭院深深，花木扶疏，房间里古色古香，硬木的明式家具，条案、高几、八仙桌，几上设瓶炉三事，案上则陈列着一尾古琴。他看她打量那琴，就对她说，那琴，是明代的一把古琴，有名字，有出处，这饭店的老板花大价钱收来的。显然，他是这里的常客。

他们在桌前坐下了，他随手接过服务小姐递上来的菜谱，那菜谱也很别致，就像国画的册页一样。他"唰——"地拉开问海棠：

"你喜欢吃什么？"

"随便。"海棠回答。

他笑笑，说："那我就'随便'点了。你从南边来，海鲜不稀罕，不像这里的土老帽，味蕾迟钝无比，我今天中午请那些家伙们吃饭，鱼翅捞饭、九孔的澳洲鲍鱼、龙虾、活海参、东星斑，什么贵来什么，砸钱呗！一群傻逼——"他一边说，一边在菜谱上指着，对服务小姐吩咐说，"这个、这个、还有这个……告诉大厨，给我整得精致、精致、再精致！家常菜的灵魂是什么？知道不知道？就是精益求精！"

"酒水要什么？"小姐问。

他望着海棠，"喝什么？还是随便？那我决定了。"他一转脸对小姐说道，"来瓶拉菲，就我平时喝的那种！"

终于只剩下了他们俩。

他安静下来，望着她。她眼睛里有一种梦境般的神情。他想，大概是这里的考究把她吓住了。

"咱们有多少年没见了?"他忽然说，"三十多年了吧?"

"三十二年。"她轻轻回答，叹息似的。

"是啊，三十二年了! 你好像没怎么变，我一眼就把你认出来了。"他说。

"你呢?"她反问。

"我?"他笑笑，"这得你来回答呀，你不是也把我认出来了吗?"

"你下海了?"海棠问，"做什么生意?"

"被全国人民所诅咒的房地产，"他回答，解嘲地笑笑，"不好意思。"

菜来了，精致如日本的风格，小小的一碟、一盏、一碗，器皿异常精美、脆弱。酒也来了，他颇为内行地品鉴过后，小姐为他们斟在水晶的酒杯里。他举起酒杯，说道:

"为重逢。"

她也举起了杯子，抿了一口。

"怎么样? 这酒?"他问道。

"我不懂，"她笑笑，"我不会喝酒，干红，凑合的能喝一点。"

"这可不是一般的干红，"他说，"这是拉菲的精品，去年几个世界著名的品酒大师盲品，它得了第一，三万多块钱一瓶呢！"

"那你糟蹋了，"海棠回答，"酒也需要知音来赏，我喝不出好坏差别……"

"不糟蹋，"他说，一边又举起了杯子，"因为我要谢谢你。"

"谢我？谢我什么？"海棠惊讶了。

"你记不记得，我们有个约定，十年之约？"他望着海棠忽然这样说。

十年之约！海棠心一热，眼睛顿时湿润了。原来他还记得他们的约定，原来他还记得……海棠举杯的手颤抖了。

"我当然记得。"她回答。

"我说过，要是你干了傻事，我一定追进地狱里和你算账！幸好你没干傻事，来，干杯。"他笑嘻嘻说。

"莫非你真会追到地狱去吗？"海棠抬起了眼睛。

"开个玩笑——我哪有那份胆量啊？"他回答，"说起来那时候真幼稚，真小资，不知道什么是死，天天把死挂嘴边上，对吧？你说，那时候，你要是真干了傻事，我会怎么样？我只能做个爽约的背信之人！我热爱生命——所以啊，海棠，谢谢你没让我做背信之人，谢谢你没干傻事，我们今天才能坐到这里喝拉菲。"他仍旧嬉皮笑脸。

海棠听着，微笑地听，一颗心惶恐地沉、沉、沉下去，好像身体里有个深渊，不见底。他在对面举着酒杯，邀她同饮，那样浓郁的红色，那样虚无的红色。她让自己笑得灿烂些，举起酒杯，"砰——"一声，碰响了，那琳琅的轻响如同天籁。她想起一个诗人的话，"那是梦破碎的声音……"她一饮而尽。

"不用谢。"他回答。

"那时候，真是做梦也想不到，未来会是这个样子!"他突然感慨起来，"会过这样的生活，钱多得能把人埋起来! ——你呢，海棠，这些年你过得怎么样? 你当记者了，应该也不错，我说，你愿意到我的公司来吗? 我们自己有份杂志，缺个好主编，你要是来了，别的我不敢说，我保证，你的薪水我能给你翻两番! 怎么样? 考虑考虑?"

就在这时，他的手机响了，他掏出来看了一眼，皱皱眉头，断然把它关掉了。

"麻烦!"他小声说。

"小三的电话，对吧?"海棠笑着问道。

他皱着眉头笑了，

"老朋友面前不说假话……一个初出茅庐的大学生，学中文的，来应聘我们杂志的文字总监，人很聪明，很有心计。我和她，是酒后乱性，酒后失德，可现在，她用这件事来要挟我，要我把主编的位置给她！现在的年轻人，真是现实得可怕，完全是物质的动物！——你别误会我，海棠，我对我太太，一时出轨是有的，酒后乱性也有，可从来没有二心。"他笑了，"不说别的，离婚，一半身家分出去了，我有那么傻吗？……"

他的嘴，一张一合，一张一合，作为一个男人，他的嘴唇过于红润了一些。海棠出神地望着那张嘴，她曾在那张嘴上那么庄严地"盖章"。忽然她想起了契诃夫的小说《醋栗》，那个志得意满脑满肠肥的小地主，此刻他们多么相像……那是表姐丽莎以死抗拒的人生啊。

"你呢，海棠？你还没说说你自己，你过得好吗？"他忽然想起来问道，"你先生呢？他是做什么的？"

她的心疼了一下，想起了安息在东山脚下的崔护。

"很好，"她回答，"我先生，他是个医生。"

"哦——医生，"他望着她，"我觉得，你不像是一个会嫁给医生的人。"

"可我就嫁给医生了。"她安静地回答。

一种微妙的寂静，突然间，不期而至，酒杯、精美的碗盏、遥远的明代的古琴，似乎，都有了某种微妙的、耐人寻味的表情，如同突然被舞台上的灯光照亮。

"那时候，我给你写了好多封信，你为什么不回我的信？"终于，他隔着一张八仙桌，隔着三十二年的岁月，轻声问出了这句话。

"我写了。"她回答。

"可我从来没有收到。"他说。

"对，"她抬起了眼睛，"因为我没有寄出去。"

"为什么？"他问。

海棠微笑了，

"刘耘生，看在老朋友的分上，我说一句实话，"她安静地说，"假如，我昨天没有在那家该死的酒店碰到你，那该有多好！"

他愣住了。

海棠站了起来，"我还有点急事，先告辞了，谢谢你的款待，还有你这么昂贵的拉菲——再见！"

海棠朝他温柔地、留恋地笑笑，那是告别，和青春、和纯洁的初恋、和对它们的眷恋。它们太漫长了，她想。她安静地朝门口走去，身后，是她曾经视为生命的一切。她的手握住了黄铜的门把手，心里一疼。就在这时她听到了身后轻轻地一声喊，他说：

"海棠！"

她站住了。

"我能不能——再抱抱你？"他轻声说。

她没有回答，也没有回头。他几乎是无声地走过来，从身后抱住了她，他把她拥在了他如今发福的、厚实的怀中，轻轻拥着，很怜惜——那是一个凭吊式的拥抱。他身体的气息仍然让她伤感。他就这样抱着她静静地站着，许久，他在她耳边说了一声：

"我们都老了……"

海棠哭了。

4

墓地很安静。

四周有松柏树，也有一些榆槐之类的杂树，初夏的太阳，将松柏树晒出了暖烘烘悠长而苦涩的松香气，那是崔护喜欢闻的味道。

鸟鸣声却很喧腾。

海棠临走前来和崔护道别。她凝望着墓碑独自在地上坐了很久很久。一只喜鹊绕着墓碑不停地飞呀飞，最后就停在了墓碑上，歪着小小的脑袋，看着海棠，样子有些忧伤。海棠望着喜鹊微笑了。

"崔护，是你吗?"她对喜鹊说，"我知道是你。"

喜鹊扑棱一下飞走了。

她抬起眼睛依恋地追随着喜鹊，看它最终飞向树林，消失在鸟群之中。

"我知道那是你，"她收回眼睛望着墓碑微笑，"昨天晚上，我梦到你了。你来敲门，我开门一看，你大包小包的行李，堆在脚下，冲着我笑，说：'你说服我了——'我往你怀里一扑，醒了。"她又笑笑，"崔护，你知道，那时候，我离开这城市的时候，我心里，其实一点儿也不想说服你……"她伸出一只手，抚摸墓碑，抚摸青石板上那几个铿锵有力的字——"河东崔护之墓"，就像抚摸着他的脸，"崔护，那天，下葬那天，在你墓前唱戏的那个女人，你们中间，一定有些故事吧? 你从来没有告诉过我，那是你的秘密，对不对? 我，我也有秘密……"

她说不下去了。

她想起他对儿子说的话："在这个城市，没有人和我一起难过……"是的，没有人。

二十多年的岁月中，她不知道在什么地方，哪个时刻，遗弃了她自己生命中的朱利亚特。

"崔护，"她在心里眷恋地叫着他的名字，她说，"我知道你的秘密了，可是我的秘密，我永远都不会告诉你……"

鸟鸣声喧腾着，她的眼泪无声无息地流了一脸。

2011 年 11 月 3 日草成于脚伤之际

2012 年 1 月 3 日于太原改毕

水仙眼

一

傍晚，那个姑娘又来了，仍然是独自一人，坐在了角落里那张桌子旁。陈昭默不作声走过去，端过去一杯柠檬水。

"你好。"陈昭说，"一杯焦糖玛奇朵？"

她笑了，说："你怎么知道？"

陈昭有一点点恍惚和迷惑，她的笑容，不知为何给人一种飘忽的感觉，但这只是一刹那的事。店堂里很静，夕阳总给人一种山穷水尽的伤感，何况，玛琳·黛德丽还在背景音乐里轻轻唱着："最爱的莉莉·玛莲，最爱的莉莉·玛莲……"陈昭也笑了。

"你每次来，都点这个。"她回答。

"你记性真好，"姑娘说，诚恳地赞美陈昭，"这么多客人，你居然能记住。"

陈昭微笑不语。通常，这种时候，她知道客人期望一个什么样的回答，比如，"因为你很特别"、"你与众不同"之类，可陈昭看得出眼前这个人不需要这样的奉承。她脸上，有一种饱经沧桑却又漫不经心的天真，这很奇怪，陈昭最初就是因为这一点而记住了她。

这家叫作"水仙眼"的咖啡馆，无论地理位置还是装饰风格，在这条著名的酒吧街上，都不算显眼。在学设计的陈昭眼中，它几乎是乏善可陈的，没什么风格可言，既没有鲜明或者说矫情的中国符号，也没有同样鲜明矫情的异国符号。只不过，很奇怪的是，它给人一种安静和温暖的感觉，就像某种宁静的香气。店堂里，看不到任何和水仙有关的东西，眼睛倒是有一只，就悬挂在最醒目的墙上，乍一看，像是一幅油画，仔细看，才能看出那其实是一帧被处理过的摄影，一只大大的、柔美的眼睛，半垂着，深邃、端庄、安详，有一种神秘而悠远的喜悦，不知是人眼还是神明的美目。半年前，陈昭就是被这双奇异的眼睛吸引，才决定从将要移民加拿大的老板手里，盘下了这家店面。也还是为了这双眼睛，她保留了这咖啡屋随意的、混搭的、貌似无为而治的风格。

"水仙眼"的回头客，似乎，都有一些自恋的倾向，所以，他们才能和这只无处不在的凝视的眼睛，和平共处。

就象陈昭。

三天前，那个女孩儿第一次来"水仙眼"的时候，陈昭就注意到了她。她在晚高峰到来之前走进尚显空寂的店堂，没来由地，陈昭就觉得心里一凛。也说不出是什么缘故。看上去，这并不是一个艳光四射的美女，穿一件与时尚无关的白亚麻布无袖上衣，蓝色蜡染长裙，短发，一只耳朵上嵌着耳钉，另一只则戴着那种青花瓷镶银耳环。她进来，径直走到角落里那个位置，陈昭端着柠檬水走过去的时候，她低头看着桌面，看得很专注。

这大概是'水仙眼'唯一与众不同的地方，它每一张粗拙的、铺着红白格子粗布的桌面上，都压着一块玻璃板，玻璃板下面，则是密密麻麻无数张留言条。那些留言条上，写着奇奇怪怪的语言，或是一句歌词、一小段诗歌、一句电影的对白，或是没头没脑的心事、突兀的不明就里的表白、没有对象的宣泄，等等。偶尔，陈昭在打烊后收拾餐桌时，会留意一下那些字条的内容。

那一天，女孩儿直到店堂打烊时才起身离去，她一共点了三次饮品，三次都是同样的焦糖玛奇朵。也许，是觉得点一杯咖啡坐这么久不好意思的缘故吧？陈昭想，可她喝这么多咖啡回去还怎么睡觉呢？收拾她坐过的餐桌时，陈昭留意了一下，果然，她在玻璃板下看见了压在最醒目处的一张留言条，笔迹像夏日的露珠一样新鲜，上面写着：

"门：你好吗？过得好吗？我来过了，想念你，特别想……"

不知为什么，这朴素无华的表白，让陈昭对这素不相识的女孩儿，起了一点怜惜。

一连三天，都是这样。

显然，她在等那个"门"，或者说，等一个奇迹。

她总是选择角落里那张桌子，大概也是因为这个缘故，她总是在客人稀少的时分进门，一坐下来，第一眼先盯着桌面，看玻璃板下那张写给"门"的留言。那悠长缠绵的想念，静静地，在冷气充足的房间里，如同冻结了一般，凝结成了玻璃上一朵一朵忧伤的冰花，沉默地与她相望。

三天来，她始终是那一身衣裳，白亚麻布上衣、蓝色蜡染长裙。白亚麻布上衣起了皱褶，却仍旧是洁净的，没有一点汗

渍或污渍。这在酷热肮脏的夏天的北京，简直就是奇迹。陈昭
不知道是这身服装对她和那个"门"有特殊的意义，还是，她
出门在外没带那么多行头。这一晚，当她喊服务员点第三杯咖
啡的时候，陈昭端着一杯清香的菊花茶和一小碟新烤的曲奇走
到了她面前。

"美女，"陈昭说，"尝尝我们的菊花茶好吗？很香的。我
请客。咖啡喝太多了，会睡不着觉……"然后她压低了声音，
"其实，你什么也不用再点，也可以坐到我们打烊的。"

她笑了。

这是一个阴雨天。雨从她进店来不久就下了起来，起初，
是夏天常见的雷阵雨，慢慢地，竟下成了连绵的秋雨的味道。
雨使得店里生意清淡，整整一晚，没有几个客人，此刻，准确
地说，除了她，和一对显然是被雨逼进来的小情侣之外，店堂
里再没别的客人了。

"不好意思。"她朝四周看了看，对陈昭说，"耽误你们下
班了吧？"

"没有，"陈昭回答，"就算没有一个客人，我们也得坚持
到打烊的时间——灯亮着，总会有人走进来。"

陈昭放下东西转身要离开的时候，女孩儿突然说话了：

"我在等人，可是他没来。"

陈昭犹豫一下，回过头来，她知道，她撞上了一个故事。

"三天了，也许，他不会来了。"陈昭想了想，这样回答。

女孩儿有些惊诧地笑了，"你说话好直爽！"

"那要看对谁。"陈昭诚实地回答，"妹妹，你不会怪我交浅言深吧？"

她们俩，默默地对视了一会儿，姑娘大而清澈的眼睛里，盛满了那种深刻的、黑夜般浓郁的寂寞。

"能坐下来，说会儿话吗？"她突然这样恳求陈昭。

夜雨敲打着玻璃窗，灯红酒绿的酒吧街，似乎，被绵绵的夜雨滋润出了一点点沉静，还有，一点点朴素的真心。若有若无的音乐，仍旧是玛琳·黛德丽很老很老的歌声，又慵懒又凄迷。陈昭破例坐在了客人的对面，她很清楚地看到了对方细瘦的手腕上，有一道醒目的疤痕，像一只粗大的蜈蚣的浮雕。她注视着那道伤痕，没有顾及应有的礼貌——不知为什么陈昭觉得和她在一起，可以是没有顾忌的。

"很难看吧？"她索性把胳膊伸到了陈昭面前。

"是为了那个'门'？"陈昭抬起了眼睛。

突然传来了一阵笑声，原来是另一边那两个小情侣，他们嘻嘻哈哈笑起来，只听女孩儿一边笑一边用尖脆的声音说道："你要是能给我买房，我立马就嫁给你！"

陈昭对面的她，也无声地笑了。

二

那一天，老板带李生生和另一个女孩儿参加一个商务应酬，是一个重要的活动。所以，李生生特意穿了她最好的一件白色丝绸裙装和一双银蓝色皮凉鞋，为了搭这双鞋，她特意在一家很小资很波希米亚、专卖自制皮货的小店里，选了一款同样颜色的小皮包。那天，因为有雨，她好不容易才打车来到了酒店，意想不到的事发生了，那只漂亮的银蓝色小包，因为淋了雨，脱色，在她白色的丝绸连衣裙上，洇染出了一大片如水彩烟云般潦草夸张的痕渍，猛一看，像一幅写意画。

可以想象李生生的狼狈和沮丧。也可以想象老板大人的失望与不满。当然，这个有教养的先生并没有说什么太过分的话，他扫了一眼那个肇事的小包，又看了看另一个女孩儿拎在手里的皮包，微微点点头，面无表情地说了一声：

"这个包不错。"

女孩儿，李生生的同事，粲然一笑，回答说：

"这是我男朋友送我的生日礼物。"

李生生差点儿没把自己的嘴唇咬破才没叫出声来。天！那是什么包啊！那是"Lady Dior"啊！蟒蛇皮、淡淡的粉色！

什么样的男朋友才能送得起这样的"生日礼物"呢？李生生不知道。李生生只记得自己有一天到上海出差，偶然闲逛，走进了不知哪个大厦 Dior 的专卖店里，那是华灯初上的傍晚，店里几乎没有顾客，迷离的、梦幻般的灯光，打在展示柜上，她看到了那一款款的"Lady Dior"：羊皮的、蟒蛇皮的、布料的、黑色、淡粉色、浅紫色、红色……一只只，如同沉在灯光的水里，像神话中的水仙，魅惑而沉静。她静静地、缠绵地望着它们，那一刻，她觉得它们似乎是有灵魂的。

只是，她听不懂它们在说什么。

但她决定要尊重它们，比如，在读懂它们之后，再拥有它们。

可是，在发生了那个"皮包意外"之后的周末，李生生和一个闺蜜约在了"水仙眼"见面喝茶。一见面，她忍不住讲了那件不愉快的事情，还特意模仿了老板说"这个包不错"的口气，以及，同事回答时的那份炫耀。然后，她这样问闺蜜：

"你说，我要不要写张字条，压在这玻璃板下面，就写：谁送我一个 Lady Dior，我就做谁的女朋友？"

闺蜜愣了一下，然后，她们一起哈哈大笑。

那一天，她点的是焦糖玛奇朵，就在那杯咖啡喝完的时候，一张字条，突然出现在了她面前的桌子上，是一张普通的便笺纸。上面，用碳素笔画了一只皮包的速写，李生生一眼就认出来，那是 Lady Dior。只不过，是一只夸张的 Lady Dior，包面上，那些绗线的圆形图案，变成了一只只大大的、挑逗的眼睛，寥寥几笔，却魅惑而生动。

皮包下面，写了这样一行字迹："每一只眼睛，都在喜悦地望着你：做我的女朋友吧！"

李生生惊讶地抬起头，旁边桌子上，一个英俊而阳光的帅哥，正朝着她微笑。

现在，那一只只眼睛，那么多只眼睛，在夜雨声中，似乎，正与陈昭冷冷对望：那是一种漆黑悠远的冷。陈昭觉得有些诡异。她抬起头，忽然注意到，姑娘耳朵上那只青花瓷镶银大耳环，仔细看，中间仿佛也有一只眼睛。

"你的耳环上，也有一只眼睛吗？"陈昭不禁这样问。

她笑了，说："你看出来了？"

陈昭也笑了，她想，假如看不出来，还有什么意义？

她轻轻地，爱抚似的用手摸了摸耳环，说，那是她和他一起，从古旧市场淘来的古瓷片，然后，他千挑万选，亲自挑选了图案，亲自设计，请人加工切割，做成了这只耳环。

那是她准备出国的前夕。她们这家外资公司，派她去国外培训半年。半年的离别，让他们难过和恐惧。他把这只耳环给她戴上，他说：

"李生生，不管你走到天涯还是海角，我每天，可都在看着你。"

他说，那是他的眼睛。

此刻，这个叫李生生的姑娘，望着陈昭，笑了笑，说："姐姐，你听过太多这样的故事了，对吧？"

"对。"陈昭很肯定地点头。

"那你一定知道下面发生了什么。"

"对，"陈昭回答，"你回来，发现他的眼睛，不再看你了……我猜，他可能是一个凤凰男，他爱上了一个，怎么说呢，能让他成功的女人。"

"你好聪明啊！"她又一次真心地这样赞美，"你怎么会什么都知道？"

"我还知道，你，干了傻事。"陈昭放轻了声音，直直地盯住了她手腕上醒目而丑陋的疤痕。

"是啊。"她叹息似的回答，"不过，姐姐，我不后悔。"

感动，就是在听到这样一个天真的回答时，悄悄浮上了陈昭的心底。她终于忍不住伸出手去，轻轻抚摸着那伤痕，抚摸着人世间的残酷、冷峻、背叛以及生生不灭的痴情。夜雨突然之间又下大了，雨声盖过了若有若无的忧伤的音乐，那是一种更大更辽阔的忧伤，笼罩住了整个没有心的城市。

"你，不是北京人吧?"陈昭小声问道。

"对，我是北漂。"她回答，"他也是。"

"今天，不，这三天，是特别的日子吗?"

"算是吧。"她像个孩子似的舔了下嘴唇，这样回答，"看来，他忘了。"她又朝陈昭笑了一笑，"姐姐，我也该走了，我还要赶路。"

陈昭点点头。

她迟疑了一下，"姐姐，我，能拜托你件事吗?"她侧过脸，伸手摘下了那只青花镶银耳环，把它托在了掌心里，她的掌心，苍白，细致，有种不真实的脆弱，"假如，也许，有一天，他，我是说了门，他再来这里喝咖啡，你见着他了，就把这只耳环交给他。他说过，这耳环的名字，叫'青花的注视'，他说那是他的眼睛，你对他说，就说，我带着他的眼睛，太难过了……"她仍然笑着，声音却哽咽了，"我知道我太冒昧，可我实在无人可托，我不会再来了。姐姐，你说了，咱们'交浅言深'，那就拜托你! 万一，万一他永远不再来这里，那，那就当作我们俩认识一场的纪念，或者，就干脆把它扔了——"

"我不会扔，放心，我想我总会碰到他的，不管多久。'山和山不会相逢，人和人总会见面'，对不对?"陈昭温柔地回答，她觉得自己的眼睛有些湿了。

她使劲点点头，说："谢谢你，姐姐。我总算没有白来一趟。你还不知道我的名字吧？我叫李生生。"突如其来地，她哭了。

三

十二月，临近圣诞节前夕，有一天下午，一对夫妻模样的男女来到了"水仙眼"。他们拎着大包小包的购物袋，都是一些如雷贯耳大品牌的商标——显然是在附近的专卖店里购物后来这里歇脚的。起初，陈昭并没有特别注意他们，那一天，客人很多，店堂里很拥挤，人来人往。那个男人用信用卡结账，他在打印的凭条上流利地签下了自己的名字，那名字很特别：门庭芳。

收款的恰好是陈昭。

陈昭抬起眼睛，不动声色地看了他一眼。"这个姓，挺少见。"她说。

"是，"男人礼貌地回答，"这是个小姓。"

"还好，要是个大姓，可就麻烦了。我有东西要给你。"陈昭说。

男人十分惊诧，"你，认识我？"

陈昭摇摇头，"不，我不认识你，是李生生，她要我转交你一样东西。"

"谁？你说谁？"男人大惊失色。

"李生生。"

他迅速朝身后的女人那边看了一眼，陈昭闭了下眼睛，她想，亲爱的上帝，我终于找到那个"门"了。

他回过头来，神色紧张，压低了声音，说道："你，你什么意思？"

陈昭笑了，"我知道你现在不方便说话，等你方便的时候，来找我吧。"她回答。

这天晚上，纷纷扬扬地，下起了雪。快打烊时，他冒雪来了。这个"门"，夹带着风雪和寒气，走进了"水仙眼"。他身高足有一米八〇，小麦色的皮肤，两只马来人似的深眼睛，马尾辫，皮夹克，不用说也知道他是一个"艺术青年"。只是，他的神情仓皇而落寞，这让他看上去有一点猥琐。

"我知道你今天会来。"陈昭说。

"你是谁？"他疾速打断了她的话，"你什么时候见到的生生？"

她朝他伸出手，手掌上，是那只"眼睛"，青花瓷耳环。

他惊得后退一步，"它？它怎么会在这儿，怎么会在你手里？"

"李生生亲手交给我的。"陈昭回答。

"不可能！"他叫起来，"不可能！这不可能！她，她入殓时戴着它走的，我亲眼看着她火化的——"

他对面的女人，陈昭，一点也不惊讶。

"我知道。"她说。

"你知道？"他倒吸一口气。

"你先坐下吧。"陈昭说。

她让他坐下，然后，她给他端来了一杯咖啡，焦糖玛奇朵。他盯着那咖啡望了许久，

"我好久没碰过焦糖玛奇朵了。自从生生死后，我就没有再喝过它。"他俯下身去，深深地，闻了闻那咖啡的气味，声音突然有些喑哑。

"她来过了？"他突然抬起了头。

"对。"陈昭回答。

"什么时候？"

"夏天，七月份的时候。"

"那是她的祭日。七月十六号。今年，是她的三周年。"他这么说，"三年前，她割腕自杀……"

"你原来还记得呀！"陈昭回答道，"一连三天，她都在这里等你……可你没来。"

他突然埋下头去，用两只大巴掌捂住了脸，渐渐地，从指缝中渗出了泪水。雪天的深夜，就要打烊的咖啡屋中，温暖而静谧。一个女人的声音，若有若无地在唱着一支关于红雪莲和死亡的歌：

> 有一天你上了天山再也没有回家来，
> 在冰雪过后我找到了你那冻僵的身怀。
> 你的怀中，
> 放着为我病中采下的红雪连，
> 我知道了这是你
> 对我最后的表白……

陈昭突然涌上来深深的感伤，为生生，为自己，为眼前这个"门"，为所有被生活摧残着的、年轻和不年轻的生命。她突然不想再说什么，也不想再知道什么。她轻轻拍了拍他的肩膀，说：

"别这样。"

他抬起了头，满面泪痕，望着她，"活着真难。"他说。

是。她想。可是没有办法。太宰治说："生而为人，对不起。"可是，对不起谁呢？

在这个雪天的深夜，她把那只来自另一个世界的青花的"眼睛"，交还给了这个世界的故人。她能做的，也就只是这一点点。

他最后这样问陈昭："那时候，她拜托你的时候，你，猜出生生的来历了吗？"

陈昭点点头。

"你怎么知道的？"

"因为，"陈昭轻轻回答，"一连几天，我都在我的收款箱里，发现了几张纸钱——她在用冥币付账。"泪水突然之间溢满了她悲伤的眼睛。

漫天大雪之中，北京变得洁白。

2013 年 3 月 28 日于北京

春生万物

一

听来，"春生"更像是一个男人的名字，也是个潦草的名字。

春生生在春节，大年初一，一大早，她妈刚把半算子白花花的羊肉胡萝卜饺子下进锅，突然，羊水破了。手忙脚乱之中，还没来得及送医院，她就急不可耐地落了地。她妈那年不到三十岁，身强力壮，又是第三胎，所以，她来这个世界真是来得太轻易，太潦草。于是，名字也就跟着潦草起来，她爸都懒得多想，说，春节生的，就叫个"春生"吧。

那一天，因为春生的缘故，因为她的不期而至，一锅香喷喷的羊肉饺子煮成了片儿汤。一家人可惜得不得了。那年月，能吃上羊肉胡萝卜饺子是生活中的大事件啊。大姐那时已经六岁，懂事了，为这锅盼了多日的饺子和妹妹结了仇，月子里，常常趁她妈看不见的时候，忍不住就要在小妹妹的胳膊上、腿上恶狠狠掐一下，要不就用手指头去捅她忽扇忽扇的天灵盖。捅来捅去的，不知怎么竟让她捅出细细的一小股水流。这水把她自己吓住了，哇哇大哭，她妈过来气急败坏地扇了她一巴掌，骂道："小祖宗，捅成傻子，你养她一辈子啊?"

那是五十年代最后一个春节。

接下来的大饥荒，春生没有记忆。

春生也没有"过生日"的记忆。

春生的姐姐们、弟妹们过生日，妈妈总要在早晨额外给他们煮一个鸡蛋，这个鸡蛋使"生日"这回事变得意味深长和幸福，使生命变得富有仪式感。可是春生不同，春生的生日太大了，太隆重热闹了，重大和热闹到已经完全没有必要特别庆贺。于是，大年初一早晨的饺子，取代了那颗特别的鸡蛋。母亲把饺子端上桌，姐妹弟兄欢呼雀跃，大家一哄而上，吃得兴高采烈。那是过年的饺子，过年的仪式，普天同庆，却和春生无关。

春生是个细腻的孩子，也是个安静的孩子，从小，她就懂得人应该把愿望安静地埋藏起来。就像一粒种子，它最好的命运是埋进黑暗而温暖的土壤。春生的愿望，说来既缥缈又极其现实，那就是，此生能遇上一个在大年初一早晨，在饺子端上餐桌的时候，对她说一声"生日快乐"的男人。春生身上，是有那么一点文艺腔，或者说，小资的情调。这和她从小生长的那个家格格不入。她爸是工厂的技师，她妈是副食商店的售货员，姐妹弟兄五人之中，只有她，像个异类，爱读书和幻想。她妈有时候会想，要不是她就落生在自家炕头上，还真以为错抱了别人家的孩子呢。就连相貌，她也和一家人大相径庭。一家人，都是高大强壮声如洪钟浓眉大眼的那一类，而她，则又瘦又小，细细的眼睛，巴掌脸，高颧骨，不好看，却不知哪里有一点让人望而生怜的风情。对了，是风情，春生骨子里是个有一些风情的女人。

读夜大的时候，有一天，新请来的外国文学老师点名，点到她的名字，听到她细弱的那一声"到——"后，老师抬起了眼睛，注意看了角落里的她一眼。那是一位年轻的男先生，在这城中的一所大学中当讲师。课间，先生走到她身边，对她笑笑，说道："周春生，我还以为是个男同学呢。"她红了脸，也笑了，回答说："好多人都以为我是个男的。"

"春天生的?"老师不经意地随口问。

"春节生的，大年初一。"她回答。

说完，她突然觉得自己的心猛地跳了两下，好像她说出的是一个不能示人的秘密。

"嗬，看来你是个贵人了，大年初一的生日，就像《红楼梦》里的元春啊!"先生望着她笑微微地说。

"您取笑了——"她不知道该说什么，一句话不知不觉脱口而出，"我是不期而至的……"

下一周，又一节外国文学课间，男先生走到她身边，手里拿了一样什么东西，他把这东西轻轻推在了春生面前，是一张干干净净的明信片。

"你那天说，你是不期而至的，我就想起了这个，"他笑着对她说，"送你了。"

明信片上，印着一幅油画，那幅著名的《不期而至》，列宾的名作。那是春生第一次和这伟大的《不期而至》遭遇。她望着这充满情节性的画面，望着遥远岁月中俄罗斯的男人、女人和孩子，望着如同劲风一般扑面而来的惊愕，以及惊愕之后可能会降临的狂喜或是剧痛，突然意识到，这世界上，所有的不期而至都是有故事的——她渴望也有一个故事发生。

但是没有。

下一周，再下一周，男先生没有来，他从此再也没有来过这个简陋的夜大，原来他只是替别人代了两周课。如果没有那张明信片，春生几乎没办法证实他是个真实的存在。那张明信片向春生证实了这样一件事：她曾经和一个最接近浪漫的时刻擦肩而过。

二

那是条小街，却有个华丽的名字：云门路。这城的格局，一向清楚端正，东西向叫"街"，南北向则叫"路"。尽管"云门路"比一条巷子宽不了多少，或者说它根本就是一条陋巷，但它骨子里却有一种没落沉静的尊严——从前，几百年前，它是通向王府的必由之路。

十几二十年前，云门路曾经做过"集贸市场"，一个一个摊贩，把一条路几乎塞成实心。后来集贸市场没有了，可路两边临街的房屋，全都做了商铺。一家一家小饭店、便利店、粮油店、蔬菜水果店、花店和美容美发屋，如雨后春笋般生长，于是，云门路变成了一条商街。

云门路中腰上，连接着一条长长的横巷，巷口，不知从何时开始，来了一个钉鞋的手艺人。那个手艺人和他钉鞋的机器，就像泰山石敢当一样占据了那个丁字街角，一年四季，再也没有挪动过位置。那是个看不出年龄的男人，他沉默的时候，看上去像是五十岁；他一笑，阳光在他黝黑的脸上跳跃的时候，他马上就成了一个二十岁的小伙子；可是，当他站起身来，却又只有五六岁孩子的身高。对了，他是一个永远长不高的小矮人，是——侏儒。

人们都叫他"小鞋匠"。

小鞋匠手很巧，一只多旧的鞋到了他手里，也能让它变得有模有样。他不光钉鞋，也顺带着给人修修拉链、修修伞什么的。修拉链、修伞，常常是免费服务，用他的话说，就是，"顺手的事"。坚持给他钱，他就会说："你小瞧人吧?"于是，年复一年，他有了很多的回头客。后来，当"翰皇"这样专营修鞋擦鞋的连锁店满城开花，这城中许多钉鞋匠被迫歇业的时候，他的那个孤独的摊位，却还如泰山石敢当一般坚挺着：小鞋匠永不会失业。

小鞋匠永不会失业。这话，是对面水果店老板娘说的。

三

认识魏宪明，是在春生二十三岁那年，冬天，春节将至，春生去逛海子边服装市场，迎面过来一个大男孩儿，撞了她肩膊一下。她还没意识到发生了什么，就听见了一声惨叫——只见男孩儿的胳膊被一个男人几乎扭成了麻花。春生惊愕地望着这一幕，不明白自己的钱包怎么就到了惨叫的男孩儿的手上。

只听那男人说："小子！就看你不对劲，早盯上你了！我就等着你伸爪子呢。"

男孩儿一边惨叫一边"大哥！大姐！"地喊着求饶，春生心软了，她看那孩子也就十六七岁的样子，还没有成人呢。一圈人围着他们，那孩子真成了一只过街的小老鼠，看热闹的人，你一拳我一脚的，打他就像打沙袋，很快他的鼻子里就流出了鲜血。"送派出所！送派出所！"人们这么喊。春生挤上去对那男人说："算了吧，原谅他这一次，他还这么小——"

后来，那男人，魏宪明，从后面追上了她，魏宪明对她抱怨地说道："就是因为有你们这样是非不分的人，这世上，才有小偷！"

春生笑了，她对他说："谢谢你啊，师傅！我还没谢你呢，你是便衣吧？"

"便衣？"魏宪明一愣，哈哈笑了，"我可不是雷子。我就是爱管个闲事，路见不平，拔刀相助！"

说这话的时候，他身上洋溢着一种天真的豪气。春生突然之间就有了一些感动，她想起了《水浒传》中的那些豪杰英雄，特别是戏曲舞台上的那些豪杰，比如，李逵吧，大花脸，鬓边插一朵大红花，一派天真烂漫。他们的故事就这样开始了，有一点儿类似于英雄救美。只不过，英雄救美的开头总是相似的，而结局却各有各的不同——他们最终不过是人世间一对再平凡不过的柴米夫妻。当然，该赶的都赶上了，先是魏宪明所在的工厂倒闭，接下来春生她们的毛纺厂也破产倒闭了，两个人都下了岗。可是，日子总得过下去呀，他们还有要上学读书的女儿。夫妻两人，到处找活儿干，给人家打工，可是魏宪明在任何地方都干不长远，他那"路见不平拔刀相助"的豪气，给他带来的都是麻烦。最后，想来想去，一咬牙，春生拿出了她家所有的积蓄，又变卖了她仅有的项链和戒指，凑了笔钱，租下了云门路上一间门面房，夫妻两人做起了水果生意。

春生对丈夫说："咱自己给自己打工吧。"

那是间小小的门面房，前后一分为二，前面是店，后面就算是库房，支了张木板床，为的是留人下夜看店。一家人，又在后面的大杂院里租了一间东房，晚上，春生就带着女儿在这房里住。起初，夫妻俩，魏宪明管进货、批发、下夜，春生卖货看店，可是这样的生活让魏宪明憋屈，窒息。他是豪杰啊。他需要的是一个江湖，他怎么能在一间永远散发着水果腐败气味的小屋里打发余生？他变得越来越烦躁，常常酗酒。喝醉了就砸东西，打老婆，骂这个对不起他的世道，把成箱的水果像举鼎一样"嘿——"地举起来朝春生身上砸：他生气发泄也仍然是个豪杰的架势。

终于，有一天，他走了，说是要去南方打工。他对春生说："这日子我过够了。"春生没问他去南方什么地方，去干什么，只是对他说道：'不管你走多远，你要回家过年……"他愣了一愣，眼圈红了。

魏宪明是个孝子。从前，春生的婆婆活着的时候，每年春节，大年初一，他们一家三口都要去婆婆家团聚。那是个大家庭，守的是老规矩，除了出嫁的大姑子，他们弟兄三人、妯娌三个、孙儿孙女，再加上待字闺中的小姑子，十几口子人，把一张旧式的大八仙桌围了个满满当当。饺子包好了，凉菜摆上了桌，酒杯里斟上了酒，这时，永远是魏宪明豪气干云地一挥手，说道："坐坐坐，大家都坐！春生，你去煮饺子——"

是啊，春生是大嫂，这活儿，非她莫属似的。她在厨房里守着炉灶，听着外面的笑语和喧闹，把一排排饺子推进锅里，看它们在沸水里挣扎翻腾。这种时候，她不知为什么总会想起小时候猜过的一个谜语：一群大白鹅，扑腾扑腾跳下河……那里面有一种欢腾的气象，天真的气象，好像它们多么心甘情愿去赴汤蹈火似的。春生哭了，她想，人啊，真自私啊。

等她上桌的时候，早已是杯盘狼藉了。孩子们纷纷离席而去，去放爆竹或是去看电视，男人们都有了浓浓的酒意。小叔子们会敬她一杯酒，说："大嫂辛苦了！"还是魏宪明，豪迈地回答道："煮个饺子，还值当说辛苦？酸文假醋！"大家都笑了。她也笑。人人都很快乐。她也是快乐的。这是个和睦快乐的时刻。她望着魏宪明，她的亲人，她不知道自己的眼睛里藏了期待，她以为，她早就不再期待什么了。

多年前，在她还是个小少女时，有过一个愿望，此生，能遇上一个在大年初一的早晨，饺子端上桌的时候，对她说一声"生日快乐"的男人……她没能遇到。没能遇到而已。

四

日子如水一样流过。

有一年，那是小鞋匠刚在云门路安营扎寨的第一个年头，夏天的一个中午，天气酷热，云门路很安静，一天中唯有这时这条路是安静的，几乎没有什么行人，人们都在屋子里躲避着骄阳。小鞋匠无处可躲，他缩在墙根的阴影里静静等待着可能到来的生意。这时，对面水果店的老板娘走来了，手里捧着半个西瓜，安静地笑着，对他说道："小师傅，吃块瓜吧——我杀了个西瓜，一个人吃不了。"

那半个西瓜，切成了花瓣一般，簇拥着，只在瓜蒂那里相连——打动他的，不是西瓜本身而是这份细致，那里面有一种尊重和诚恳，小心翼翼地尊重。他没有推辞，接了过来。西瓜很甜，很凉爽。那凉爽的汁水咽下去的时候，眼泪不知为什么几乎夺眶而出。他忍住了。

"没人真好——"他听她叹息了一声，"没人的时候，云门路才是云门路，就算是没落了，也不呼天抢地——"突然她自己笑笑，"可是没人，咱们吃什么？"

他也跟着笑了。

他想，她是在说自己吧？

他没见过那个男人，她丈夫，老公。可他知道她是有老公的，听人说，她老公在自己到来的前一年，去了遥远的南方，一去就再也没有回来。还听人说，那男人，是条好汉，眼里不容沙子，就是喜欢和老婆动粗。渐渐地，那个男人变成了传说中的人物，有人说他在什么地方做保安，做保镖，有人说他因为管闲事替人抱打不平遭了黑道的暗算，早已死在了外面，尸首叫人扔进了冶炼炉里，化成了一缕铁水……这些闲话，或者说传说，也不知道这个叫春生的女人听没听说过，从她脸上，看不出风生水起的痕迹，她活得艰辛而安静。一年又一年，靠着这个小小的水果店，养大了女儿，把她送进了外省的大学，毕业后就留在了那里工作。那个水果店，那个家，只剩她一个人坚守着。

他不知道做水果生意能赚多少钱，却看出她日子过得很是节俭。一双皮鞋，不知穿了多少年，找小鞋匠，补了又补，钉了前掌钉后掌。起初，他不收她的钱，可是她说："小师傅，你不收钱，我怎么好意思再来呀？"于是，他就给她最优惠的价格。她呢，也一样，他来买水果，她收的也就是个批发价。当然，水果他并不常买，她也没有那么多的鞋要钉，隔了一条窄窄的街道，他们井水不犯河水。可是，知道她在对面，知道那里有一个安静的她，于是，世界变得不一样了，更快乐，也更伤心。

和这街上所有的商贩一样，城管不注意的时候，春生也会悄悄把她的水果摊支在门外，占道经营。这总是让小鞋匠暗暗高兴。他喜欢看她做生意的样子，喜欢听她和顾客柔声细气地说话，也喜欢看她摊子上那些漂亮鲜艳的水果，他觉得整整一条云门路，就数她的水果摊最漂亮，水果漂亮，摆放得也漂亮。他嗅着随风飘来的水果的甜香，手里的活计也做得不同凡响的漂亮起来。听到顾客真心的称赞，他矜持地微笑不语。有一次，一个女顾客对他说道："小鞋匠，出了云门路口不到两百米，新开了一家'翰皇'的连锁店，你不怕它和你抢生意？"

他还没回答，只听对面传来了春生的声音，春生说道："小鞋匠永远不会失业，到哪里去找他这么好的手艺？"

这一天，一辆小轿车停在了春生的水果摊前。她不懂车，不知道那是一辆 7 系列宝马。车门一开，下来一个衣着考究的女人，女人急匆匆说道，"给来个果篮——多少钱？"突然女人一抬眼惊叫起来，"周春生？是你？"

春生也瞪大了眼睛，"你是贾莲？"

"对呀对呀，是我。"女人夸张地连连点头，"天哪周春生，你怎么就像从人间蒸发了一样？老同学谁也联系不到你！你，你还好吧？"

"你都看见了，就这样。"春生微微一笑。

"今天我有急事，赶着去看一个人，喏，这是我的联系方式——"她掏出了一张名片塞到了春生手里，"记着联系我！"她一边打开车门一边回过头来说道，"春生，我好想你……"

车一溜烟开走了。

中午，云门路安静下来，春生静静坐在她的摊位前，小鞋匠也坐着，他们隔了窄窄一条路，小鞋匠先开了口，小鞋匠说："上午那个女人，是你同学？"

春生点点头，"是。"她回答，"夜大的，我上过夜大。"说完她笑了，"就像上辈子的事……"

他不知道该说些什么。

"我俩当时是最好的朋友。看不出来吧？我俩同岁，看上去我要比她老十岁吧？"

"我没看出来。"小鞋匠回答得斩钉截铁。

"我们俩，算阳历是同岁，算阴历她要比我大一岁——其实她才比我大一天，你知道为什么？她生在年三十，我生在大年初一，她属狗，我属猪。"她笑了，笑得有些忧伤，"从前有幅画，画的是一个襁褓中的婴儿和一支红烛，上面题着两句话，说，'除夕生的小弟弟，过了一天长一岁'，这说的就是她……"

他沉默着，听她说。他们还从来没说过这么多的话，他们从来没有触碰过云门路之外的任何一点事情：云门路是一个疆界。他心里清楚，知道她不是说给他听，她不是说给任何人听，她是在凭吊。

"那时候，有过一个老师，他说，我是个贵人。"她笑着望向他的眼睛，"小鞋匠，你觉得可笑不可笑？"

五

生活中总是有意外的。谁也没有想到，这一年，年关将近的时候，腊月二十九，出走多年音讯皆无的魏宪明突然回来了。

走时，他是个健康的男人，回来时，却瘸了一条腿。

他站在门口，望着无比惊愕的春生，说道："你说让我回来过年，我回来了。"好像他只是走了几个月，几天，而不是这么、这么多年。春生目瞪口呆说不出话，蓦地，她想起了一个词，不期而至，她想，这就是不期而至，这个人，他头发都白了呀。她不知道自己像片枯叶一样在发抖，眼泪狂流不已。

除夕夜，春生包了饺子，蒸了鱼，做了丸子、烧肉，当然，还有酒，老白汾，二十年陈酿。他喝了一杯又一杯，这让春生隐隐地不安。她说："少喝点儿吧，饺子都凉了，是你爱吃的羊肉胡萝卜馅儿。"他回答："喝酒喝不痛快，还不如死！"

于是，春生知道了，尽管他白了头，瘸了腿，可魏宪明还是那个魏宪明。

一坛酒告罄了，他突然抬起了眼睛，直勾勾地盯住了春生的脸，说道，"你就不问问我，挣没挣到钱？"

春生老实地回答："挣不挣钱不要紧，你回家就好。"

话音没落，他猛地掀翻了饭桌，跳起来指着春生的脸，一阵咆哮："我就知道你他妈的瞧不起老子！你瞧不起老子！你怎么知道我挣不上钱？你就盼着老子死在外头，老子死在外头骨头扔在外头你好再找小白脸！你天天在家咒老子不挣钱，不得好死，对不对？你做梦，老子死不了，老子瘸了腿，爬也要爬回来——"他突然呜呜地哭起来。

"你醉了——"良久，春生轻声说。

"谁说我醉了？"他一双血红的眼睛，就像受伤的野兽的眼，恶狠狠盯着这个无辜的柔弱的女人。这个亲人，突然一转身，抓起身边的水果箱，像举鼎一样地，轻车熟路地举起来，冲着春生就砸过去，春生一躲，下意识抬起胳膊，箱子砸在了她肩膀上。然而，这仅仅是一个开始，他东抓一箱，西抓一箱，力拔千钧地，举起来，砸下，举起来，砸下。小小的屋子，刹那间，成了水果的坟场，遍地都是水果的残尸，苹果、草莓、柑橘、火龙果、山竹、提子、杧果，鲜灵灵的生命，芳香的生命，它们无辜蒙难。春生沉默不语，她的心在淌血。她知道，这个男人，这个曾经豪情万丈的男人，他在外面的世界忍受了多少委屈、折磨、凌辱、伤痛，她都要为这一切埋单……

一阵癫狂发作之后，他突然倒地，人事不知。

春生身子一软，也瘫坐在了地上。

就像轮回一样，这样可怕的、绝望的日子，又开始了。又开始了。

她眼睛慢慢逡巡着，她知道自己在找什么。终于，她瞥见了那把刀。杀西瓜的刀，细长、锋利，她扑过去把它抓在了手中。真合手啊，也真漂亮。刀刃上雪亮的光芒，像某种冷静的女人的眼睛。她把刀紧紧紧紧握在手中，她想，我可以结束这一切。

就在这时，突然地，爆竹响了。几乎就在一瞬间，爆竹和烟花在这城市同时炸响，春生的城，用全身心的震荡、用灿烂的燃烧和欢腾的毁灭来迎接着一个新年的到来。天都炸红了。所有汽车的防盗装置，全都在凄厉地鸣响——那是神的警告。

刀从春生手里滑落下来。

良久，良久，爆竹声稀落下来之后，春生起身走到了外面，她离开了那个危险的现场。门外，路灯下，有几箱水果摆在摊子上还没有收进屋。那是仅存的没有罹难的几箱。突然，她看到了一样特别的东西，一枝玫瑰花，插在水果箱上，是一朵红玫瑰，瘦瘦的，在凛冽的寒风中，又伶仃，又坚韧，又张扬。她愣住了。

那一缕暗香，像幽魂一样，驱走了满城硝烟的气味。

一张小卡片，插在花茎上。借着路灯的光明，她看见了卡片上那几个字，那上面写的是：

　　春生万物——祝你生日快乐！

　　那是五十年来，她收到的第一个生日祝福。春生哭了。

　　也许，她永远不会知道是谁送她的玫瑰；也许，她猜到了。

2010 年 12 月 3 日于太原

心爱的树

一八九〇年，或者，一八九一年，一个人带着行装上路了。他离开海边的六道，沿灌木林里一条草木繁茂的小路，准备做一次环岛的旅行。后来他有了一匹马，是别人借给他的，他就骑着这马继续走向岛屿的纵深。一路上，不断有人向他打着招呼，说："哈埃雷——马依——塔马阿！"意思是说，来我家吃饭吧。他笑笑，却并没有停下他的脚步。后来，有一个人叫住了他，是一个象阳光般赤热明亮的妇女。

"你去哪里？"她问他。

"我去希提亚阿。"他回答。

"去做什么?"

"去找个女人。"

"希提亚阿有不少美女,你想讨一个吗?"

"是的。"

"你要愿意,我可以给你一个,是我女儿。"

"她年轻吗?"

"年轻。"

"长得健壮吗?"

"健壮。"

"那好。请把她找来。"

就这样,欧洲人高更,在希提亚阿,找到了他的珍宝,他年轻健壮俊美、皮肤像蜜一样金黄的塔希提新娘。他用马把他的新娘、他幸福和灵感的源泉驮回了岛上的家。

两年后,这个男人离开了,他乘船离开塔希提回法国去。他的女人,坐在码头的石沿上,两只结实的大脚浸在温暖的海水里,总是插在耳边的鲜花枯萎了,落在双膝上面。一群女人,塔希提女人,望着远去的轮船,望着远去的男人,唱起一首古老的毛利歌曲:

南方来的微风啊,东方来的轻风,你们在我头顶上会合，互相抚摸互相嬉闹。请你们不要再耽搁，快些动身，一起遁到另一个岛。请你们到那里去寻找啊，寻找把我丢下的那个男人。他坐在一棵树下乘凉，那是他心爱的树，请你们告诉他，你们看见过我，看见过泪水满面的我。

——取材自《诺阿·诺阿》

一　梅巧和大先生

梅巧十六岁那年，嫁给了大先生。大先生比她大很多，差不多要大二十岁，所以，梅巧不可能是大先生的结发妻子。大先生的发妻，死于肺痨，给他留下了一双儿女。迎娶梅巧时，大先生的长子，已经考到了北京城里读书，而女儿，也快满十三岁了，一直跟随祖母在乡下大宅里生活。

嫁给大先生，梅巧是有条件的。梅巧本来正在读师范，女师，由于家境的缘故辍了学，梅巧的条件就是，让她继续上学读书。

"让我念书，我就嫁，"她说，"七十岁也嫁。"

这后半句，她说得狠歹歹的，赌气似的。其实，和谁赌气呢？梅巧就是这样，是那种能豁出去的女人。当然，从她脸上你是看不到这一点的，她一脸的稚气，两只幼鹿一样的大黑眼睛，很温驯，嘴唇则像婴儿般红润娇艳，看上去格外无辜。她坐在窗下做针线，听到门响，一抬头——这一抬头受惊的神情，就像幅画一样，在大先生心里，整整收藏了五十年。

这是座小城，至少，在梅巧心里，它是小的。梅巧向往更大的天地，更大的城市。如果具体一点，这个"更大的"城市大概叫作巴黎。

因为梅巧想做一个画家。

七八十年前，梅巧的城市一定是灰暗的。北方城市通常都是这样一种暗淡的灰色。如果站在高处，比如说，城东那座近千岁的古塔上，你会觉得这小城安静得就像沉在水底的鱼，灰色的瓦像鱼鳞一样密不透风覆盖着小城的身体。这让梅巧郁闷，梅巧就在画上修改着这城市的面貌，她把屋瓦全部涂抹成热烈的红色。一片红色的屋顶，铺天盖地，蒸腾着，吼叫着，像着了大火。大先生评价说：

"恐怖。"

此时梅巧已是身怀六甲，身子很笨了，不能再去学校上课。大先生就利用每天晚上的时间为她补习功课。白天她守着一座空旷的两进的四合院，闲得发慌，日影几乎是一寸一寸移动着，她伸手一抓，摊开手掌，满掌的阳光。又一抓，握紧了，再摊开，又是满满一掌。这么多的时光要怎么过才过得完？梅巧叹息着，听见树上的蝉，"知了知了"叫得让人空虚。

大先生是个严谨的人，严谨，严肃，古板，不苟言笑，很符合他的身份。大先生是这城中师范学校的校长，兼数学教员。大先生教数学，可谓远近闻名，是这行中的翘楚。论在家里的排行，他并不是老大，可人人都这么叫他，大先生，原来是一种尊称。

这阅人无数的大先生，惊讶地发现，他的小新娘，拙荆，贱内，竟然冰雪聪明！他为她补习数学，真是一点就透。他掩藏着兴奋，试验着，带领她朝前走，甚至是，跳跃，甚至，设置陷阱，却没有一样难得倒她。她就像一匹马，一匹青春的、骄傲的小母马，而数学，则是一片任她撒欢飞奔的草原。大先生渐渐不服气了，想绊住那马蹄，四处寻来了偏题、怪题，可是，哪里绊得住？她总是能像刘备胯下的"的卢"一样在最后关头越过檀溪。煤油灯的玻璃罩，擦得雪亮，灯焰在她脸上一跳一跳，这使她垂头的侧影有一种神秘和遥远的气息，不真实。大先生不禁想起《红楼梦》中关于黛玉的那句判词，"心较比干多一窍"，突然就有了一点不祥的预感。

现在，梅巧不再是梅巧，而是"大师母"了。所有人的

"大师母"。习惯这称呼不是一天两天的事。起初，人家一叫她"大师母"，她的脸就红到了耳根，觉得那称呼很讽刺。只有在学堂里，她的同窗们才叫她一声名字。大先生是守信用的人，婚后，他果然送梅巧重返了女师学堂。也只有在那里，梅巧还是"范梅巧"，甚至是"范君"。她们几个要好的朋友总是彼此以"君"相称：张君、李君、范君的。女师学堂设在一座西式建筑里，是那种殖民风格的楼房，石头基座，高大的罗马柱、哥特式的尖顶，走廊里永远是幽暗的，有着很大的回声。从前，梅巧不知道自己是爱这里的，现在，她知道了。

生下第一个孩子，还没有满月，梅巧就跑去参加期末考试了。在七月的暑热季节，她的两只大乳房，胀得生疼，乳汁在里面翻江倒海，不一会儿她的前襟就湿透了。巡堂监考的先生关切地停在了她面前，犹豫着要不要递给她一块手帕。那一刻，她恨不得钻到地缝里去。她吞咽下羞耻的眼泪，在心里发誓说，再也不要生小孩了！

可是，这事哪里由得了她？那些不知情的小生命，那些孩子，还是接踵而来了。有了老二、老三，说话间肚子里又有了老四。她的身板，真是太好了，年轻，肥沃，漫不经心撒下种子，就有好收成。她折腾自己，在学堂操场上，一圈一圈跑步，在沙坑里练跳远，两条腿磕得青一块紫一块，可是那一团温暖的诡异的血肉，就像吸附在她体内一般，坚不可摧。她吃巴豆吞蓖麻油，甚至，还在身上藏了咒人流产的符咒，一切，都没能阻挡那血肉们一天天壮大、成熟。大先生的娘，她婆婆，在她生下老二时从乡下来看她就发了话，说："凌香她妈，快别去学堂现眼了，拖儿带女的，就做了女状元，又能咋？"她自己的亲娘也劝她，说："闺女呀，别犟了，认命吧，人谁能犟过命去？"大先生呢？大先生嘴里不劝，可是那些劝阻的言语都写在了眼睛里。梅巧就回避着大先生的眼睛，坚持着，那坚持可真是需要耐力啊。本来三年的学业，她休了念，念了又休，到第六个年头，这场艰苦卓绝的坚持才见分晓：梅巧终于拿到了盖着鲜红大印的女师的毕业证书。

她捧着那证书，跑回娘家，一进门，哈哈大笑，热泪狂流。

大先生吁出一口长气，心想，该消停了，安静了。

老四在她肚子里，一天一天长大，她果然安静下来，或许，太安静了些。她本来就不是一个多言多语的人，现在，差不多变成了一个哑巴。她使尽了气力似的，眼神变得涣散和呆滞。北方的夏季，已经临近尾声，却又突然来了秋老虎。她搬一把躺椅在树下乘凉，肚子像山丘一样耸立。那是一棵槐树，说不出它的年纪，枝繁叶茂，浓荫洒下来，遮住半座院子。槐树是这城市最常见的树，差不多是这城市的象征。梅巧不喜欢这树老气横秋的样子，她就在画上修改这树，她恶作剧地解气地把树叶涂染成了蓝色。一大片蓝色的槐林，有着汹涌的、澎湃的、逼人的气势，乍一看，就像云飞浪卷的大海，翻滚着激情和——邪恶。

临产前不久，一天深夜，大先生被梅巧的惊叫惊醒了。原来她做了噩梦。她惊恐地抓住了大先生的手，说："我要死了！"说完，就哭了起来。这么多年来，她还从来、从来没这样子哭过呢，当着大先生的面，哭得这么软弱、无助、放纵和悲伤——她一直都像敬畏父亲似的害怕着他。大先生被她哭得手足无措，心里发毛，嘴里却在说："别胡思乱想，哪能呢？胡大夫是最好的妇产科医生……"话一出口，他就知道这不是她想要的许诺。

分娩果然是不顺利的，胎位不正。留学日本的胡医生使出了浑身的解数，最后，动了刀剪，下了产钳。梅巧在产床上忍受了两天一夜的煎熬，生死的煎熬。接下来就是产后忧郁症，厌食、低烧、不说话，莫名其妙地流眼泪，哭泣。孩子被奶妈抱去了，她一滴奶水也分泌不出来，倒省了以往回奶的麻烦。孩子是那么小的一个小东西，还不足五斤，剥了皮的狸猫似的，头被产钳夹成了长长的紫茄子。她一看到这孩子就厌恶地战栗，又厌恶，又怜悯。

大先生接来了岳母，让岳母陪伴她坐月子。岳母盘腿坐在炕上，小心翼翼地，跟她说东说西。说一百句她也不理不睬，说一千句她也不理不睬。她不说话，也吃不下东西，喝一碗沁州黄小米汤也反胃，倒像害喜似的，人一天天瘦下去，憔悴下去，枯萎下去。岳母无计可施，哭了。

"梅巧呀，放着好好的日子不过，你这是自己作死哪!"

这话，可谓一针见血，让人惊心，也只有亲生亲养的娘，说得出口。她娘说完这话，叹着气，回家了，也是眼不见心不烦的意思。可是大先生不行，大先生不能"眼不见"啊，大先生不能落荒而逃啊。终于，有一日，大先生回家来，叫过大女儿凌香，给了她一样东西。六岁的凌香拿着这东西进了母亲的房门。凌香喊了一声"妈"，爬上炕，把这东西递了过去。

梅巧接过来，先是一怔。渐渐地她的手颤抖了，她一把抱过凌香，把她紧紧揽在怀里，她感到凌香的小身子那么温暖、柔软和芳香，她感到这小生命那么温暖和芳香。生活得救了。

那是一张聘书。

国民小学校的聘书。

春节过后，梅巧就成了一名国民小学校的教师。她先教四年级的算学，后来就教了美术。这教职，不用说是大先生替她谋来的。别人谋职，大约要费一些力气，可是在大先生，也就是一句话的事。只是，这一句话，说，还是不说，却一定是个折磨大先生的问题。大先生是清楚这女人心病的症结的：她是害怕四合院里这平常人家主妇的日子，害怕她年轻茂盛的身子和心抵抗这日子！有什么办法呢？救人一命胜造七级浮屠啊。

天气还没有转暖，梅巧就脱去了棉袍，换上了春装：阴丹士林布面的大褂，上身罩一件开司米绿毛衣，那绿真是又清新又理直气壮，春草似的嘹亮霸气。生育了四个孩子之后，梅巧的身材，竟然没有太大的改变，站在那里，仍然是玉树临风似的一个人，一个新鲜的人，出淤泥而不染。这新鲜的人，清早出门，傍晚回家，手上沾了粉笔灰，或是水彩，甚至还有墨渍，衣襟上也蹭了粉笔灰，却仍然是新鲜的，明亮的。外面的世界，一个阔大的天地在滋养着她呢。说起来，她倒并不是多么热爱教书这职业，她热爱这外面的世界。

国民小学距离她的家，走路也就十几分钟的样子，课业也不重。还有一桩意外的高兴事，那就是，当年她在女师读书时的好朋友，她们称作"张君"的一位，竟也在这所学校里任教呢！张君比梅巧早毕业几年（梅巧不是因为一次又一次怀孕、生产耽搁了嘛），毕业后回到了家乡，一个离这城市近百里、盛产葡萄和陈醋的小县份，一来二去的，就失去了音讯。不想，竟在这里撞上了，还做了同事！梅巧真是高兴坏了。

"哎呀哎呀，"她叫着，"还以为你在哪儿呢，还以为再也见不着了呢，原来你就在我家门口啊！"

"是啊是啊，我埋伏在这儿，守株待兔呢。"张君回答。

两个人的眼睛里，都闪着泪光，流露出了女学生的天性和情状。可她们终究不是女学生了。就在这一刻，她们突然感觉到了时间就在耳边，呼呼地，如同大风一样呼啸而过，刮得她们心里一阵茫然。

"我结婚了。"张君说。

从前，张君是那么英气的一个少女，宽肩、长颈、浓眉，身板像杨树一样永远挺得笔直。她们开玩笑叫她"美男子"。这狂妄的"美男子"曾经叫嚣，要一辈子守住她洁净的处子之身。如今，似乎是，一切如旧，肩还是宽的，颈还是长的，身板仍然是挺的，可从前的誓言，灰飞烟灭了。

那一天中午，这两个重逢的好友，在校门外一间山东人开的馆子里，吃了午饭。是梅巧做东。她们甚至还喝了一点酒，竹叶青。那真是用竹叶泡出的好酒，清澈而碧绿，喝在嘴里，有一股奇特的异香。她们把着盏，彼此诉说着别后的经历。梅巧的经历，三言两语就道尽了，那就是生孩子，接二连三地，一口气生出四个。而张君，则要复杂得多，有戏剧性，那就是抗婚，私奔，和心爱的人一路出逃——是一个时代的故事。

"哎呀哎呀！"梅巧连连叫着，因为酒，也因为兴奋，双颊变成了桃腮，灼灼燃烧着，"张君，你真是不平凡哪！"

张君在国民小学，只教了短短一个学期，就辞职了。她丈夫突然接到了武汉某所学校的聘书，暑假里，最热的伏天，她离开了这城市匆匆前往长江边那个火炉里去。临行前，她来向梅巧辞别。她给梅巧留下了通信的地址，说：

"给我写信啊。"

梅巧点点头，心里翻江倒海。

"若有机会，就来南边看我啊。"

梅巧不再点头了，泪水一下子涌上来。这样的机会，怕是永远也不会有的，永远也不会有啊。她背过了身去，再回头时，朋友已经不见了，院子里空荡荡，洒满树荫，知了的噪声，像突然浮起似的，遮蔽了一切。知了——知了——知了，那是先知的声音。

二　来了个席方平

这天，大先生回家来，对梅巧说："让人收拾出一间客房吧，有个北京来的先生，一时没找着合适的房子，我留他住几天。"

梅巧家，头道巷十六号，两进的四合院，外带一座小小的跨院，大大小小的房屋，二十几间，虽说是孩子多，人口多，红红火火的一大家人，可闲着的空屋子，总还是有的。梅巧吩咐用人们把后院的一间西屋拾掇了出来，那屋子里，没有盘炕，而是架了一张时兴的铜架子的弹簧床。

来人就是席方平。

一听这名字，梅巧就忍不住想笑，这不是一个活生生的聊斋人物吗？样子也有些像呢，清秀疏朗的眉眼，人生得白白净净。起初，梅巧还以为，这"从北京来的先生"，不知是个多威严的老先生呢，不想，竟是这样一个年轻、文雅，像女人般俊美的书生。

说起来，这席方平，原来还是大先生的学生，弟子，得意的弟子。他家道贫寒，寡母扶孤长大，后来考取了北京师范大学，如今，刚毕业，就收到了大先生的聘书——不用说，大先生是很钟爱这个弟子的。

那一晚，大先生在家中设了家宴，算是给这弟子接风，请来作陪的，也是几个亲近的弟子。大先生拿出了他珍藏的好酒，一坛"花儿酒"，是他家乡的特产，用柿子酿出的一种奇异的果酒佳酿，大先生甚至还详尽地给大家讲了这"花儿酒"

的妙处。一餐饭，宾主尽欢，席间，梅巧走进来，给大先生添茶，也是提醒他不要过量的意思。这时，只见那个席方平，红着脸，站了起来，恭恭敬敬地，端起了面前的酒杯。

"大师母，"他喊了一声，脸越发红了，人人都看得出，他是不胜酒力的，"给你添麻烦了。我，敬你一杯。"

他一仰脖，一饮而尽，亮了下杯底。他眼睛里，似乎汪着许多的水。这哪里是男人的眼睛？梅巧抿嘴一笑，说：

"有什么麻烦的？房子空在那里不也是空着？"

是啊，房子，就是要住人的，人不住，鬼就要住了。梅巧这么想着就又笑了。怎么今天总是想到鬼呢？大概，都是"席方平"这三个字招惹的吧？梅巧端着灯，不觉又走进了后院里，前边，酒宴还没有散，可是后院人却都已睡了。奶妈带着孩子们，沉入了梦乡，北房、东房、南房，一片漆黑，只有西房里，一灯如豆，悠悠地，在等待着夜归的客人。梅巧轻轻推门，走进去，似乎想看看还有什么不妥当的。她自己的影子，巨大的黑影，一下子，投在墙壁上，倒把她吓了一跳。

这一夜，梅巧做梦了，梦很乱，飘飘忽忽的。梦中的梅巧，还是从前的样子，出嫁前的样子，十六岁，梳着齐耳的短发，白衣，青裙，站在葡萄架下，一个人走过来，说："原来你在这里呀，原来你藏在这里呀，让我好找！"那个人，那说话的人，原来就是现在的梅巧。

第二天，在早餐桌上，席方平看到梅巧，脸又一下子红了。

这事是让人别扭的。照说，一个大师母，是不应该让人脸红心跳的。一个大师母，应该是，慈祥、端庄、安静、温暖，像一棵没有杂念的秋天的树。可是眼前这个"大师母"，这个光焰万丈咄咄逼人的女人，这个让人不敢和她眼睛对视的女人，和一个真正意义上的大师母相比，相差何止千里万里！

要快点找房子搬家啊，他想。

后来，他们熟识之后，她让他看她的画，那是一次敞开和进入：那些燃烧的暧昧的屋瓦、那些波涛汹涌凶险邪恶的树冠、那些扭曲变形阴恻恻的人脸，看得他惊心动魄。他用手轻轻抚摸它们，爱惜地，心疼地说道：

"你这不屈服的囚犯啊。"

三　凌香

所有的孩子里，凌香最依恋母亲。

四个孩子，一人一个奶妈，凌香的奶妈是最费了周折的。月子里，她一直吃梅巧的奶，等到梅巧要去上学，把她交给新雇来的奶妈时，坏了，她死活不肯去叨奶妈的奶头。她闭着眼睛，张大嘴，哭得死去活来，哭得一张起皱的小脸，由红转青，她宁肯去啃自己可怜的小拳头，却饿死不食周粟。更要命的是，她这里一哭，隔了半座城，那边课堂上的梅巧，就如听到召唤一般，两肋一麻，刹那间，两股热流，挡也挡不住，汹涌着，奔腾而来，一下子，前襟就湿透了。

梅巧的眼睛也湿了。

有几次，她忍不住溜出了校门，雇一辆洋车就朝家跑，去搭救她的孩子。那凌香，到了她怀中，一头就扎进她胸口，凶狠地、仇恨地、以命相拼地噙住那奶头，两只小手，紧紧紧紧抱住她救命的食粮，像只疯狂的危险的小兽。

没办法，梅巧只好向这小小的女儿缴械。从此，每天清早，出门前，她喂饱她，中午匆匆坐洋车回家，再喂她饱餐一顿。晚上，倒是叫她跟奶妈睡觉，半夜里，听到她哭声，梅巧就爬起来，喂她一餐夜宵。梅巧的奶，真是旺盛啊！一年下来，那凌香，养得好精彩哟，又白又胖，两只小胳膊，一节一节，像粉嫩的鲜藕，可以给任何一家乳品公司做广告。梅巧却一日千里地瘦下去，直到后来，突然地，有一天，奶水奇迹般地失踪了。

有了这教训，后来那几个，一生下来，梅巧就交给奶妈去喂养了。后来那几个，谁也没再吃过亲娘的奶水，和亲娘，就总有那么一点点隔膜。

那几个，各人有各人的奶妈，疼着，宠着，护着。凌香的奶妈，却是早早地，就离开了这个家。虽说，凌香没吃过她的奶，却也是被她抱在怀中，朝朝暮暮，抱了那么大，就是块石头，也焐热了。奶妈的离去，是凌香平生经历的第一桩伤心事。她不知道奶妈为什么突然就走了。后来，很后来，她才知道了原委：奶妈的离去是因为家中的孩子生了绝症。那一年，凌香刚满四岁，人家就上她跟弟弟凌寒的奶妈一起睡觉。好大一盘炕，奶妈搂着凌寒，睡一头，凌香自己，睡另一头。半夜里，她小解，醒来了，喊奶妈，却没人理，她悄悄哭了。

第二天早晨，凌寒的奶妈一睁眼，发现炕的那一边，空荡荡的，凌香那个小祖宗，不见了！这一惊非同小可，慌忙下地来，跑到院子里，四处寻找，哪里有她的影子！又不敢声张喊叫，正没主意呢，一抬眼，看见对面南屋的门，虚掩着，露着宽宽一道门缝，那是凌香和她奶妈住过的屋子。她急急地冲进去，只见辽阔的一盘大炕上，那小祖宗，一个人，蜷成一团，泪痕满面，睡着，怀里抱着她奶妈枕过的枕头，身上胡乱盖着她奶妈的花棉被……

梅巧当天就听说了这件事，到晚上，她抱来了被褥，把那小冤家，搂在自己的怀抱里。凌香的小脑袋，有点害羞地，扎在她怀中，一动也不动。忽然，她叫了一声"妈"，说：

"真的是你呀？"

梅巧的鼻子，一下子，就酸了，她搂紧了这孩子，说："是我，是我，不是我是谁？"凌香抽泣起来，大颗大颗的眼泪，热乎乎的，像蜡油一样，烫着梅巧的胸口。梅巧一夜搂着那小小的伤心的孩子，想，这孩子像谁呢？

后来，凌香问过梅巧一句话，凌香说："妈妈呀，会不会有一天，你也像奶奶一样，不要我了呢？"梅巧回答说："小傻瓜呀，宝，我怎么会不要你？"

可是，梅巧不知道，这世上所有的小孩子，都是先知。

有时梅巧自己也弄不明白，为什么这孩子总是生活在恐惧之中，每当梅巧出门去，回来得稍晚一点，一进门，这孩子就扑上来，抱住她，死死的，再也不肯撒手，就像失而复得一般。有时，一清早，她还没睁眼，忽然这孩子就慌慌张张跑进来，用手摸摸她的脸，说道：

"妈妈，你在这里呀！"仿佛，做着一个确认。

梅巧望着这孩子，望着她大大的黑暗的眼睛，想，这孩子，她怕什么呢？这样想着，心里就掠过一丝人生莫测的怅然，还有，不安。

现在，终于，梅巧知道了那答案。

事情是怎么开始的呢？八岁的凌香不知道，可她知道有一件大事发生了，有一个大危险来临了。那危险的气味啊，像刺鼻的槐花的气味一样，弥漫在五月的空气中，无孔不入。如果在白天，似乎看不出这家里发生了什么变故，一切都和往常一样：爹一早出门，穿戴得整整齐齐，乘洋车，去上班。妈也是一早出门，穿戴得也很整齐，不过不乘车，就走着，去上班。天气一天天热起来，爹和妈，都换上了夏布做的新大褂儿。爹是一件月白色的，而妈的，则是粉底，上面洒满星星点点的小碎花。人走过去，就飘过一股新布的香味。

但是，太阳总会落下去的，夜总归是要来临的。危险就是在夜幕的遮蔽下现出原形。晚饭是那危险的前奏，序曲，妈一连好几天都没有回家吃晚饭了。爹阴沉着脸，不说一句话，那咀嚼着的牙齿，似乎，格外用力。人人都知道，这是风暴来临的前奏。一家人，屏住了呼吸，战战兢兢，就连最小的弟弟，刚刚两岁的小凌天，爹爹的心头肉，也变得很乖。一餐饭，吃得鸦雀无声，草草收场，然后，各自回到各自的房中，仍旧是，不敢出大气。奶妈们，早早安顿自己的孩子睡下，而女佣和男工则躲在跨院伙房间，压低了嗓子，交头接耳。人人都在等待，等待着那风暴——那是躲不过逃不掉的，就是沉入睡梦也躲不过。人人的耳朵，这时，都灵敏极了，掉一片树叶也能听到那响动，更别提，那"吱溜"的门声。那"吱——溜——"的门响简直就是炸药的捻子，女主人的脚步，踢踏踢踏，要惊破天似的，起落间就是生死。此刻，人们反倒是横下了心，知道要来的，终于，来了。

说是吵，其实，只听见大先生一人的怒吼和咆哮。大先生发起脾气，真是可怕呀，地皮也要抖三抖的。可是，渐渐地，有了回应。那回应声音不算高，却有着一种愤怒的激烈。有一种，不顾生死亡命的激烈，说来，那才是更让人害怕的，那亡命的不顾生死的激烈是可摧毁什么的。这才是那个大危险，那个悬而未决的噩运。大先生的怒吼、咆哮，甚至砸东西，不过是烘托，烘云托月，为这个大危险，做一个黑暗的铺垫而已。

这一天，吵到最激愤的时刻，大先生动手了。他劈头朝女人挥出一掌，那一掌，是地动山摇的一掌，像拍一只苍蝇，是一个灭顶的打击。不仅仅是对梅巧，也是对他自己。那一掌把梅巧击倒了，口鼻流血。血使他怔住了，他浑身冰冷。梅巧慢慢爬起来，用手在脸上一抹，抹了鲜红的一掌，她就把那只血手，朝洁白的墙壁上，抹了一把，立时，一个血巴掌，惊心动魄地，跳出来，像一个鲜红的小妖孽。梅巧看了看，二话没说，笑笑，就摇晃着走出去了。

到早晨，人人都看见了那暴力的结果，梅巧的脸，肿得很厉害，上面还有着瘀青。可是她神情安详，头发梳理得一丝不苟，夏布长衫，齐齐整整，她就这样昂着头带着伤痕出门去了，临走，还吩咐了奶妈几句琐碎的事情，仿佛，这是一个和平常的日子没什么两样的早晨。凌香追上去，拦腰抱住了她，她迟疑片刻解开了那两只缠绕着她的小胳膊，头也不回，说："宝，去上学。"

这一天，是煎熬的一天。每一分钟，凌香都忍受着折磨和煎熬。她上课走神，走路碰壁，吃饭吃不到心里。她一分钟一分钟，盼着太阳下山，盼着天黑，盼着夜深人静，甚至，盼着吵架——她告诉自己这一天其实和昨天没什么两样，和前天、大前天、和以往所有的日子，没什么两样。这并不是多么特别的一天，不是不祥的一天。她挺着身子，坚定地安慰着自己，却忍不住一阵又一阵的寒战，就像生了热病。这一天，真是长于百年啊。终于，太阳下山了，全家人又聚在饭厅里，只缺妈妈一个。不过，没关系，昨天、前天、很多天，不也都是这样？爹的脸阴沉着，一家人，仍旧是大气不敢出。可是爹的咀嚼，好像没那么凶狠了，爹的咀嚼声没了那一股杀气，而且，爹的饭，也吃得很少很少。凌香忽然心乱如麻，不知道这是什么预兆。

后来人们就看见，凌香一个人，站在院子里，做饭的孙大出来打水，看见了，问她："你在这儿干什么？"声音压得低低的。凌香回答说："等我妈。"女佣杨妈出来小解，看见了，也问她："你在这儿干什么？黑灯瞎火的。"声音也压得低低的，她还是回答："等我妈。"人人都知道，这丫头的脾气秉性，知道劝她不动，也就由她去。渐渐地，院子里静寂了，她一个人，站在槐树下，站了大半夜。

槐花盛开着，那香气，浓得化也化不开。往年，槐花刚刚初放时，孙大就用长竿把那白色的花串，打下来，洗净了，和上面粉，给他们这些孩子，蒸槐花"布烂子"吃。孙大喜欢说："应时应景，尝个鲜。"今年，孙大没有心思让他们"尝鲜"了。许是因为这个缘故，今年的槐花，比往年，繁密许多，那香气，也霸道许多，浓郁许多，不容分说，是一种强悍的邪香。

夜露下来了，像树的眼泪，一大颗，一大颗，滴下来，是那种无法言说的大伤心。不知名的虫子们，唱起来。凌香的腿，又酸又胀，就要站不住了。墙根下，西番莲、榆叶梅就要开了，牵牛也爬上了架。那都是妈撒下的种子，移来的花木。妈还在后院里，种玫瑰，种月季、芍药、牡丹，妈喜欢那些颜色热烈浓艳的花朵，丰腴的花朵。妈总是说，这院子，太素了。她就用那些花，来打扮这院子。

花啊，快点开吧。凌香在心里叫喊，花开了妈就喜欢这院子了。今岳，花好像开得特别晚，特别慢，特别阴险，所以，妈才会讨厌回这个家吧？凌香突然打个冷战，绝望地哭了。

"吱溜——"一声，门响了。这"吱溜——"的声响，是多么慈悲。凌香几乎不相信自己的耳朵，不相信，这大慈大悲的声音，直到，踢踏踢踏的脚步，停在她面前，黑黑的亲爱的人影，停在她面前，吃惊地问她："你怎么在这里？"她如同起死回生一般，一头扑在了来人怀中，说：

"我还以为，你再也不回来了呢！"

梅巧拦住了她，抱紧了她，她抽泣，浑身颤抖。梅巧用自己受伤的脸颊摩挲、抚弄她被夜露打湿的头发。她叫着她的名字，说："凌香啊，凌香啊，宝——"她搂着这孩子把她送回后院房中。她扯下毛巾，为她揩干头发，又为她铺被子，脱衣裳，好像，她还是一个，极小的幼儿，不满四岁，刚刚离了奶妈……她安顿她睡下，睡稳，然后，久久、久久，凝望这孩子的脸，美丽的、难割难舍的、血肉相连的脸，说了一句：

"宝，我的宝，你睡吧。"

就走了出去。

整整一座宅子，黑着，只有书房里，亮着一盏灯，就像，审判者的眼睛，神的眼睛。梅巧朝那灯光走去。她走进去，看见大先生，无声地，站了起来。他们无声地、默默地对视了很久。然后，梅巧就跪下了，梅巧跪下去朝着大先生，恭恭敬敬地，磕了一个头。

这一晚，出奇的静。没有吵闹。一家人，上上下下，揪着心、竖着耳朵等待着的那一场风暴，没有降临。这似乎是，许久以来最风平浪静的一夜，平安的一夜。人人都松了一口气。这一夜，合宅的人都睡得很沉，很酣，梦都没做一个。

到早晨，太阳升起来，才知道，天地变色。

到早晨，榆叶梅突然地，爆开了一树，一树光明灿烂的粉红，云蒸霞蔚。他们素净的院子被这一片粉霞照亮了，可是，凌香却再也等不回母亲。永远也等不回了。

四　花儿酒、柿子树和其他

有一处地方，叫峨眉岭。这峨眉岭，不是那峨眉山，不在四川，在河东，河东最大的旱塬。河东盛产柿子，《西厢记》不是有这样一句唱词："晓来谁染霜林醉，总是离人泪。"那霜林，其实，不是枫林，而是，柿树林。柿树在秋天，叶子一经霜打，红如血染，是河东的奇观。

峨眉岭上，遍山遍塬，都是柿子树。峨眉岭上的柿子，有种奇功，那就是，可用来酿酒——不是普通的酒，而是，花儿酒。什么叫花儿酒？你看，提壶把盏，细细地，斟满酒杯，盏中心，慢慢开出一簇酒花，花花相随，走马一般排着队，沿一线齐齐滚向杯缘，碰壁即灭，这叫"走马花"，那就是说，这酒只有三十度。若是那酒花，沿杯盏口，密匝匝，排满一圈，那就叫"满扣花"，就是说，这酒要烈一些，差不多四十度。倘若是，花堆花，层层叠叠，满盏花堆成一个花绣球，也有个名字，叫"楼上楼"，那这酒，就足足有五十五度！——这就叫作"对花鉴酒"，可以说是河东一绝。

酿造这花儿酒，是一门独门绝技。那手艺和秘诀，相传是秘不示人的，代代一脉单传，传媳不传女。听来，就像一个武侠的故事了。那酿酒的原料，还必得是，峨眉岭上，霜降之后的空心柿，这种空心柿酿出的酒，会拉丝，是花儿酒中的极品。

说来，这花儿酒，也是酒之一祖呢，可见其古老。它幽柔醇香，回味绵长，最妙的是，一口下肚，浑身的血脉，就像被疏浚的河道，流得分外通畅：是能用来做药引的，"引百药以入十二经"。若身上有跌打损伤，它还有着外用的奇效，一搽即好。总之，是一宗宝啊。

后来，有一个叫杨深秀的读书人，把这花儿酒，带到了京城。这杨深秀，正是峨眉岭人，他携带着峨眉古酿，每每自乡返京，必设宴招饮，款待同侪。谭嗣同一定是饮过这酒了，杨锐、林旭、刘光弟一定是饮过这酒了。或许，康有为、梁启超也饮过这佳酿呢！他们灯下把盏，盏中，走马花、满扣花、楼上楼，千万朵花儿滚着绣球，他们开怀畅饮，锦口绣心，商谈着变法的大计，何其快哉！

还有光绪皇帝呢，光绪皇帝想来也是饮过这美酒的。皇帝和他的红颜知己，对花鉴酒，分享着这琼浆中的奇观。那红颜知己，在月下，焚香奠酒祝祷，不是这样唱吗："愿圣明天子福寿高，雨露承恩同偕老。"想来，那杯中的酒，也是这花儿酒呢！满盏的酒花，就如同盛开的心事，用来祈天，真是再合适不过。这一对天真的男女，在心中，有着怎样美好的憧憬啊——只不过，那憧憬，比这杯中的走马花，破灭得还要快：随着六君子人头落地，花儿酒从此就在北京城绝迹了。

星移斗转，又过了许多年，日本鬼子来了。这一年，日本鬼子开进了峨眉岭，开进了大旱塬。要说这小鬼子，还真是识宝呢。他们一下子，就被这峨眉古酿吸引住了，那"对花鉴酒"的奇观，简直让他们看傻了眼。他们连连喊着，神奇呀，神奇呀，要——西！他们当然不是喊叫一番赞美一番就算了，他们要这绝技！第二年，柿子挂果了，丰收在望，酿酒的节令，就要到了，他们"请"来了塬上最好的酿酒师傅，他们的人马，进驻了有最好酒窖的村庄，就等着，收获的日子，采撷的日子了。他们的人，侵略者，已经按捺不住兴奋，嘴里咿咿呜呜的，唱起他们家乡庆丰收的歌谣来了。

忽然地，有一天，半夜里，刮起了大风。那一场大风啊，惊天动地。自古以来，这塬上，还从没有谁见过，秋天刮这样凶猛的风呢！只听见，满山满塬的树们，千棵万棵柿子树，在风中，呜呜地，吼了一夜，喊了一夜，狂哭了一夜。到早晨，人们爬起来，只见峨眉岭，再没有一棵树上挂果了！这河东最大的旱塬之上，满山遍野的柿子树，万众一心地，坠落了它们的果实，它们十月怀胎孕育的孩子。一夜间，坠落的红柿，让峨眉岭，变成了一片血海。事情还不算完呢，接下来，突如其来地，起了大雾，蓝色的大雾，铺天盖地，一下子，把峨眉岭，给吞没了。这一下，白天变成了黑夜，黑夜比地狱还黑，人们伸出巴掌，连自己的五指都看不见了！十村八村的狗，惊得汪汪乱咬，还以为，天狗吞了月亮和日头，鸡也乱了方寸，大半夜打鸣报晓。这一场大雾，三天三夜不散，到第四天，天开了，出了太阳，太阳照见了，一个最惨烈悲壮的旱塬，只见，遍地坠落的红柿，无一例外，全部，烂了柿蒂，它们无一例外地在大雾中开膛剖腹自戕而死，它们万众一心自戕而死。峨眉岭上，方圆几百里，横尸遍野，密匝匝，睡了一地的英灵。

鬼子酿酒的计划，就这么，成为泡影。

这就是，我们的河东，我们的宝地啊。你可知道她的来历？差不多，五千年前，有一天，一个人，来到了这里，来到这旱塬深处，举目四望，只见四野一片浩瀚的黄土，两条大河，黄河与汾水，茫茫苍苍地，在这黄土的怀抱中，交汇。这里的地貌，有一种不可思议的诡谲、奇异和神秘，就好像一个巨大的女人的私处。这旱塬，大地，厚土，在这里，毫不遮掩地，向着天宇，坦露出了自己最隐秘最神圣最蓬勃的私处。这个人被震撼了，他为这坦露感动，为大地这母亲般的坦露感动。他不能自已，他知道这是天地的大恩、大美和大善，他还知道这是一个启示和寓言！他扫地为坛，撮土为香，敬畏地，感激地，跪下来，对着这一片后土，长拜不起。从此，人们就把这里，称作是，汾阴，睢——大地的私处，也称作是，轩辕氏轩辕黄帝扫地为坛处。

过了许多年，差不多，两千多年后，又有一个人，来到了这里。这个人乘船而来，溯黄河，入汾河，来祭祀后土。那一天，汾河之上，万船竞发，箫歌齐鸣，秋风浩荡。船夫们齐声高唱着欢快的棹歌，雁阵则从他们头上飞过。这个人，他弃船登岸，来到了汾睢之上，当年轩辕黄帝扫地祭坛处，如今已是一座壮观的祠堂。他登上后土祠，极目远望，两千年岁月，如风而过，忽然百感交集。禁不住，他放声吟唱起来：

秋风起兮白云飞，

草木黄落兮雁南归——

这个叫刘彻的人，汉武大帝，那一刻，不再是一个君临天下的天子，而成了一个感时伤怀，领会着生命悲情的诗人。你听他唱道：

泛楼船兮济汾河，

横中流兮扬素波。

箫鼓鸣兮发棹歌，

欢乐极兮哀情多，

少壮几时兮奈老何！

就这么，一首千古绝唱，《秋风辞》，在这广袤的旱塬之上，大地蓬勃的私处，诞生了。应运而生的，还有一座恢宏的建筑，秋风楼。

又过了许多年，差不多，又是两千年后，大先生来了。大先生登上了秋风楼。那一年，1939年，省城沦陷了，大先生在省城沦陷时携家小逃出了那座亡城，回到家乡峨眉岭避难。谁想，没多久，家乡也沦入铁蹄之下。大先生的声名，不知怎么，连日本人也知道了，他们竟让大先生出任伪县长！他们搬来了一个又一个说客，说客们踏破了大先生家的门槛。这一日，又有说客登门，大先生不等那说客开口，就说，正要趁霜晴去登秋风楼。大先生他们村庄和那秋风楼，相距不算太远。说客不知大先生葫芦里卖的是什么药，只好嘴里说着，"好兴致啊"，一边就随了大先生，和二三友人，朝那秋风楼出发。说来，这秋风楼早已不是那秋风楼，这后土祠也早已不是那后土祠，由于河水泛滥、冲刷、改道，它们几次落架迁建，最终，落脚在了这叫作"庙前村"的村庄。可这又有什么关系？那巍峨的秋风楼，仍然在我们的土地上，屹立着呢。这一日，大先生焚三炷香，先拜了后土祠，又一级一级，攀了九九八十一级阶梯，登上了秋风楼。立刻，黄河来在了眼底，汾河来在了眼底，广袤的黄土旱塬，来在了眼底。秋风浩荡，千万棵柿子树，坠落了果实，只剩下，霜打过的柿树叶，红如血海，也来在了眼底。大先生吁出一口长气，对那说客说道：

"这里是什么地方？想必你也知道，华夏大地之脽，轩辕黄帝祭祀后土的地方！这里，就连树，也知廉耻，不敢数典忘祖，你说，我莫非还不如一棵树？"

说客目瞪口呆。

大先生又说：

"这秋风楼有多高？你可知道？我告诉你，它楼高三十三米，十一丈，人若从这楼上跳下去，想来神仙也救不活他！——今天，大不了，我从这儿朝下一跳！也学学，咱峨眉岭上那些有情有义的柿子——"

说罢，大先生纵身一跃，被同来的友人拦腰死死抱住了。

说客吓跑了。

第二天，说客带着日本人，冲进了大先生的村庄，包围了大先生的家，却扑了一个空。大先生一家，人去屋空，只剩下一条看门狗，冲着那侵略者，汪汪乱咬。日本人里里外外，搜了一个遍，捣了水缸，砸了面缸，摔了酒坛，毁了锅灶，最后，掏出枪来，一枪撂倒了狂吠不已的大黑狗。

大先生一家人，逃进了中条山里。那里是大先生妻子的娘家，当然，是现在的妻子。

五　大萍，还有山中岁月

起初，谁也不敢在大先生面前，提"续弦"这档子事。他明显地老了，仿佛，一下子，老了十岁，一头墨染似的乌发中有了星星点点的银针。夜里，常听到他咳嗽，吭吭的，声音很空，在寂静中传得很远，有一种让人不忍的哀痛。当然，在白天，他仍然是一个令人敬畏的"大先生"，重创和耻辱，最深刻的羞辱，没有改变他端正肃穆的夫子仪态。

四个儿女，最小的，只有两岁，还不懂事，时不时地会迸出一句，"妈妈呢?"除了这个幼儿，再没有谁，在大先生面前，提起过这个女人。那孩子出麻疹是半年后的事，不想，竟把他奶妈给染上了，原来那乡下女人没出过疹子。大先生只好从家乡接来了自己年迈的姑母帮忙照料，那时，大先生的母亲也已经过世三年多了，姑母想，若是等自己再一死，这世上，就再没有谁，能主大先生的事;这世上，也再没有谁，心疼这个男人。姑母这样想着心如刀绞，她一不做，二不休，索性从家乡为大先生接来了一个女人，大萍。

这大萍，一切都和从前的那女人，反着来。从前那女人，是女秀才，女先生，这大萍，没上过学，没念过书，斗大的字不识一筐;从前那女人，巴掌大的小脸，杨柳细腰，这大萍，却是脸若银盆，肥臀粗腰，敦敦实实，磨盘一样撼她不动。大先生哭笑不得，可这大萍，二话不说，进门来，先抱起了大病中的孩子，把这没娘的幼儿，裹在她肥厚温软的怀中，眼里流露的，全是怜惜的神情。这一下，把大先生要说的话，堵了回去。

那句话，拒绝的话，从此，再没有说出口，一辈子。

起初，这女人，大先生视而不见，只当她是没有。她出来进去，清早，用铜盆端来洗脸水；晚上，则是端来洗脚水。大先生在书房里看书，不管逗留到多晚，回到卧房，那一盆洗脚水，就悉心悉意地，等在那里了，并且，总是冒着热气。炕上，早已铺好了被褥，黄铜的汤婆子埋在棉被里，鼓鼓的，像孕妇的肚子。而几上，则是一壶热茶，那茶壶，套着保温的棉套，像穿了棉袄一样。棉套是用那种家织土布做的，红红的小格子，很拙，很亮，看着就让人一暖，是大先生家乡的风格。

渐渐地，这女人的气息，就无处不在了。先是三岁的凌天，有一天，突然穿上了虎头鞋，戴上了虎头帽，兴奋地在院子里，跑来跑去，把他写着"王"字、花红柳绿又拙又憨的老虎脚，伸给每一个人看。这只活生生的小老虎，在院子里，一晃，就晃了一个冬天。再后来，全家人，都换上了家做的棉窝或是俗名"踢倒山"的布鞋，千层底，刷了桐油，每一双鞋里，还都垫着花红柳绿的鞋垫，上面绣着富贵牡丹、喜鹊登梅、月宫折桂，还有万字不到头。餐桌上，常常会冒出一盘花馍，盘成各种花样，点着红绿的颜色，嵌着甜香的大红枣，这也是大先生家乡的面食。还有一碟红油辣椒，他们叫，油酥辣子的，喷香红亮的一小碟，是三餐都少不了的，用来夹热馍吃，那也是大先生家乡最正宗的口味。这大萍，浑然不觉，却把这个家，这个宅院，用悉心悉意的日子，填成了实心。

腊月里，雪一场接一场，屋檐下的冰凌，挂了有一尺多长。耳朵都快要冻掉了，可是屋子里，却是暖洋洋。炉中的炭火，烧得毕剥响，上面坐着铜壶。酒枣开了封，溇好的柿子，也开了封。那酒枣，是她秋天里一颗一颗挑选出来的，每一颗都端正漂亮。柿子则是她一层一层码在坛子里，码一层，中间放一个苹果。酒枣和柿子，都用白麻纸，严严地，封起来，如今开了封，满屋子酒香、枣香，还有那一股温软奇特的果香，扑面而来，氤氲着，是专用来填那些还没填满的空隙的。酒枣和柿子，盛在大盘子里，摆上了大先生书房窗下条案上，人一撩门帘，走进来，熏风扑面。大先生一阵怅然，一阵心痛：从前，这个节令，那条案上，供的是腊梅，或是水仙。他望着这些朴素的、红火的、实打实的果实，眼圈红了。

这一晚，她端来了洗脚水，转身离去时，大先生伸手拽住了她的胳膊。

"你不嫌我?"大先生开口说。

她鼻子一酸，石头终于说话了，铁树终于开花了。泪光慢慢蒙住了她的眼睛，她问道：

"嫌你啥?"

"老。"大先生哑着嗓子回答。

她摇头，眼泪流下来，她回身伸手抹了一把。这回身低头抹泪的动作，让大先生，心头一恸。傻女人哪！他怜惜地想，他知道他一辈子会对这女人好。

那一晚，是腊月二十三，灶王爷上天的时辰。外面，鞭炮声响成了一片，噼噼啪啪，十分嚣张热闹，是个喜庆的日子。

现在，这一家人，都来在了大萍的娘家。那是个小山村，窝在中条山里，山根下面。那山，可是座宝山，埋藏着各种有色金属，铜、铝矾土，还有别的什么。那里，满山都生长着药材，黄芪、川芎、菖蒲。春天，惊蛰一过，采菖蒲的人就进了山。有经验有运气的采药人，甚至还能挖到冬虫夏草。核桃也是那里的一宝，还有柿子树。冬天，第一场雪后，山坳里，或是向阳的山坡上，柿子树的大叶子，竟然还未落尽，白雪一映，真是精神，就像最红的玛瑙，美不胜收，人看了，就觉得抖擞和感动。

这山中的岁月，在大先生，是避世；在大萍，则是如鱼得水。她扶起磨杠推磨，拿起梭子织布，抄起扁担挑水，进山挖药，下地开荒，没有她不会的。男工女佣，到这时，已星散而去，只剩下做饭的孙大两口子还忠心耿耿跟随着他们。山根下，几孔土窑，一个大院子，安置了这一家人。院子空荡荡的，来年开春，大萍就一镢一镢地开垦出来，撒下菜籽，捉来鸡娃，养了奶羊，是一户过日子的农家了。到夏天，南瓜开了花，茄子、扁豆爬上架，也开了花，黄的黄，紫的紫，大朵小朵，竟也是姹紫嫣红蜂飞蝶舞的气象。大先生挥毫写下了几个字：竹篱茅舍自甘心。没有宣纸，就写在糊窗户的白棉纸上，算是明志，其实是满心的不甘，不甘心也没办法的事。

这一年，凌香十六岁了，高中还没有毕业。大弟凌寒也将满十五，两个人都失学在家。夏天就快过去的时候，一天，有一个人，辗转地从西安来到了这山村里，要把凌寒带出去读书。这个人，当然也是大先生的学生，冒了风险才来到这里。本来，说好了是只带凌寒一个人出去的，可是，事到临头，谁也没想到，突然冒出了个挡道的凌香。

"带上我。"凌香说。

凌香说话，从来不会疾言厉色，可是却说一不二，掷地有声。一家人，除了大先生，人人都很有点怕她，用人、弟弟们，包括大萍。其实，就连大先生，对这个长女也是心存顾忌的，还有着难以言说的心疼。她孤僻、冷漠，不爱说话，独往独来，和这家里的人似乎谁也不亲。大先生其实是知道那原因的，正因为知道，所以尤其没有办法。一来二去，弄得大先生独自和这孩子面对时，就总有些小心翼翼，总有些局促和不自然。

兵荒马乱，一个女孩子出门在外总归是不放心的，何况眼下家里的经济状况十分拮据，一下子供两个人出去念书，哪里是件容易的事？大先生犯愁了，踌躇再三，说出两个字，"再说。"凌香听了，久久不语，忽然扑通一声，跪下了。这一跪，让大先生悲从中来，万箭穿心一般。他从这孩子脸上、眼睛里，分明看到的，是另一个人的神情，是另一个人的复活。这一跪，是悬崖绝壁前的摊牌，是生死的摊牌，不容分说、决绝、大义凛然。

第二天，来人从山里带走的，就不只是凌寒一个人了，还有凌香。凌香走出去很远，一直不敢回头，她知道父亲就在村口那棵柿子树下站着，一头灰苍苍的头发，她怕他看见自己眼里的泪水。

六　告诉你一句话

但是，凌香是必然要走的。她一直、一直等待着这一天，从八岁的某一天起就一直等待着这一天，这是一个不能更改的命运，也是一个召唤。

她来到西安，很顺利地通过了考试，插进了高三年级，吃住自然都在学校，就这样，做了一名流亡的学生。读书在她，从来不算一件困难的事，许多隐秘的快乐是别人体会不到的。日子自然是苦的，流离失所怎么会不苦？可流亡学生千千万万，又不是她一个。她是很能吃苦的呢，这一点，连她自己原先也不知道！从家里带来的一点点钱，她花得十分、十分仔细，花每一分钱都让她又心疼又愧疚。后来，一个偶然的机会，她开始给报纸投稿，再后来，竟在一家报纸开辟了一个小专栏——"流亡学生日记"，写那些沦陷区的所见所闻。这一来，就有了一点小小的收入，虽然不多，可是积攒起来也是能派大用场的。

父亲的学生，能托付子女的学生，自然不会是泛泛之交。她不喜欢拐弯抹角，有一天，当这学生来学校探望她时，她忽然单刀直入地发难了，她说：

"你有我妈的消息吗？"

"妈"这个字，这个字眼，已经许多年没有出口了。这个字，哽在喉头，堵在心口，吐不出，也咽不下。她从来没有管大萍叫过"妈"，尽管，她知道，大萍其实是当得起"妈"这个称呼的。有一年，她得伤寒，高烧不退，大萍在她身边衣不解带地守了七天七夜！她弄脏的内衣裤都是大萍亲手帮她洗净的。病中，大萍那张铜盆大脸俯下来，热烘烘，带着身体的善意贴近她的时候，一股一股的热浪在她身子里汹涌着，让她眼热鼻酸。可是，她还是叫不出那个字，那个要命的字，那个字，若一出口，她就彻底崩塌了。

父亲的学生，做梦也没有想到，这孩子她会给他出这样一个大难题。他大惊失色，张口结舌，支吾着乱摇头。可是这十六岁的姑娘，脸上有一种让他害怕的表情，豁出去的烈士的表情，还有着黑洞似的绝望。他心里不禁一动，拿谎言搪塞这孩子是残忍的啊，他想。于是，他回答：

"很久没有她的消息了，有好几年了。"

"那，最后得到她的消息她在哪里？"

"汉口。"

汉口，她想，咽了一下口水，并不算远，不在天边，也不在海角。她的神情，让父亲的学生深感不安。父亲的学生说：

"不过她现在肯定不在汉口了。席方平，哦，他最后一封信上说，他们——"他停顿了一下，"他们就要出国了。"

出国！凌香闭了下眼睛，浑身冰冷，就像周身的血脉都被冰封住了，凝结成了剔透的树挂。她攥着的拳头也冻成了冰坨，两条腿则成了冰柱。父亲的学生以为她会掉泪，会哭，可是没有。慢慢慢慢她缓过来，活过来，有了血色和人气，她说：

"谢谢你。"

父亲的学生暗自松出一口长气，以为这事就算是过去了。

不想，几天后，她忽然找上了家门。她单刀直入，劈头就问：

"你有没有张君的地址？"

他又是一惊，不知道她是从哪里得知了"张君"这至关重要的名字。不等他措辞，她穷追不舍地又是一句：

"张君是在汉口吧？当年，他们去汉口，就是投奔张君，是不是？"

他一步步地被逼进了死角，没了退路。她虎视眈眈，横在前面，就仿佛猎人和猎物，狭路相逢。他摇摇头，对她说：

"你让我想想。"

三天后，父亲的学生给了她需要的东西：张君的地址。他想了三天三夜，才做出这样一个痛苦的决定，妥协的决定。父亲的学生这样想，假如不给她指一条明路，谁知道这孩子一个人还要怎样瞎闯瞎撞？这孩子，是那种一条道走到黑的人，是那种撞了南墙也不回头的人，是那种明知是火坑也要跳的人。他很透彻地看清了这点，也看清了那潜在的更大的危险。还有，还有，那就是，这孩子她太叫人不忍，她盲人骑瞎马似的奋不顾身，她从小小年纪起一天一天积攒起的思念与痛苦，让他不忍。他对这孩子说：

"你要记住，是你，让我做了背叛先生的事。"

一个月后，这孩子她上路了。得到张君回信的第二天，她就刻不容缓地出发。她给父亲的学生留了一张便条，上面写着：大恩大德，此生不忘。其时，距离考试和寒假只有一个月了。可这孩子一天都不能再等，她等了八年，等了三千天，耗尽了她的耐心，谁知道这一月内，这三十个白昼和黑夜，会发生什么样的变故？这孩子她从小就是一个最没有安全感的人，她不信任——时间。

现在，她的目的地是确凿的：四川、重庆、青木关，剩下的就一片茫然了。她怀揣着可怜的一点盘缠，一点干粮，搭上了一辆长途汽车。她只知道那车是朝南，开往石泉的。朝南，总归不会错，四川不就在陕西的南边吗？那车，拥挤不堪，走走停停，公路十分糟糕，又被日本人的炸弹炸出了许许多多的弹坑，她坐在后厢，无数次，她整个人被抛起来，头碰到了车皮，浑身的骨头颠散了架。可是这一晚，他们的车并没有预期抵达石泉，而是停在了宁陕。一车旅客下来打尖，人家都去了羊肉泡馍馆，她没有，只在一家茶摊上要了一大碗白开水，泡自家带的馍吃。

生平第一次，她一个人独自坐在夜行的汽车上。四周黑如深渊，只有车灯的光束移动着，像黑夜划开的伤口。车厢里，起着鼾声，可她睡不着。她没有丝毫睡意。她大睁着眼睛，望着漆黑的陌生的窗外。她心里一阵一阵地恐惧、害怕，不知道这么走下去，能不能真的到达她要去的地方。重庆，青木关，在这无边的深渊似的黑暗里，这名字给人无限虚幻和缥缈的感觉，极端不真实，仿佛那是天国的某个地方，天国的车站。她听到某种清脆的琳琅的响声，一阵又一阵，原来那是她自己牙齿在打战。

汽车在黎明时分抵达石泉。小镇还昏睡着，空气清新而凛冽，那是田野、牛粪，还有河流的气味，人间的气味。小小一条镇街，由于这笨拙的汽车与一车人的到达，竟有了一点喧腾。勇气就是在这时又回到了凌香身上，她看着太阳一点点升起来，她想，条条大路通罗马，何况一个青木关？

再往前，朝西，应该就是汉中了。可据说公路被炸毁了，不再通汽车。凌香就是在这里等车子时遇到了几个东北流亡学生，那几个学生也是要去重庆的。凌香从此就加入了他们的行列。他们先是乘马车，后来又乘驴车，再后来步行，一段段、一里里、一步步地，接近着巴山蜀水。总算，汉中到了，很庆幸地，他们在汉中搭上了开往广元的大卡车，广元，那里已经是四川的地面了。在广元，他们乘上了船。

船在嘉陵江上航行，顺流而下。是一条大木船，八个船夫扳桨，一个老大掌舵，还有个烧饭的船娘。船客除了他们这几个流亡学生，就又有两个商人、一个教书先生。船本是载货的，载人，算是夹带。这一路行来，他们风餐露宿，可说是吃尽了苦头，一天吃不上一餐饭的时候也是有的，在破庙里、在人家的牛圈里、在山洞中过夜更是家常便饭。如今，这船，在他们眼中，竟有了诺亚方舟的意味，救世的意味。竹篷子船舱，虽然矮，可是安全，就像窑洞的穹顶；两边长长的木板铺，平平坦坦，是世上最舒坦的炕；船娘烧出的糙米饭、辣子笋干，是人间最美的美味。甲板上，扳桨的船夫，"哟——嗬，哟——嗬"，齐声喊着的号子，那也是和平世界的声音。凌香舒展身板躺在舱里，在这和平的、又痛苦又欢乐的号子声里，睡熟了。

醒来时，舱里很静，很暗，所有的声音似乎都在极远的远处。有一会儿她忘了自己身在何处，很茫然，船身摇荡着，就像一个巨大的摇篮，一个久违的摇篮。摇它的那双手啊！她觉得一阵迷糊，像做梦。就在这时她听到了舱外的人声，真切的人声，原来流亡学生们都在甲板上呢，大家都在甲板上。"我的家在东北松花江上——"一个男声颤巍巍地唱起来。"江"这个字，让她想起了自己身在何方：平生第一次，她来在了一条大江上，"哟——嗬，哟——嗬"的号子，那是川江上的号子，那是蜀天蜀地的声音！她静静地听，听，热泪涌出了眼睛，哭了。

　　傍晚，船泊剑阁，船老大望着天边的晚霞，说："好天气啊，顺风顺水！"

　　真的是顺风顺水。三天后，船就抵达了合川。刚好，一队敌人的飞机从江面上飞过，是要去轰炸重庆的，顺便朝江心投下几枚炸弹。江面开了花，有一枚炸中了他们的船尾。船被巨浪掀翻了，一船人，八个船工、船老大和船娘、商人、教书先生，还有历尽艰辛就要抵达目的地的流亡学生，全部葬身江底。

　　只救上来一个人，凌香。

　　合川过去，是北碚，北碚过去，就是重庆，在重庆与北碚之间，有一个小镇，叫青木关。青木关有一片竹林，在临近江边的坡上，竹林外有几间草屋，草屋里住着一户最普通的逃难的人家，男人教书，女人也教书。

　　这一天，黄昏时分，女先生在灶火旁正料理着晚饭。从旁边屋子里，不停地传来男先生阵阵咳嗽的声音，"硿硿"的，是害着肺病的人的咳嗽。一群孩子，在竹林外一小片空场地上，抽着木陀螺。冬天的太阳，早早地沉进江里去了，江水变成了一条奔腾的血河。有人从江那边走来了，跛着腿，衣衫褴褛，沿着石头台阶，一级级地朝坡上爬，慢慢地露出了黑黑的头顶、脸、半个身子、腿和脚，来在了空场上，竹林外空场上。那一群玩耍的孩子，瞪大了眼睛，瞧着这不速之客。客人问了孩子们一句什么，只见一个五六岁的小姑娘，转身，朝屋里跑，嘴里喊着：

"妈，妈！有个要饭的找你！"

女先生闻声出来了，从茅屋里钻出来，蓬着头，青菜叶沾在手上，一身的柴烟味。起初她没有认出来人，说："谁呀？"突然间她的嘴张大了，人就像钉在了地上，她的脸和手，一下子变得雪白，浑身的血仿佛被什么东西刹那间吸光了，她站在那里，就像一个苍白透明的惊叹号！只见来人，一步步地，跛着，朝她走来，走在和她近在咫尺的对面，来人说：

"你说过，永远也不会丢下我，八年来我没有一天忘记过这话——我来，是要告诉你一句话：你——不值得我这么、这么样牵挂！"

说完，她掉头而去。

"凌香！宝——"女先生，梅巧，大喊一声，倒在地上。

七　传奇的结局

入冬以来，席方平就一直咳嗽不止。梅巧想为他生一个火盆，却没有钱买木炭——木炭的价钱比黄金还要贵！梅巧就把厚厚的草纸烤热了，一层层给他敷在脊背上，又把橘子在火上烤熟了，上面滴一滴麻油，让他每天空腹吃下去。她还用梨煮水，用白萝卜熬粥，总之，她把她知道的那些民间偏方验方，一一都试过了，可是那咳嗽的趋势仍旧是愈演愈烈。

夜晚，他咳嗽得最剧烈的时候，她就把他抱在怀里，就像抱一个孩子。

"好一点不？"她总是这样问。

"好多了。"他总是这样回答。

他在她温暖的怀里，那让他更加软弱。他们常常相拥着到天亮。有时，他会说："要是能睡在一盘暖炕上，该多舒服啊。"她就把他抱得更紧一些，说："是啊，南方哪儿都好，就这一样不好。"她知道，他心里想说的，其实不是这些话，他也知道，她知道。

他们都躲避着一个字眼，一个事实，那就是结核，或者说肺痨。可他们心里比谁都清楚他们遭遇了它，遭遇了这瘟神。他们彼此在对方面前掩藏着内心巨大的恐惧。失眠的夜晚，他们躺在南方阴冷潮湿的草房里谈论的，永远都是一些鸡毛蒜皮的小事，关于北方的小事，比如小米粥，比如冬天的烘柿子，比如一碗热腾腾的"头脑"，那是家乡冬季早晨最美的美食。他"砼砼"的剧烈的咳嗽像电流一样一波一波传导到她身上，让她害怕得发抖。她只有把他抱得更紧，她想，一遍一遍地想，上帝，这是我的，我唯一的，你不能把他夺去……

有一夜他突然讲起了他亡母的一件小事。他说，他们家乡河东有一个习俗，婚后的女人，要送丈夫一件信物，一件绣品，类似荷包的一只小口袋，可却并不是普通的荷包，不装钱，不装烟，而是——牙袋！知道那是做什么用的？人老了，掉牙了，满口的牙，一颗一颗地脱落，那口袋，就是装这落牙的。一颗一颗的落牙，装进这小荷包里，到最后的时刻，是要携带在身上，一颗也不能少，带到另一个世界里去的。这样的荷包，牙袋，女人要绣两只，绣一对，一只给丈夫，一只给自己，那意思就是，白头偕老，那是对"白头偕老"的郑重承诺。

"我娘身上，就贴身系着一只这牙荷包，牙袋，红绸子底，绣着鸳鸯。另一只让我爹带走了，只不过我爹的那只荷包，里面是空的——他没活到掉牙的年纪，就撇下我们撒手去了，他辜负了那只牙袋……"

他搂着梅巧，他的女人，这么说。她浆果一样成熟的、温暖的、经血旺盛的身体，让他无限依恋和难舍。多么好的身子啊！他把脸紧紧贴在她的脸上，突然地，哭了。

一周后，他的枕边多了一样东西，一件绣品，小小的，红布做底，勾着牙边，上面绣了两只五彩的鸳鸯：最俗、最艳的图案，可却绣得风生水起，惊心动魄，针针见血。另一只，同样的两只让人惊心的鸳鸯，攥在梅巧的手里，梅巧俯下身来，黑森森的眼睛，对了他的脸，一字一顿地说道：

"席方平，你听好了，你，是不能辜负这只牙荷包的啊！"

梅巧说完这话，眼泪就滚了出来。

这就是他们的故事，以传奇开始，却没有一个传奇的结局。两个心高万丈生死相随的有为青年最终落在了生活艰辛的窘境之中，不是所有的浪漫出逃，最终都会在巴黎的塞纳河边、伦敦的老街区或是上野的樱花树下，戏剧性地落脚。而更多的时候则是，这世上又多了一对贫贱夫妻而已。

其实，在凌香看到梅巧的最初一刹那，她就原谅她了。看到她从茅屋里，烟熏火燎地钻出来，蓬着头发，穿着打补丁的衣服，手上沾着菜叶的那一刹那，她就原谅她了。或者说，更早，在她乘坐的木船被炸沉，整整一船人葬身水底，那和她一路行来已情同手足的流亡学生们，那和她一样年轻一样茁壮健康的生命瞬间灰飞烟灭的那一时刻，她就原谅她了。可她还是说了那句话，那句话，哽在喉头，坠在心头，是必须要说的。说完了，她才能重新成为一个善良温情柔软的孩子，一个悲天悯人的孩子。

八　饥荒

又是许多年过去了。

这一年，是一个饥荒年，大饥荒。不仅是乡村，城里人也在挨饿。所有的城市，也许，除了北京和上海，都陷落在了饥馑之中。在凌香的城市，许多人都患上了浮肿病，皮肤肿得明晃晃，头脸都显得很大，像橡皮人。有许多年轻的女人闭了经。这些浮肿患者，有时凭医院的证明可以去购买一些"营养品"，比如用麦麸和糠做的饼干。

人们都在大吃忙碌着，动着各种各样的脑筋，城郊的野菜，早就让人挖光了，豆腐渣，还有喂牲口的豆饼，成了人们四处寻觅最抢手最热门的食物。发明了一种饮品，叫小球藻，是一种藻类的东西，养在大池子里，绿莹莹的，据说营养价值很高，幼儿园和小学的孩子们，排着队去领一茶缸小球藻喝。当然，供应浮肿患者的糠饼干，也是发明之一。

这一年，凌香三十七岁，是两个孩子的母亲。这两个孩子，一个十二岁，一个十岁，正是长身体的时候，正是怎么吃也吃不饱的时候。配给供应的粮食，自然不够他们吃的，逢年过节凭证购买的肉、蛋，不够他们填牙缝的。这就需要大量购买高价的粮食和高价的食品。好在，凌香还有这力量。她丈夫，是一家大型企业的高工，她自己，则在一所高校任教，两个人的月入，还有一些积蓄，一分不剩，全用来买吃的了。

每月，发薪水后的那个星期天，是凌香最忙碌的日子。一大早，她就携带着一些吃食，乘三十公里汽车，去看望父亲。她父亲大先生，新中国成立后，就一直担任着一所高等专科学校的校长。那学校，不在省城，却设在这个交通并不十分便利的小城里。大先生不光担任校长，还教书，还著书，他喜欢小城这种避世的安静的气氛。

学校坐落在汾河岸边，校园十分辽阔，有一种跑马占地的豪气和奢侈。那里面的建筑，全都出自苏联专家的设计，笨拙、坚固、大，也是奢侈的。这样的建筑群里必定要有一座礼堂，上面耸立着克里姆林宫式的尖顶和红星。大先生的家，是一栋独立的建筑，西式的平房，红砖，石头台阶，带长长的有出檐的前廊。院子很大，种着石榴、香椿和枣树，而那些空地，则被大萍一块块开垦出来，种各种蔬菜，甚至还种玉米这样的粮食。

在饥荒的年代，这样的开垦和种植，就有了拯救的意思了。

大先生四个儿女，如今天南地北，全不在身边，只有凌香一人离得最近。一个月至少有一个星期天，是大先生的节日。这一天之前，前好几天，大先生和大萍就开始为这节日做准备了。大萍挎着篮子去排各种各样的长队，买凭票证供给的宝贵的东西：粮、油、一点点肉、蛋之类，大先生则去排另外的队，去买更加宝贵的高价白糖、糕点，还有，好一些牌子的香烟等珍稀物品。像大先生这样的人士，偶尔会有一些特殊的供给，不多，大先生都攒着，是要将这好钢用在刀刃上。到了这一天，一大早，大萍就拌好了饺子馅，猪肉白菜，或者是羊肉胡萝卜，香香的一大盆。大萍的饺子，是很拿得出手的，皮薄馅大，鼓着肚子，白白胖胖，排着队，整整齐齐几盖帘。一家子，三口人，食量再大，几盖帘饺子哪里吃得完？剩下的，也都煮出来，凉好了，一个个码进饭盒里。大先生说："带走吧。"

凌香从来都是吃罢午饭就告辞，大先生和大萍也从不多留她。那些糕点、白糖，一样样地，全让大萍塞进了她的提包里。永远是，她带来的少，带走的太多、太多。若她推辞，大先生就生气，说："又不是给你的，带回去给明明、亮亮吃。"

带走的，不仅仅是糕点、白糖、煮好的饺子，常常还有晒干的各种蔬菜：茄子条、萝卜干、干豆角，等等，也是一包一包的。还有一条烟，大前门，或者凤凰。这烟，总是由大先生亲手拿出来，沉默不语地给她塞到提包里。

是啊，大前门或者凤凰，总不能再拿明明和亮亮做幌子了。凌香的丈夫，也是从不抽烟的，这烟，就显得很没头没脑和突兀。凌香心知肚明，却从不说破，她拎着大包小包出门去，走出好远，回头看，大萍搀着大先生还在那门前站着，朝她这边望呢。

现在，现在，凌香该到她的第二站了，三十公里外的省城。

五十年代初，席方平和梅巧带着他们唯一的女儿，回到了这里，这个悲情城市。

他们回到北方，当然是因为健康的原因，席方平再也不能承受南方阴冷潮湿的冬季。所以，当他终于接受了家乡省城一所中学的聘书时，他想，他这是向自己的青春缴械了。

他在那所中学里教数学，梅巧也一样，仍旧是教小学，做孩子王。他们的家，就安在离那所中学不远的一处四合院里，租住了人家两间东屋。自己动手搭建了小厨房。这一住就是十年，他们的女儿，从这四合院里考入了北京的一所大学，毕业后一下子被分配到了甘肃，支边去了。

饥荒到来了，让人措手不及。前两年，还红红火火闹大食堂呢，吃饭不要钱，仿佛到了共产主义。可饥荒一下子就来了，说来就来了。要说，梅巧其实是很会过日子的，很会精打细算，可任凭她再会过日子，也没办法让一日三餐都吃饱肚子了，再精打细算，也调度不开那有限的、可怜的三五斤细粮以及每人每月的二两棉籽油了。还在三年前，由于肺病的缘故，席方平就病休在家，吃了劳保，而一个小学教师的工资，又实在是有限，买高价粮的钱都捉襟见肘，何况营养品？梅巧就把所有的细粮省下来，给席方平吃，自己吃掺干菜、掺糠的窝窝，把油省下来，给席方平炒菜，自己吃腌制的酸菜、咸菜。逢年过节那区区一斤肉，则是买来肥膘，炼成猪油，油渣做馅，配上萝卜白菜，给席方平蒸包子。

"你呢？你怎么不吃？"席方平端起饭碗疑惑地问她。

她抽着一支劣质的香烟，最便宜的白皮烟，这是她从年轻时就染上的嗜好，也是从前的日子留在她身上的唯一遗迹。她深深地吸一口烟，回答说："你先吃，我还赶着判作业呢。"要不就是说："刚才包子出笼，我趁热先吃过了。"席方平不相信，审问地盯着她的脸，她面不改色，说："你看你这个人，就这点讨厌，婆婆妈妈，我现在饭量大，饿不到时候嘛。"她还说："这些日子我比从前能吃多了，都吃胖了。"

她的脸，真的是胖了，明光光的，晃人眼。席方平知道，那是——浮肿。

他愤怒了，他说："梅巧，你当我是傻子呀！你当我瞎了眼呀！"

梅巧的脸，突然之间变得十分严肃，她盯住了他，慢慢地开了口，她说："我身体好，吃什么都抗得住。你不行，你全靠营养来撑着，没有营养你活不了几天！你听好了，我不让你把我扔到半路上，那样我也活不了——你要救你自己，救我！所以，你必须闭上眼，狠下心，吃！"

她恶狠狠地、一字千钧地，说出那个"吃"字，眼圈红了。

有一天，凌香来省城参加一个会议。晚饭后，会议上没有安排什么事情，她就到梅巧家去了。说来，这些年来，凌香姐妹兄弟四人，只有她一个，和梅巧保持着联络。凌寒、凌霜、凌天，对梅巧，就当世界上没她这个人。只有凌香，月月给梅巧写信，寄一些钱，知道他们的生活是不宽裕的。有时，去省城出差或开会，就到她那里去看一看：当然，从没有过夜留宿过，因为有席方平在，毕竟是很不方便的。席方平一直让凌香感到局促和为难，不知道拿这人怎么办。这一生，凌香只听到父亲提到过一次"席方平"这名字，那还是很多年前，除夕夜，全家人在一起吃团年饭，那一晚大先生喝了酒，喝醉了，他忽然用筷子指点着大家，没头没脑冒出一句：

"你们要记住，记好了，席——方——平，这个人，是咱们全家人的仇敌！"

那时，凌寒、凌霜、凌天，全都回过头来，同仇敌忾地瞧着大姐，他们的眼睛在说，你听听，你听听，你居然认贼作父！他们都知道这些年来凌香和梅巧来往的事情，他们都知道凌香舍不下梅巧。这让他们不愉快，觉得这人背叛了全家，背叛了父亲。他们是将"梅巧"和"席方平"合二为一了。不过，凌香这个人，谁又能拿她怎么样？不是就连日本鬼子的炸弹也没能把她"怎么样"吗？凌香没有生气，只是很意外，这么多年了呀！她以为那件事对父亲来说，已经"过去"了，可原来并没有——过去。

她很惊讶。

这一天，凌香从会议上出来去看梅巧，进了那日益拥挤混乱的四合院，一看，梅巧家厨房里亮着一盏昏灯，就进去了。一推门，就看到梅巧正坐在灶台边小板凳上，吃着一个——糠窝窝。听到动静，梅巧一仰脸，凌香吓一跳，那张脸肿得，就像戴了一张橡皮面具！凌香呆了半晌，走上去，从梅巧手里，夺过那黑乎乎团不成团的东西，咬了一口，眼泪就下来了。

下一个星期天，凌香又来了，背了大包和小包，也不说话，大包里是粮食，都是高价粮：挂面、小米和玉茭面，小包里则是白糖、水果糖，还有鸡蛋。她一样一样往外掏，绷着脸，像是和谁生气。这些东西，救命的东西，则摊了半炕头。梅巧用手摸摸这样，摸摸那样，哭了。

一月一次的探望，就是始于这个时候。从前，凌香每月是必要去探望大先生的，现在，她延长了这路线，延长了三十多公里，大先生那里，就成了一个中转站。从前，她背包里带去的东西，是要卸空的，现在则是卸一半留一半；从前，在大先生家，她待得很从容，现在则是，撂下午饭的碗筷就要匆匆出发。起初，她不知道怎样跟大先生解释，她想了一些笨拙的理由作为提前告辞的借口，比如，明明不舒服，要不就是亮亮不舒服，或者说，家里有点什么什么事。这样说的时候，她从不去看大先生的眼睛。忽然有一天，她发现自己不需要再找任何借口了：那一天，大先生把一条凤凰牌香烟悄悄塞进了她提包里。她如雷轰顶，知道了，大先生，父亲，心里是明镜高悬的啊。

只不过，她不说，他也不说，都不说破，很默契。不同的是，她从父亲家里带走的东西，比从前多了许多。这叫她不安，可是父亲不由分说，父亲指挥着大萍，装这个，带那个。凌香想拦，拦不住。拦紧了，父亲就叹息一声，说："又不是给你!"她知道，她当然知道这个七十多岁的父亲，在饥荒的年代，饥饿的年代，从自己牙缝里节省出、克扣出这一点一滴的食物，这恩义，是为了谁。所以，她才尤其地不安、难过。

她逼迫梅巧，当着她面，一个一个地吃下她带去的饺子。她像阎罗一样不留情面地逼迫着她，吃下一饭盒，一个不许剩。这是她能为父亲做的唯一的事情，她能为白发苍苍的父亲做的，唯一的事情。

九　心爱的树

三年的饥荒过去了。更大的灾难，还没有到来。一段和平的丰衣足食的日子来临了。那每月一次的探望，仍旧继续着，成了一种习惯。现在，到了那一天，梅巧也能张罗着为凌香包饺子弄吃的东西了。

梅巧的饺子，是另一种风格，很细巧、精致，像她这个人。凌香一边吃一边称赞，梅巧坐她对面，抽着香烟，说：

"你包的饺子，也很香啊，就是样子笨了点。"

"那是大萍包的。"凌香脱口说。

梅巧怔了一怔。香烟在她指间，缭绕着。许久，她笑了一声，说："你父亲，还那样吗？"

"哪样？"

"古板，霸道，不通情理，狭隘，脏，留那么长的黑指甲，吃饭吧唧嘴。"

凌香放下了筷子，狠狠地，严厉地，盯着梅巧，父亲从前的妻子，说道：

"我从来，几十年来，没从我父亲，我爸爸嘴里，听到说你一个'不'字，几十年来，他没说过你一个不好——"

"他嘴里不说，心里可是在诅咒我！"梅巧打断了凌香的话，"他在心里，一天要咒我八十遍！他亲口跟我说过，他说，梅巧，你这么背叛我，你这么走了，我一天咒你八十遍——"她哽了一下，眼圈红了，长长一截烟灰，噗地落下来，落在饭桌上，她背过了脸，"你爸爸，他还好吧?"她声音变得伤感、温存。

"好。"凌香回答。

他并不好。凌香却一点不知道。儿女们，他谁也没告诉。他怀里揣了一张前列腺癌的诊断书，医生让他住院，开刀，他不。他从不相信西医的刀和剪，不相信现代医学的神话。他确实是个古板的人。他在一个老中医也是他的老朋友那里接受治疗，老朋友给他开出一剂剂汤药、丸药，他勤勉地、恭敬地吃下去，老朋友说："大先生啊，这世上的药，从来都是只治能治好的病的。"

他笑了，哪能听不懂？他回答说："老弟，我知道你不是神仙，开不出一齐起死回生汤。"

他躲进书房里，清理一些东西，书稿、讲义、讲稿，他一生的心血，点点滴滴，全在这里了，他一生的时光，也在这里了。他抚摸它们，爱惜地，一张一张掀动，和它们做着告别。他清理架上的书．线装的，简装的，一本一本，都是老朋友，知己知彼的，不离不弃，陪伴了他几十年，也是恩深义重的。他心怀感激抽出一本，掀掀，翻翻，再抽出一本，掀掀，翻翻，又抽出一本，掀掀，翻翻，忽然，一张纸飘下来，大蝴蝶一样，翩翩地落在了地板上，落在他脚边。

是一张信笺．宣纸，上面有水印的字迹：不二斋。那是从前，他书斋的斋号。

他拾起来，只见上面，用毛笔写着这样几个字：

"梅：你这可恨的女人，你还好吧——"

是一封，没有发出的信，永不会发出的信，不知什么时候藏在了那里，他的手抖起来，他站不住了，几十年岁月，像浩荡长风一样扑面而来，思念扑面而来。他的眼睛潮湿了。

下一次，凌香来探望他和大萍时，他告诉凌香，下周他要去省城参加一个会议。他问道："你能不能陪我去？"

那是一个可开可不开的会，务虚的会议，平时，大先生是不喜欢开这样的会议的，可这一次，他很踊跃积极。这踊跃的态度让凌香生疑。当他们父女俩终于坐在了开往省城的火车上时，凌香发问了：

"爹，你到底有什么事，说吧。"

大先生沉吟了一下，把眼睛望向了车窗外：

"我，想见你妈一面，行吗？"

六十年代中，一九六五年，这个地处内陆的北方城市，没有咖啡馆，也没有茶座。他们两个人，大先生和梅巧，见面的地点，约在了——火车站。

火车站候车室。

这个城市，交通不算发达，它不在那些重要的铁路干线上，每天，从这城市过往的车辆不算多，下午，二三点钟的辰光，几乎没有列车在这里停靠，是候车室里比较安静的时候。

梅巧来了。

凌香推了推大先生，把远远走来的梅巧指给他看。他看见了一个……老太婆。这老太婆径直朝他们走来，逆着时光，朝大先生走来，十六岁的梅巧，嘴唇像鲜花般红润，两只大大的清水眼吃了惊吓，就像鹿的眼睛。这幅画，在大先生心里不褪色地收藏了四十多年，一时间他很糊涂，不知道这两鬓霜染的老太婆和梅巧有什么相干?

他听到凌香叫"妈",站起来,他也站起来。现在他们面对面站在了一个车站上。那永不再年轻的脸,衰老的脸,刹那间让他大恸。四十多年的时光,呼呼的,如同大风,刮得他站不住脚,睁不开眼。他们愣愣地,你望我,我望你,对视了半晌,身边是来来往往的旅人。凌香说:"坐吧。"他们就都坐下了,左一个,右一个,中间隔着一个凌香。都不知道该说些什么,还是凌香先开了口,凌香说:"热吧?"

梅巧摇摇头,说:"不热。"

"我去买汽水。"凌香站起了身,走了。

头顶上,大大的几个电风扇,旋转着,发出嗡嗡的响声。一时间,有一种奇怪的安静,笼罩了午后的车站。所有的声音都远去了,人声、车声、广播声,一切一切,如退潮的水一样渐行渐远。只有他们裸露着,像两块被岁月击打的礁石。大先生摸索了一阵,从衣兜里掏出烟来,是一盒凤凰,他夹出一支,递到了梅巧面前,说:

"抽一支吧?"

梅巧接了过来,说:"好。"

他自己,也夹出一支,然后,摸出打火机,打,打,却打不着。梅巧就从他手里,把打火机接过来,一打,着了。蓝蓝的小火苗，悠悠的，那么美，那么伤感，楚楚动人，梅巧把它举到大先生脸前，他凑了上去，猛吸两口，竟呛出了泪似的。梅巧自己也点着了，他们就坐着，吸烟。

"你还好吧?"大先生开口了。

"还好。"梅巧回答道，"你也好吧?"

"好。"他说。

梅巧吐出一口烟雾，那烟，有一种辛辣的熟知的浓香，那是梅巧喜爱的味道。

"那些烟，都是你让凌香捎来的吧?"梅巧忽然问出这么一句话。

大先生愣了一下。

"还有那些东西?"

"不全是。"大先生忙纠正。

原来，梅巧心里也是明镜高悬的呀。知道得清清楚楚，那些救命的食物，那些粒粒赛珠玑的粮食，那些糕点、白糖，是出自哪里。她没有拒绝，心里是领了他这深恩厚意的。

"大恩不言谢，"梅巧眼睛望着别处，轻轻地，却异常清晰地说，"大恩不言谢。"她声音哽了一下。

"梅巧，不要这么说。"

"大先生，我不说。"

他们都不知道，此时此境，再说些什么。两个人，默默望着。他们要说的话，都化作了袅袅香烟。他们跨过了三十四年的岁月，来在一个车站，好像就是为了在一起抽一根烟。一根烟抽尽了，大先兰捻灭了烟头，说道：

"昨天，我去了趟头道巷，转了转，十六号院子——"他顿了一顿，头道兰，十六号，那是他们从前的家，"十六号院子还在呢，做了小学校，不过那棵树，大槐树，多好的一棵大树呀，不在了，让人家锯掉了。"

从前，很久以前，她总是把大槐树的叶子涂染成汹涌的澎湃的蓝色。那时她心里是多么不安分啊。梅巧笑了一笑。

"我知道，"她回答说，"锯掉好几年了。说来也巧，那天我刚好有事路这那里，成年八辈子也不路过一回，就那天，偏偏路过了——看见工人们正在那里伐它呢，两个人，扯着大钢锯，嗞啦，嗞啦，扯过来，锯口那儿，就流出一大串眼泪，嗞啦，嗞啦，扯过去，又是一串眼泪，我看得清清楚楚，老槐树哭呢……"

她不说了，别过了脸。

这脸，刻着时间的痕迹，岁月的痕迹，有了真实感。是梅巧，唯一的梅巧，老去的不能挽回的梅巧。午后的阳光，从阔大的玻璃窗里照射进来，她整个人沐在那光中，永逝不返的一切沐在那光中。那光，就好像神光。远处，有一辆列车轰鸣着朝这里开来了，是大先生就要登上的列车，是所有人终将要登上的列车。他眼睛潮湿了。

　　他想说，梅巧，下辈子，若是碰上了，还能认出你吗？却没有说出口。

2005 年 10 月 20 日草成

2005 年 12 月 24 日二稿于太原

晚　祷

　　一九七二年，某个冬日，十岁的袁有桃放学后没有回家，她沿着一条小路来到了那个叫作"海子"的地方。"海子"当然不是海，而是一片湖洼。有桃家住在城边上，湖洼是这一带孩子们天然的乐园。夏天，他们在海子里游泳，冬天，则是在冰封的湖面上溜冰车。说来，这两件事其实都是被禁止的，学校里一向有明文规定。因为，这湖洼里差不多年年都要死人，夏天淹死的自然是要水的人，冬天则是不小心被冰窟窿吞没。大人们说，那是水鬼在找"替死鬼"。从前，在有规矩的年月，老师们常常在夏日午休后突击检查，让孩子们伸出胳膊，在赤裸的皮肤上用手指一划，游过水的皮肤就会有醒目的、昭然若揭的白痕：原来它会说话！当然，现在，没人管这些了，谁还管这些呢？乱世呵。

天阴沉沉的，要落雪的样子，还不到五点，城市就变得昏暗——这是一天中最伤心的时刻。小风嗖嗖地打在人脸上，很冷。结了冰的海子上，空无一人。岸边枯黄的没有割净的芦苇，摇曳着，有一种不动声色零落的凄怆。有桃迟疑一下，走下湖岸，站在了冰面上。她穿着那种家做的笨拙的棉窝，还是去年姥姥给她亲手做的，穿在脚上，明显地小了，夹着她的脚。但她舍不得脱下来，现在，她想穿着这棉窝，去找姥姥。

湖面冻得很结实，偌大的凛冽的冰湖上，走着这个悲伤的孩子。她脚下打着滑，走得小心翼翼。后来，许多年之后，她想明白了一件事。她用长大的眼睛居高临下俯瞰着十岁的自己，那个要去冰窟窿寻死却害怕滑跤的孩子，她知道了，那不过是命运对她最恶意的一个作弄。

一　山高水远

有桃一出生，就被送回了老家。她是家里的老二，上面一个姐姐，下面还有一个妹妹和一个弟弟。袁家四个孩子，只有她，是跟着老家的姥姥长大的。当年，她一出生，母亲就患上了乳腺炎，没办法哺乳，再加上工作又忙，只好把她丢给了老家的姥姥。紧接着，妹妹弟弟相继来到人世，闹哄哄的一大家人，母亲自然顾不上去接她，就这样，一年一年的，有桃就在那个北方小镇，长大了。

姥爷是个教师，在几十里外的一个公社中学教书，不常回家，家里，常常只有姥姥和有桃，还有一只奶羊。那只羊，是有桃刚出生时姥爷牵回来的，它新鲜干净的奶水喂养大了有桃。所以，它是这家的功臣。姥姥一直不舍得卖掉它，更不舍得宰杀，姥姥有时会这么说："有桃啊，它可是你的奶妈。"有桃回答说："那过年时我是不是也要给它磕头？"姥姥就笑了，说："它也受得起你的头。"就这么，一年又一年，它从一只青春的、奶水汹涌的母羊慢慢变成一只目光浑浊的老羊。

那个小镇，地处这个内陆省份的最北端，干旱、严寒、荒凉。镇子很小，一条主街道，一眼就可以望到尽头。但是天真蓝，真高，蓝天下的山脊上，蜿蜒着残破的外长城的遗迹，还有更残破更孤独的烽火台。那种透彻的、悠远辽阔的苍凉，就像空气一样，无处不在，这里的一切，庄稼、菜蔬、树、遍地的野草、牲畜和人，都是呼吸着这样苍凉的空气，生长着。假如把他们移植或迁徙到那些热闹的地方，或许将是灭顶的灾难。

有桃临近十岁那年，这样的灾难降临了。

先是羊，接下来就是姥姥。她们都离去得很安静，像是怕吓住这个心疼的孩子。羊是在一个清早被发现死在羊栏里的，头枕着一堆青草，眼角上挂着泪痕。埋葬它的时候，有桃哭得很伤心，姥姥说："宝啊，这世上，再好的物件，再亲的人，都有分手的一天啊！"有桃不知道，那是姥姥在跟她道别。

几天后，姥姥清早起来扫罢院子，觉得有点累，就靠着院子里的枣树坐下了，这一坐，就再也没起来。医生后来说姥姥是死于突发的心脏病。那正是枣树挂果的大好季节，姥姥头上，一树新生的、翡翠般鲜绿的果实，预告着一个北方的丰年。千里外的母亲匆匆赶来料理了姥姥的后事，埋葬完姥姥，母亲对姥爷说：

"有桃我接走了。你在外边教书，带着她，是累赘。"

姥爷叹口气，摸着有桃的头说："是啊，快十岁了，四年级了，也该进城里念书了。"

临行前，姥爷带着有桃和母亲去跟姥姥辞行。有桃在姥姥坟前，长跪不起。姥爷对坟里的姥姥说："孩子要走了，这一走，山高水远，回来一趟不容易，你好好的，别让孩子惦记……"

母亲在一旁说："爸，看你说的，这又不是古时候，火车也就一夜的路，怎么就山高水远？"

姥爷沉默不语。

有桃给姥姥磕了头，侧过身，也给埋在一旁安睡在泥土中的母羊，恭敬地磕了一个头。有桃在心里对她们——她真正的母亲们说："我走了……"

后来，有桃不止一次地想起姥爷的话，山高水远。何止是山高水远啊。那是一个永远也回不去的故园。

有桃的家，在城边上，周围都是一些大工厂。有桃的父母，也都在工厂上班。父亲在工厂的俱乐部工作，母亲则是工厂职工医院的一名护士。他们住的，是工厂的宿舍区。宿舍区很大，有楼房，有平房。有桃家住楼房，红砖的旧楼，两间独立的房屋。一间住父母和小弟弟，一间姐妹们合住。公用的厕所，设在走廊的尽头，而走廊，则是家家户户的厨房。家家户户门前，摆着蜂窝煤炉，架着案板，堆着蜂窝煤、垃圾桶和各种杂物。好在这楼房，是从前苏联专家设计的，走廊就像长长的出檐，又像可以眺望风景的有木栏杆的阳台。据说，从前，站在楼上走廊凭栏远眺，可以看到田野，看到叫"海子"的湖洼，甚至可以看到更远处那条穿城而过流向黄河的大河，看到河上安静的落日。人们这样说，那时候啊，真荒凉。如今，不荒凉了，一座座楼房、厂房，一根根吐着黑烟的烟囱，遮蔽住了人的视线。无论有桃怎么努力，她看到的，永远是对面楼房的墙壁，或者，是一片灰蒙蒙黯淡的瓦顶。

就连天空，也不再是家乡那种透彻干净的蔚蓝。

一切都是陌生的。陌生的城市、陌生的家、陌生的口音、陌生的父母和兄弟姐妹、陌生的学校以及老师同学。她几乎不敢开口说话，一说话，同学还有兄弟姐妹就会嘲笑她的乡音。课堂上，她最害怕的事就是被老师提问，每次提问都是一场灾难，因此，上课时，她总是缩着身子，似乎，这样，她就可以消失不见。渐渐地，缩肩缩背变成了一种习惯，不管在什么地方，只要人们的眼光落在她身上，她马上条件反射一般让自己瑟缩起来。这让她的母亲十分反感，母亲生气地骂她：

"你做了什么亏心事？还是上辈子缺了什么德？缩头缩脑的，你是娄阿鼠转世啊？"

姐姐妹妹捂着嘴笑起来，她们觉得"娄阿鼠"这名字很好玩，于是，就"娄阿鼠！娄阿鼠！"地追着她嘹亮地喊，一院子的小孩儿也都"娄阿鼠！娄阿鼠！"地这样叫她。有桃就这样有了一个绰号。

她不知道"娄阿鼠"是什么，她没有看过那个叫《十五贯》的戏曲电影，但她深信那不是一个好人。她就这样莫名其妙地变成了一个坏蛋。这让她愤怒。她表达愤怒的方式就是把自己更紧密地关闭起来。尽管住在一个屋子里，她再不和她们说话，就像一个哑巴。她漠视她们。她们那间十几平米的屋子，两张上下铺，格局好像学校的宿舍。她占用着一个上铺，那一米宽两米长的铺位是她在这座城市最后的堡垒。她把一张与姥姥姥爷合影的照片夹在一本书中压在她的枕头下面，那书，是从前姥爷买给她的，名字叫《中国古代医学家的故事》，姥爷一直希望有桃长大能当一个医生。那个未来的医生，在照片中娇憨地依偎在姥姥姥爷身边，夜夜，她就这样和他们一起入睡。现在，只有在梦里，她才能做一个快乐的尊贵的孩子，从前的孩子，和亲人团聚，和姥姥，和她的羊妈妈，还有姥爷，还有她想念到心疼的苍凉旷野和辽阔蓝天。

她不知道她在睡梦里是流泪的。她那么快活，醒来后却是满脸的泪水。她的眼泪，只在梦里流，白天，她不哭。无论她多么难受，她也不在冷酷的白昼里哭泣。她的两只大眼睛，在白天，像沙漠一样干旱，还有一种奇怪的不合情理的冷峻，看上去像某种隐忍而苍老的非洲动物。这双眼睛也常常触怒母亲，母亲觉得这简直不是一个孩子的眼睛。

"她到底是谁呀？啊？她是我生的吗？"母亲有时候忍不住

会这样问父亲，"你说，是不是有鬼附在她身上了？你看她的眼睛，那是孩子的眼睛吗？让人害怕！"

父亲轻描淡写地回答说："瞎说八道！她不是你生的是谁生的？这你可赖不掉！"

"是啊，我赖不掉！"母亲叹息一声，摇摇头说道，"我要是没生她该多好……"

这话，有桃听到了。有桃的姐妹们也听到了。本来，母亲也就没打算掩饰，后来索性就把这话挂在了嘴边上。这话，应该说不仅仅是母亲一个人的心声，也是全家人的，至少，是姐妹们的。姐妹们想，是啊是啊，没有她该多好！她们怀念起没有她的好日子，姐妹俩合用一间房间的日子，姐姐有桔，妹妹有穗，一人一张上下铺，一人一个王国：下铺睡人，上铺则放她们各自的东西。她们忘了那时她们其实也常常吵嘴打架，互相使坏，告状，等等。现在，她们是同仇敌忾了，同仇敌忾来对付这个闯入者。假如，这个闯入者肯向她们示弱，情况可能会有所不同，她们欺负她、作弄她，其实是一种试探。可是她们很快感觉到了，这个姐妹，这个古怪的孩子，是不会屈服的，尽管她总是缩起身体，可她是一个不会屈服的人。她用她持之以恒的沉默和她们作战，她们感受到了那沉默冷硬的力量，还有，那种凛冽的冰山般的寒气。每一个夜晚，从她睡觉的铺上，那寒气幽幽地散发出来，渐渐凝聚成一个固体的东西，压迫住了她们和她们的睡梦，就像梦魇。

她们对这沉默毫无办法。这让她们厌倦。

"要是在战争年代，敌人抓住她，她肯定不会开口叛变。"有桔沮丧地对妹妹这么说。

"钉竹签子呢？拔掉手指甲呢？也不叛变吗？"有穗疑惑地问。

有桔想了想，摇摇头："恐怕不会。"

有穗从牙缝里"嘶——"出一口凉气，说："我可不行，我会当叛徒的。"

有桔瞪她一眼："别瞎说！"

"真讨厌！"有穗叹息一声，"要是妈妈没有生她就好了！要是她永远在老家就好了！她为什么不回去呢？"

是啊，她为什么不回去呢？她为什么不回自己的地方呢？

这一天，放学后，轮到有桃的小组值日，所以，她到家比平时要晚一些。冬日的黄昏，家家窗户里，都已亮起了灯光，城市似乎对这孩子流露出一点静谧的温情。可是，一进门，她就闻到了一股扑面而来的臭味，像腐败的肉类的气味，那是劣质墨汁的味道。一抬眼，她看到了那标语，新鲜的标语，贴在她的床栏杆上，二面，用毛笔歪歪斜斜写着几个大字：滚回老家去!!! 后面跟了三个浓墨重彩的惊叹号。然后，她就看到了她的书，姥爷的书，《中国古代医学家的故事》，躺在了地上，被肢解了一般，撕得七零八落。还有她的照片，有桃最珍贵的东西——她的过去、她与幸福有关的一切、她眼前泥淖般生活中唯一的救赎，也被蹂躏了，躺在肮脏的地板中央，上面印着鞋印。照片上不见了有桃的脸，她的脸，变成了臭烘烘黑黑的一团墨渍……而那两个肇事者，则若无其事地坐在床边，正在用撕下来的书页，折纸玩，把扁鹊、孙思邈、李时珍，折成了小船、飞机，还有，手枪。

屋子里很静。

突然地，有桃扑了上去，毫无声息，却凶狠得如同一只猎豹。她一下子就扼住了有桔的脖子，她不知道自己的胸腔里突然挤出某种闷响，就像濒死野兽的哀鸣，那么绝望伤心。有穗尖叫起来，抱住头，一边凄厉地大哭。母亲冲了进来，母亲嘶吼着，去救她的女儿。她奋力去掰有桃的手，哪里掰得开？父亲也冲进来了，父亲推开母亲，像拎小鸡一样拎起了有桃。有桃终于松手了，有桔一阵狂咳，"哇——"地哭出了声。父亲把有桃朝地上一抛，母亲扑上去，揪住了她的头发，把她的头咚咚地朝地上狠命地撞，扇她耳光，一下又一下，止也止不住。母亲气疯了，母亲嘴里喊：

"你要杀人啊！你要杀人啊！你给我死！你给我死！你去死！去死——我也不活了！"

然后，一阵号啕大哭。

那一夜，母亲把那两个女儿，带进了自己的房间里。四个人，一家子骨肉，挤在了一张大床上睡了一夜。那肇事的现场，只剩下了有桃一个人。那是进城以来最安静的一个夜晚，她一个人，拥有了一个自由的空间。四壁之中，没有别的眼睛，没有别的呼吸，没有作弄、嘲笑、恶意和伤害。她拣起了照片，把上面的鞋印努力擦干净，用手轻轻把它抚平。她抚摸着姥姥的脸，在心里说，"对不起，对不起，对不起……"她想说，对不起让你看到了这些，却没有说。就算在心里，这么说，也是让她羞耻的。她也不知道怎么对付那一团墨渍，无论她怎么擦那仍然是笼盖在了她脸上的乌云。她只好就这样把它夹进了语文课本里。地上，那些散落的书页，那书的残骸，她一张一张地，捡起来。那一只只飞机、小船，也捡起来。然后，她盘腿坐在床上，就像安稳地坐在老家的火炕上一样，把它们拆开、抚平，一张张理好。她的扁鹊、孙思邈、李时珍，始终安静地望着她，在尘世昏黄的灯光下，毫无怨言地望着这个无助的小姑娘。眼泪就是在这时候，突然汹涌地滚落下来。

二　秦安康

　　秦安康是家里的独子。在他那个年代，独子的家庭还是稀少的。他爸老秦，是这大厂里的八级钳工，有手艺，受人尊敬。他妈则是一个家庭主妇，也在居委会里担任着一些工作，比如，通知家属去居委会学习开会、挨家挨户收收扫马路费、分发一些票证之类。老秦每个月的薪水，一百多元，三口之家，又没有其他用项，在这座北方内陆工业城市，日子可以过得滋滋润润。再加上秦妈妈又是一个精明强干很会过日子的女人，所以，在厂区里，秦家是个让人羡慕的家庭。

　　十亩地里一根苗的人家，孩子自然就娇惯一些。秦安康吃他妈的奶，一直吃到了七岁上学。说来，这样恋母的孩子很可能会娘娘腔，可秦安康却是人高马大、黑黑壮壮，当然，也很霸道、蛮横。他爸老秦，八级钳工的巧手，又有各种便利条件，所以，秦安康手里的玩意儿，总比别人的要讲究。同样的木头手枪，他那一把，一定格外逼真。同样的冰车，他那一个，居然带着弧度十分舒适的靠背。就连最普通的铁环，他那一只，竟是在环上装饰了小铃铛的，推着跑起来，泠泠作响，清脆地洒一路。

　　孩子们看了，自然眼热。

美中不足的，是这秦安康，不够聪明，念书念不进去，坐不住，又贪玩儿，考试没几回及格过。好在，这世道，考试这回事，形同虚设，既不靠它升学，也不靠它奔前程，又没有留级这一说，所以，秦安康一点也不在乎。倒是他爸，人要强，又是老派人，觉得丢脸，也关起门里狠揍过几回，无奈，这宝贝儿子，到下回考试，该不及格还不及格。

没人喜欢和他坐同桌，女孩子们，都受不了课堂上他花样百出的骚扰。于是，老师就把他一个人安排在了最后一排。好在，他本来个子也就是高大的，独自坐最后一排，倒更是自由自在，还可以一个人占用两个抽屉。所以，当这个叫袁有桃的乡下丫头成了他的同桌，他被迫给她腾抽屉的时候，他就把她当成了敌人。

第一天，他像很多男孩子一样，用小刀在课桌上划了分界线，他指着那分界线说："你敢过来试试！"这也是男孩子常见的威胁，不稀奇。只不过，他的分界线，划在了课桌三分之二的位置上，公然是一个不平等条约。袁有桃没有说话，掏出自己的课本，啪，放在了分界线外。他愣了一下，立刻，用胳膊肘，狠狠地朝有桃壮子上就是一下，命令说：

"拿开！"

袁有桃咬了下嘴唇。不动声色。

他抬起胳膊，狠狠地，又是一下。

可这个瘦瘦小小的乡下丫头，一动不动，也不看他，就像他是空气。

这下，他真的愤怒了。他甚至觉到了委屈。凭什么啊？他想。他望着她，只见她的手，撑在了板凳上，明显也在他划定的分界线外。太过分了！他不再和她废话，抄起桌上的铅笔刀，朝她手背上，"噌——"地一划。

血流了出来。

没有声音。血流得很安静。秦安康被这血吓住了。他张着嘴望着血像蚯蚓一样在那手背上爬，爬，渐渐把那只手涂染成逼人的、恐怖的血手。更恐怖的是，她的沉默。他从来不知道沉默可以是这样惨烈……突然，哇的一声，秦安康放声哭了。

就这样，秦安康和袁有桃，只做了一天的同桌。

老师带有桃去卫生室包扎了伤口，给她重新安排了座位，这个位置，远远离开了秦安康。老师说："秦安康，我怕了你了，大家都怕了你了！你就一个人好好称王称霸吧！你就学美帝苏修吧！"

秦安康低头不语。他知道，美帝和苏修，都是纸老虎。他想起自己在课堂上的哇哇大哭，感到了深深的羞耻。他不知道自己原来怕血，他这样想。似乎，"怕血"这个理由可以给他安慰。他确实是被血吓坏了，可是，可是他知道，真正让他恐惧的，还有别的。

从那天起，他开始远远地、偷偷地注视那个女孩儿。在人群中，那个女孩儿，缩头缩脑，毫不显眼。他听到老师背地里说她"木"，一个老师对另一个老师说："流那么多血，一声不叫，真木。"原来她"木"，秦安康想。她没有朋友，她也不爱说话。她的普通话说得走腔走调，语文课上，老师让她念课文，她的荒腔走板让全班同学哄堂大笑。下课后，大家学着她的发音，"纪念掰——球——韩"，夸大着那不标准。她真是木的，一个人，坐在座位上，像什么都没听见一样，面无表情。

后来，同学们叫她"娄阿鼠"，他不知道这名字的来历，也不知道那是一只什么鼠，总之，莫名其妙。可他觉得她和鼠没什么关系，如果拿她比动物，她倒更像——更像那令人恐惧的。他也不知道她是否还恨他，他们偶尔面对面走过，在家属院，或者，在学校的走廊，不小心碰上了，她就像没看见他，从她脸上，既看不出恨，也看不出原谅。那是一张从不起风浪的脸。是，她木。可她也许深不见底。

总之，好好的日子，让这个不知从哪里跑来的女孩儿，改变了。十岁的秦安康，有了一些心事。他不再那么喜欢和小伙伴们扎堆，总是哪里热闹往哪里钻。他也不再那么害怕孤单，放学后，常常一个人到厂区外闲逛。他还会在天气最冷的时候，到空旷的"海子"上滑冰车。偌大的一个湖面，小小的灵巧的冰车，会给他带来飞翔的感觉，车身下嵌入的"豆条"，一种粗粗的铁丝，摩擦着冰面，那细细的清冷的声响，偶尔，会让他鼻酸。他就更用力地挥舞冰锥，让自己更快地飞，飞，好像这样可以飞出某种东西之外。然后，突然地，他刹车了，冰车刚好停在一个冰窟窿的边上，汗从他戴着棉帽子的头上流下来，他分辨不出那是热汗还是冷汗。

黑黑的冰窟窿，深不见底，这里那里，分布在开阔的湖心处。据说，那是炸鱼的人用手榴弹炸出来的。也有人说，是专门凿出来让湖里的鱼透气的。平时，在湖面上溜冰、滑冰车的孩子们，会选择避开它们。孩子们知道它的凶险，从大人们的嘴里，他们都听说过"替死鬼"这传说，也见过真的有人，在这黑暗冰冷的水中丧生。而这个冬天，秦安康着他的冰车，让它冒险地在冰窟窿边缘横冲直撞。也许，他是用这样的方式，在考验着自己的胆量，在为他众目睽睽之下那一次羞耻的哭泣雪耻。

然后，就到了那一天。

那一天很冷，天寒地冻。他像往常一样吸溜着鼻子带着他的冰车来到了海子，他知道这样的天气，冰上一定是人烟稀少。果然，湖上很空旷，只有一个人影，在冰上趔趄地走着。一眼，秦安康就看出了那是谁。倒霉！他想。他掉头想往回走，又站住了，我为啥要怕她？他对自己说。他站在那里远远看她，忽然感觉到奇怪，他想，她来这里干什么呢？她们女孩儿又不玩冰车，也不像是来滑冰，那她来这冰封的湖上做什么？抓鱼吗？

他看她渐渐走向湖心，走向——他最熟悉的那个地方，然后，站住了。那是一个冰窟窿的边缘，他知道。她真是要抓鱼吗？这个男孩儿想。可是她站在那里，一动不动，一动不动。天阴沉沉地，压在湖面上，湖面那么大，那么空，而她，是那么……伤心。奇怪，平时从她脸上什么都看不到，可是，她的背影却是悲伤的。原来，背影可以告诉别人那些隐藏的东西。

他跳下湖面，撑着冰车直奔她而去。

事情就这样发生了。一个要投湖自杀的人，遇到了她的解救者。

其实，站在冰窟窿的边缘，有桃就犹豫了。那冰窟窿，就像一张深不可测的大嘴，又像洞穴，幽幽的，黑黑的，似乎可以隐隐听到某种喘息声，就像神秘而粗鲁的呼吸。它能把我带到姥姥那里吗？有桃这样想。这么黑，这么寒冷，这么不怀好意的去处，能指引我和姥姥重逢吗？有桃相信，姥姥，她最亲的亲人，无论活着还是死去，只要是她在的地方，就一定是光明、温暖、善良的，有透彻的蓝天白云，有清香的庄稼，有春天的野花和秋天的果实，有洁白的羊群和放羊人嘹亮苍凉的山歌……而这个城市，这个冷酷的地方，找得到这样一个通往姥姥世界的入口吗？

她望着脚下的冰窟窿，感觉到了一个城市的恶意，从那深处，扑面而来。

她背着书包，里面，装着姥爷的书，不管她怎样用糨糊、针线粘贴、连缀，那都是一本残缺的、伤痕累累的书了。还有毁掉的照片，她藏在了身上，这是她全部的珍藏，可是，它们和她，该往哪里去呢？——死和活着，都是这样寒冷、恶意和耻辱。

她哭了。

就在这时，身后突然响起了一个惊诧的声音：

"嗨，你在这儿干什么？"

她吃惊地回头，看见了冰车上的男孩儿，秦安康。显然，更吃惊的是这叫秦安康的孩子，他没想到会看到一张满是泪水的脸。这张脸，那么悲伤、无助，看上去一点也不像平时那个冷硬的袁有桃了，他几乎怀疑他认错了人。

"你，你，你想自杀吗?"他变得结结巴巴，"你想做替死鬼?"

袁有桃狠狠擦拭了眼泪，让他看到自己哭泣的样子，她觉得慌乱和羞耻。这个男孩儿，和她的姐妹一样，对有桃来说，都是那种噩梦般的存在。一时间，她好像觉得她的姐妹，有桔有穗，就藏在他的身体里，用他的眼睛望着她一样。

"去年厂里有个人，跳冰窟窿自杀了，"秦安康说，"捞起他的时候，头肿了这么大——"他用手比画出了一个脸盆的形状，"你想做他的替死鬼呀?"

袁有桃没有听出，他其实毫无恶意，他用这种方式在笨拙地阻止着一个悲剧。这要到很多年之后，她才能明白这一点，要到她懂得和生活和解的时刻。可那时，这话，突然激起了她的愤怒和恐怖。

"你才想做替死鬼!"她冲着他的脸，大喊一声，"你去死——"

说完，她跑走了，泪流满面，她哭着在冰上奔跑。落雪了。憋了一天的雪，终于飘落下来。一大片，一大片，轻盈，洁白，落在冰面上，落在干旱的城市。她不止一次滑倒，爬起来，再跑。当她又一次重重地跌倒时，她不再爬，不再挣扎，她扑倒在冰面上，让自己的脸、让她的身体，贴在落了薄薄一层雪花的冰上，放声号啕。她在心里说，雪，埋了我吧，埋了我吧……

秦安康一直、一直注视着她的背影，呆呆地，坐在冰车上，看她一次一次跌倒，爬起，再跌倒，再爬起，他又一次奇怪地感到了鼻酸。真冷，他想。可是她，她究竟为了什么这么难过，这么伤心呢？她为什么像一个大人那样伤心？他吸溜着鼻子，想不出答案。当她终于扑倒在冰上，她的哭声，远远地，凄厉地传来时，他就像被谁抽了一鞭，撑着冰车朝她那边奔去。

他想对她说，袁有桃，你别哭了。

他还想对她说，那天我用刀划你，对不起。

可是，他什么也来不及说了。他飞驰着，只顾望着远处的女孩儿，忘记了他正身处在危机四伏的湖心。一块冻结在冰上的砖头，他没有看见，砖头绊住了飞驰的冰车，把他这个驾驭者抛了出去。而前方，正是湖上最大的一个冰窟窿。只听"扑通"一声，他一头扎进了黑暗的、深不可测的湖心——这个十岁的孩子，苗壮的孩子，真的飞出去了，飞出到了生活之外。

远远地，当袁有桃跌跌撞撞跑过来时，晚了，一切，都过去了，发生过的一切，销声匿迹。只有那架冰车，制作精良被小伙伴们羡慕的冰车，孤独地躺在一旁，永远失去了主人。

三　夜晚的秘密

那天晚上，有桃踩着积雪回到厂区宿舍大院时，早已是万家灯火的时分。她听到一个女人正扯着嗓子喊："安康！安康！回家吃饭了——"她还看到这女人逢人就问，"看到我家安康了吗?"

她慌不择路地躲开了女人，她知道那是秦安康的妈妈，她听到自己的牙齿"嗑嗑嗑"地打战，她的腿也在抖着，膝盖一软，一条腿跪倒在了雪地上。她想，真滑啊。

一家人，围坐在餐桌旁，正在吃晚饭。折叠的圆餐桌，支在父母的房间里。她没有进去。她一个人走进旁边的屋子，没有开灯，摸黑爬上了她的床铺，拉过棉被，用它紧紧包裹住了自己。可她仍然在发抖。雪光映着窗子，房间里有一种清冷的微光。她只好把头也埋进了棉被里，那光，让她害怕。

这个家，没有人，像秦安康的妈妈那样，站在大雪中，呼喊她的名字，说："有桃，回家吃饭——"可是，这不再重要了，一点也不重要了。昨天，还貌似生死攸关的事，此刻，在灭顶的噩梦面前，一点也不重要了。

对，那是梦。

她必须快快地、快快地睡着，她哀求自己，睡吧！睡吧！袁有桃，睡着了，就好了。睡一觉，就过去了。明天早晨起来，上学去，就会看见那个男孩儿，那个秦——安——康，好端端地，活生生地，令人讨厌地坐在那里，举着小刀，蛮横地威胁她说："你敢过来试试！"

大雪，纷纷扬扬，下了一夜。一夜，他们的院子里，也是纷乱的。人们很快找到了冰车，却没能很快打捞起它的主人。湖水太深了，厚厚的冰层下，也许暗藏着潜流，假如，人被潜流冲走，那就只能等到明年春天冰消雪化了。当然，没有人，敢当着沉默的秦师傅说出这话，也不敢放弃希望。而秦师母，则是在找到冰车的时候就晕了过去，被送到了厂里的医院。清晨，雪住了，家家升起炊烟，吃早饭的时候，传来了消息，人们争相传告着，说，捞上来了……

人们说，谢天谢地，不用等到明年开春了。

太阳升起了，新生的太阳，雪后初霁的太阳，照耀着洁白的城市。这惊悚的洁白，刺疼了有桃的眼睛，她不知道自己的眼睛是血红的。是啊，太阳不是从前的太阳了，有桃这样想。她听着风中传来的秦师母的哭声，那哭声撕心裂肺，不像是哭，像是在凄厉地嘶喊。整整一天，这哭声与她如影随形，就像一个鬼魂。人人都在谈论着这件不幸的事情，学校、厂区、宿舍院、这城市的每一条大街小巷、每一个角落。原来，昨晚之前，这城，她如此憎恶的这城，其实并不是地狱……

饭桌上，母亲对姐姐妹妹说："都别去海子上滑冰玩了，看见没有？多可怕！活蹦乱跳的，说死就死了！幸亏捞上来了，要不然，在湖里泡一冬天，成什么样儿？早喂了鱼了！"说着，看了有桃一眼，说："你也一样！"

有桃不敢看她的眼睛。她也不知道自己在发烧。

一夜，高烧让她昏昏沉沉。她觉得自己是在一片大水中浮沉着，挣扎着。她对着一个人嘶喊，说："你才想做替死鬼，你去死！"那个人坐在冰车上，无言地望着她，突然，对她咧嘴一笑，说："我已经死了呀——"她惊醒了，一头的汗水，一脊背的汗水，一身的汗水，那么多的汗水，把床单都浸湿了。可是，怎么这么湿？她下意识地，伸手去摸，突然她翻身坐起，呆住了。

她尿床了。

十岁的有桃，在这个心惊肉跳的夜晚，羞耻地尿床了。

月色如水，从无遮无挡的玻璃窗洒进来，没有心肝地，冰冷地，照着这个绝望的孩子，这个走投无路的小少女，她呆坐在湿漉漉的床铺上，看着曙色一点一点来临。天就要亮了，她不知道这个世界、这个人世，还有什么更大的不幸在明天等待着她——在每一个明天。她叹息一声，取下了挂在墙壁上的书包，取出铅笔盒，拿出一把削铅笔的小刀，躺下，就躺在那湿漉漉的秘密之上，伸出手腕，在那上面，狠狠地、深深地，一划。

永别了，姥姥！鲜血喷涌而出时，她和姥姥郑重道别。她知道，她永远去不了姥姥所在的世界了。那是天堂。而天堂，不再属于这个有罪的孩子。

黎明时分，有桔起床上厕所，一起身，头上垂下一只血手。淋漓的鲜血，滴在了她脸上。她惊声尖叫，惊醒了她的父母。

要感谢那把铅笔刀，它不够锋利，还有，十岁的孩子，也缺乏知识：小刀划破的，流了那么多血的，原来，并不是致命的动脉。

当护士的母亲，为她紧急处理了伤口，止血、清洗、敷消炎药、包扎。伤口触目惊心，只好送医院缝合。母亲一路走一路哭，说："袁有桃，你可真够狠毒啊！你可真狠毒！"

太阳下，母亲为她清洗着被褥。血渍和尿液，弄脏了它们。母亲忧心忡忡地洗着，蹲在一旁观看的有穗说道："妈妈，她都十岁了，还尿床啊！我要是十岁尿床，我也自杀——"

母亲喝止住了她，说："袁有穗，你还让你妈活不？"

没有一个人，疑心什么。全家人都觉得，这未遂的自杀，是因为遗尿。等到她伤口愈合拆线之后的第二天，姥爷来了，是母亲写信叫来了姥爷。母亲说："爸，你带她走吧——"话没说完，就委屈地红了眼圈。

就这样，有桃和姥爷，乘上了北去的列车。一路上，她只是望着车窗外的风景，沉默不语。直到她看到烽火台，蓝天下的烽火台，它们苍凉地静默地扑进她眼睛里的时候，她哭了。

姥爷说："孩子，回家了。"

四　苏慈航

就这样，有桃跟着姥爷，来到了他任教的学校念书。姥爷不仅是这座七年制学校的校长，也教语文。那是更北的北边小镇，更严寒，也更苦焦，而且，名字中带着一个"堡"字，一听，就是从前的边关了。这里的太阳，永远有一种凄清的明亮，天空也更高远。当然，也有更酷烈的大风。大风刮起来的时候，飞沙走石，也让有桃想起那些古代的边塞诗。

而且，离外长城更近。出了学校门，沿一条小路，爬上去，就是长城了。

没事的时候，有桃就常常爬到长城上，看书、晒太阳、吹风、发呆。

边塞的大风，把她的皮肤，吹得粗糙了，太阳晒黑了它们，她身上，那一段城市生活的印迹，被风和太阳，轻易地抹去了。姥爷默默地看着这些变化，姥爷想，但愿她心里的那痕迹，也能这样抹去。

尿床的事，没再发生过。姥爷也从没有问过，在那个城市，究竟发生了什么？可是姥爷知道，一定是有大事的，是发生过什么的。否则，一个那么健康阳光的孩子，他的宝贝，怎么会——尿床？十岁的孩子啊！想到不知什么竟然能逼得孩子尿床，姥爷觉得自己心都在打战。

姥爷等着。等她自己有一天，能说出那个心结。

有桃到来后，姥爷就在校门外一片旷野上，开出了一小片菜地，移来菜秧，种下一些细菜：西红柿、豆角，还有黄瓜之类，为的是给有桃改善伙食。平日里，晚饭前，太阳慢慢西坠时，爷孙俩会来菜地里除草、浇水。姥爷生性沉默寡言，而有桃，也不说话。他们只是默默地干活，闻着被太阳晒了一天后，植物散发出的那一股生命的香气。蜂飞蝶舞之中，偶尔，有桃会抬起头，叹息似的轻轻叫一声：

"姥爷呀——"

姥爷就回答："嗯？什么事？"

"没事。"有桃笑笑,"真好看啊!"

她是说夕阳。血红的一轮夕阳,挂在山巅。山峦、天空、长城、烽火台、千沟万壑,都变成了那样一种沉静的、安详的金红色。她眯着眼睛看夕阳的神情,让姥爷心疼。姥爷想,傻孩子啊。心里的疙瘩,说出来,就痛快了呀。

离小镇十几里,有个叫鸦儿崖的村庄,村里,住着一户北京来的下放干部。这家人有个儿子,叫苏慈航,也在镇上的这所学校读书,读七年级,这七年级有个名称,叫"戴帽初中"。

苏慈航不是寄宿生。他有一辆自行车,"凤凰"牌的,大链盒,每天,他骑着他的"凤凰"上学、下学,是这乡间公路上的风景。这里的自行车,很少有大链盒,大家骑的,都是加重型的"红旗"或者"飞鸽"。所以,苏慈航很惹眼,这里人看他,就好像他真的是骑在一只凤凰身上。

苏慈航十三岁了,正在拼命蹿个儿,就像那些正在拔节的庄稼,夜里,静静地听,似乎可以听到一个少年成长的那种神奇的声响。从城里带来的衣服,都无可救药地小了,他妈只好把他父亲的旧衣服改给他穿。那些从前的衣服,有着很好的质地,无论怎么改,都有一种异地的气息,过客的气息,和这里格格不入。

所以，苏慈航没有朋友。

他骑着他的凤凰，早出晚归，独往独来。中午，只要是好天气，他就总是带着他的饭盒和一本书，沿山坡走到残破的长城上去。他喜欢这里，他觉得这里是枯燥、艰苦的生活里唯一的一点诗意。不用说，他是那种布尔乔亚家庭里滋养出来的小文青。

这里人，很少有谁去爬城墙玩的。没有人去惊扰它，偶尔，会有放羊的羊倌赶着羊群从那里经过。苏慈航喜欢这宁静，喜欢没有别人眼睛的注视。但是在这年开春之后，情况变了，有一天，他在这里碰上了一个女孩儿，后来，他们就经常在这里相遇了。

起初，不说话，相互保持着各自的矜持和礼貌的距离。终于有一天，苏慈航忍不住了，他抬起头来问她说："他们说你是从省城转学来的，是吗？"

她点点头，不能说不是啊。可她马上补充说："我就是这里人，我家在这儿。"

"知道，你姥爷是校长。"他回答。

"你是北京来的？"轮到有桃问了。

"对。"他点点头。

有桃轻轻叹口气："你，很想北京吧？你一定不喜欢我们这里。"

他明亮的眼睛，暗淡了。他们两人，各自趴在一个城垛上，望着远处的山峦、沟壑、田野。许久，他回答说："喜欢不喜欢，不都得在这里吗？我又不能选择……"

是啊，不能选择。这话，让有桃一阵疼痛。她懂那无助。她不知道该用什么话来安慰他。

他忽然回头冲她一笑："所以，我要找这儿让我喜欢的东西，你看，我找到了。"

她没有笑，望着他，她想，北京人，但愿你比我幸运。

"北京也有长城。"她说。自己也觉得这话很蠢。

他们就这样认识了。

苏慈航慷慨地借书给有桃看。那都是他父亲的书，劫后余生的书。俄罗斯小说、法国小说、英国小说，还有三十年代中国的那些小说，巴金的、老舍的、茅盾的……有一次，他还带来过一本外文的杂志，里面都是法文，一个字也看不懂，但据说那是一本美术的杂志。里面有一幅画，迷住了有桃。画面上，是满天的晚霞和正在等待收获的大地，一对男女，一对劳动者，低着头，虔敬地祈祷……那里面，有一种深深感动了这小少女的巨大的静谧。有一种笼盖了天地的神秘和庄严的东西，似乎，那里面，有永远不会被破解的神圣的生活的秘密……有桃觉得，那里面的秘密，似乎，和她的灵魂有关。她捧着这幅画，看了许久，这让苏慈航感到惊讶，他不知道是什么让她如此动情，于是，他告诉她，这幅画是一个叫米勒的法国人画的，它的名字叫《晚祷》。听到这名字，有桃的眼睛，一下子湿了。

"他们听到教堂的钟声了。"苏慈航这样告诉她。

"也许，他们还听到了别的。"有桃轻轻说。

苏慈航很惊诧，他觉得这个小姑娘很奇特，就像一个小巫女，或者一个小圣徒。

当然，更多的时候，他充当着启蒙者的角色：给这个山区的小姑娘带去城市的文明。不用说，这个启蒙者必然拥有一本歌本，《外国民歌二百首》，那几乎是那个年代小资文青们的"圣经"。他总是喜欢用他刚刚变声的嗓子唱那些忧伤的歌曲：

啊，你，命运，我的命运，我不幸的命运，为什么，我苦难的命运，送我到——西伯利亚——

有桃听着这样的歌声，心想，这里，就是他的西伯利亚啊。原来，每个人，都有自己的西伯利亚。她试着用他的眼睛，苏慈航的眼睛，来看这个地方，苦焦、严寒、干旱缺水，只生长莜麦、胡麻、糜谷、马铃薯这些高寒作物，人都很贫穷……可是，即使如此，有桃也希望，他能够被这片土地善待，他能够感受到这土地的悲悯与善意。

苏慈航的妈妈，从前，是大学里的老师，本来就不擅长家务，也不会做饭，加上老家是南方人，当然更不知道怎么料理这里的五谷杂粮。所以，苏慈航每天装在饭盒里的午餐，千篇一律，永远是小米捞饭，那捞饭，还总是掌握不好火候，不是硬就是软。有桃就格外用心地打理自家的饭菜，她的厨艺，或许，是师承姥姥，或许，是无师自通。她变着花样，粗粮细做，一样莜面，今天蒸栲栳栳，明天搓鱼儿，后天做野菜烫面蒸饺，再一天，或许就是莜面压饸饹。她从自家菜地，摘来最新鲜的带着晨露的西红柿，和鸡蛋一起，打卤，把豆角、茄子、马铃薯，烧成烩菜。她一早起床，摘菜、和面，拉风箱烧火，该蒸的蒸，该切的切，中午放学，只需稍稍加工，就是一顿香喷喷的午饭。她把菜饭装进饭盒，对姥爷说：

"我去班里和同学吃了！"就跑走了。

她当然不是去班里。姥爷知道。姥爷看着她日渐明亮起来的眼睛，心里感激着神明。姥爷望着她朝山坡奔跑的背影，眼睛渐渐潮湿了，在心里，对一个亡人说道：

"老伴啊，谢天谢地，孩子挺过来了。是你在保佑她吧？你呀，你可不能撒手不管啊……"

两个孩子，分吃着午餐。那是浪漫的午餐，群山环抱着他们，古长城废墟做了他们的餐厅。她吃他火候不到的硬邦邦的小米捞饭，把自己饭盒里的饭菜给他，告诉他说，她最喜欢吃的就是小米捞饭，怎么吃都吃不厌。他知道那是假话，却没有戳穿，他领受了这份情意。他一边吃，一边说道：

"袁有桃，你怎么这么能干？怎么能把饭做得这么好吃？太神奇了！"

有桃回答说："不是我能干，是粮食香。在城里，哪里有这么香的粮食？你看，就算是你的'西伯利亚'，也有城里比不上的地方。"

她很自然地，说出了"城里"这字眼。这两个字一出口，她静默了一下，很奇怪，也许，是太阳太明亮了，蓝天太澄澈了，面前的莜面和小米都太香了，她觉得很平静。

苏慈航笑了："袁有桃，你知道吗？你简直可以去做政委，太会做思想工作了，或者，去做牧师，天天给人布道。"

"我？我没有资格。"有桃这样回答。

疼痛还是突然袭来了，她眼睛一阵暗淡，沉默下来。但是，苏慈航好像什么也没有觉察到。

"那你就去给牧师做太太。"

有桃"呀"地笑了。

"苏慈航，你好坏!"有桃笑着说，"你才给牧师做太太呢!"

"我?"苏慈航一本正经望着她，"我怎么能做牧师太太，我只能做牧师啊!"

有桃的脸，一下子红了。那是一种从未有过的鲜艳，初绽的、羞涩的鲜艳。苏慈航惊讶地望着这突然红脸的女孩儿，想起一个成语：艳若桃花。原来，她的名字真是暗藏玄机的……他的脸也有些红了。

"中国现在哪里还有牧师啊!"他嗫嚅地说道，"除非活在书里，或者，画里……"

那就活在画里吧，有桃想，活在《晚祷》那样的画里，永远不要走出来。

那只能是梦。

两年后，姥爷突发脑溢血，在送往县医院的途中，去世了。一路上，昏迷中，他的手，和有桃的手，始终紧握着。直到咽气，那只手，仍旧紧紧攥着他对这人世的留恋，不肯撒手——他实在走得不放心。他放不下这个孩子啊。

五　隐疾

还是那座城，还是那个大院儿，还是那两间房，还是那些人，离开两年后，有桃又回来了。

爸爸妈妈，看上去没什么变化，变了些的，是姐妹们。姐姐有桔，变白了，瘦了，好看了，也更高傲。妹妹和小弟弟，都蹿个儿了。她们不再叫她那个难听的绰号"娄阿鼠"，可也不知道该怎么叫她，就叫她"哎——"。母亲对她，也变得客气，还有一点小心翼翼，好像她是一个来做客的人。

她不再在意这一切。

珍贵的东西，无论是人，还是时光，都那样容易消逝。她想起姥姥当年在母羊坟前对她说的话："宝啊，这世上，再好的物件，再亲的人，都有分手的一天啊。"南来的列车上，她一直、一直在想这句话，她对自己说："袁有桃，你不要自哀自怜，你不比别人更倒霉，你只是比人家早一点看到了结局……"

和苏慈航，是在他们的长城上道别的。一年前，苏慈航就已经离开了小镇，到县城去读高中了。不过，差不多每个星期天，他都要骑着他的"凤凰"，来这里看有桃，看他们的长城。苏慈航说："袁有桃，你要给我写信。"

袁有桃说："好。"

苏慈航又说："袁有桃，放假了，你可要回来，你能回来吧?"

袁有桃回答："毕。"

苏慈航又说："一放假，我就天天来这里等你，你可不要忘记。"

袁有桃点头："不忘。"

那是临行前一天的傍晚，他们站在长城上，就要落山的夕阳，将山峦、沟壑、村庄、公路、暮归的羊群、亲人的坟墓，以及两个少年人的身影，涂染成一片血色。袁有桃忍着眼泪，答应着，可心里，却像是和这一切永别一样难过。她爱着的东西和人，都留在这里了。她知道许诺是没用的，前边有什么在等待着她，她怎么会知道? 她留恋地、痴迷地望着眼前这个大男孩儿，其实，已经是在望着过去。

很快地，有桃就收到了苏慈航的来信。信寄到了有桃的新学校——厂里的附属中学，信封上这样写着：

某某市某某工厂子弟中学初一新生

袁有桃　收

有桃笑了，她想起了"乡下，爷爷收"。有多少初一新生呀！可这也真像苏慈航的风格。有桃站在校门口，打开信，只见里面写道：

　　袁有桃：

　　　　就算那列火车再慢，你也早就该到达目的地了。你总不会坐上一列永远不停车的火车吧？可你怎么不来信呢？这么快你就忘记我们的约定了吗？我天天到我们学校传达室去问，天天失望而归。我要说实话，还从来没有人，给我写过一封信。袁有桃，我想让你成为一生中第一个给我写信的人……

　　就在这时，校门口，突然起了骚动。只听人们说道："疯子！疯子！疯子来了！"没等有桃弄明白发生了什么，一个女人，已经站在了有桃面前，对她说道：

　　"你看见我家安康了吗?"

　　第一眼，有桃几乎没能认出眼前这个女人是谁，可那只是一瞬间。一瞬间的静默之后，有桃觉得世界远了，消失了，世界只剩下了这个女人，头发灰白，衣着古怪、眼神又犀利又迷乱，她用这样的眼睛审判似的凝视着有桃，说道：

　　"你看见我家安康了吗?"

阳光太强了，就像雪山上的阳光，白炽一片，晃着有桃的眼睛，晃得她流泪，晃得她天旋地转，几乎站不住脚。就在这时，有人过来拉住了女人，嘴里说道：

"怎么又跑出来了呀？——学生，对不住，对不住！她啥话都不会说了，就会说这一句……"

你看见我家安康了吗？整整一天，这句话，响在有桃耳边，就像钻进她身体里一样，安营扎寨。它还钻进了她的梦里，就像一条黑鱼，在冰冷的水里，扑腾着，扑腾着，然后，她就看见了他，那个久违的孩子，水淋淋的，头发变成了水草，脸色惨白，突然对她咧嘴一笑，说：

"我已经死了呀！"

有桃惊醒了，身下，精湿一片。一切，已经不能挽回，她尿床了。

从此一发不可收拾。

母亲寻来了各种奇怪的偏方，猪尿脬蒸米饭、用七根葱白捣碎和硫黄一起搅拌敷肚脐、屋檐下的燕子窝泥敲一块下来，在柴火灶上烧红泡水，等等。母亲沉默地、咬紧牙关做着这一切，生怕自己一开口就会崩溃。有桃更沉默，沉默地被摆布着，让吃猪尿脬，就吃猪尿脬，让喝燕子窝水，就喝燕子窝水。为了让她方便起夜，他们让她，从上铺搬到了下铺。但是，仍旧无济于事。

夜晚，变成了最大的伤害和煎熬。有桃不敢睡觉。她大睁着眼睛望着窗外。透过蒙满灰尘的玻璃窗，夜色也好像是混浊的。偶尔，会有好月光，那会让她流泪。她对月光说，救救我。她以为月光是仁慈的，但是，月光和偏方一样，救不了这孩子。

终于，有一天，半夜里，有桃突然睁开了眼，黑暗中，一个人，静静地，俯身望着她。是母亲。母亲慢慢地，把双手卡在了有桃的脖颈上，母亲望着有桃的眼睛，望了许久。母亲说道：

"我真想这样掐死你，然后，自己死！——"

说完，她松开了手，抱起了有桃，失声痛哭。自从满月后，她还从来没有抱过这孩子，这骨肉。她一边哭一边说道，"你就这样惩罚我啊！就这样折磨我啊！我那时候也是没有办法呀，我得了乳腺炎，疼得要死要活，没有奶，我哪有钱请奶妈？你说让我怎么办？怎么办？你怎么能这么狠毒？你怎么能这样惩罚我——"

有桃也哭了。

有桃在心里说："不是，不是，不是！"

如同奇迹一般，经过这个夜晚，有桃的病，戛然而止。也许，是那些猪尿脬燕子窝水渐渐起了疗效，也许是因为别的。

母亲暗自吁出一口长气，说道："阿弥陀佛！"她觉得自己得救了。但是，没人知道，这隐疾，只是更隐秘地，潜伏在了有桃的身体里，就像一个休眠的特务，等待着某个唤醒它的指令。也许，连它自己也不知道，它有着怎样坚韧缠绵的耐心。

有桃始终没有给苏慈航写信。

这是天罚我。有桃这样想。就在她平生第一次接到朋友来信的同时，就在她那么快乐幸福的时刻，秦师母从天而降，质问她："你见到我家安康了吗？"秦安康，那个水淋淋的孩子，就这样又潜回到了她的生活中，回到了她的每一个白昼和黑夜，回到她的梦里。

苏慈航，你知道吗？在这里的每一天，都是惩罚，为了我的……过错。

苏慈航，你懂什么叫惩罚吗？你知道它多么诡异和羞耻吗？一个活在阳光下的幸福的人，一个没有罪和秘密的人，永不会知道这个。

我以为我可以遗忘。在我们的高原，在那么澄澈温柔的阳光和仁慈的天空下面，在我们长城的废墟之上，那些和你在一起的日子，有你的日子，我以为，我可以忘记我需要忘记的，它们也似乎真的离开了我一段时日，我以为它们慈悲地放过了我，但是，没有。

苏慈航，对不起，我不能够做第一个给你写信的人了！我也不能够在假期里去赴我们的约会……其实，那天，我们的道别，就已经是永别了。和我珍惜的、留恋的、爱着的一切，永别了！否则，我怎么会那么伤心？

谢谢你，苏慈航，谢谢你带给我的快乐。珍贵的快乐。也许，这一生，我都不会再有快乐了。

有桃在心里，写着回信，永远也不会寄出的信，和她懵懂的、青涩而美好的那一点情愫，郑重道别。和与幸福有关的一切，道别。她感到了一种撕裂般的疼痛。这疼，慢慢变作身体的记忆，伴随了她很久，很多年，直到她碰到那个来自法兰西的男人。

六　郑千帆

他们是在同事家的一个聚会上相识的。那天，同事要在家中招待一个老外吃饭，请有桃来掌勺做大厨。有桃的厨艺，认识的人，差不多都知道。这同事的先生，在大学里教书，那老外也在那大学里担任着教职。老外进来的时候，有桃一个人在厨房里煎炒烹炸地忙碌着，本来，她一点也不想出去凑热闹，但是，外面酒过数巡，饭吃到一半时，同事进来，非要拉她出去，说是老外一定要见见厨师。同事说，"你知道那老外说什么？他说这些菜是奇迹！"

有桃笑笑："你也信！他们都太喜欢夸张。"

当然，还是出去了。只见那个金发碧眼的法兰西绅士站起身，说道，"你就是这些奇迹的创造者啊？太荣幸了！你好，我叫郑千帆。"一边向她伸出一只手。

有桃有些吃惊，惊讶他的汉语竟是如此的流利，也惊讶他有这样一个文人气的中文名字，还惊讶他的年轻。

"袁有桃。"她轻轻说，也伸出了手去。

他们握住了。

"你怎么能把菜烧得这么好吃？太神奇了！"郑千帆望着她的眼睛，真诚地说。

那眼睛里的蓝色，让有桃，想起了天空，很久以前，遥远的以前，曾经有过的天空，和时光。她的心，痛了一下。

"你过奖了，"她笑笑，"都是一些普通的家常菜，不是什么了不起的大菜。要说神奇——"她想了想，"那就是，这些食材，它们其实知道你是否真的珍惜它，用心料理它，它们通人性。"

那双蔚蓝色的眼睛，突然像被阳光照亮了一样。

"你知道吗？我妈妈也说过同样的话，我妈妈也有很棒的厨艺。她曾经梦想能做一个米其林三颗星餐厅的主厨，当然，没有实现。"郑千帆说。

有桃不知道什么是"米其林三颗星"，她望着他，心想："这个老外，他想家了。"

当有桃再一次回到厨房，接着做剩下的菜肴时，她想了想，加做了一道餐后甜品。制作这甜品，费了一些时间和心思，因为是第一次。当有桃最后把它端到餐桌上时，郑千帆惊呼一声：

"焦糖布丁！"

有桃笑了："你尝尝，做的像不像？我还是第一次做。"

二十世纪九十年代初，在有桃的城市，西餐厅寥寥无几，也没有后来遍布大街小巷的面包房蛋糕屋一类，焦糖布丁在一个家庭餐桌上出现，真的像一个"小小奇迹"。

没有模具，有桃临时找来了几只小茶碗代替，褐色的糖浆，散发出诱人的焦香。一口下去，郑千帆陶醉地闭了下眼睛，说："回家了。"

"你还会做西餐啊？"有桃的同事，高兴地叫起来，"我说有桃，你干脆辞职算了，辞职开个小饭馆，一定能火。我也入伙！咱们一块儿干，你说一辈子当个护士，能挣多少钱？"

同事的先生插嘴说："怎么听上去，像是要拉人落草为寇似的?"

大家都笑了。

但是临分别时，郑千帆认真地、郑重地对有桃说："你要是真开饭店，千万别忘了告诉我。我一定天天去你的餐馆吃饭——你会开餐馆吗?"

有桃愣了一下，笑了，说："怎么会? 那是开玩笑!"

"真遗憾。"郑千帆耸耸肩，"那，不开餐馆，我还有机会吃到你做的菜吗?"

有桃没有回答。她一时语塞。

郑千帆笑了，说："再见，魔术师!"

有桃想，不会再见了，萍水相逢的一个人，有什么理由，再见呢?

但是，真的再见了。

当有桃在她上班的医院门前，看到等待在那里的那个法兰西青年，那个有着天空般蓝眼睛的郑千帆，不知为什么心里突然响起一支俄罗斯歌曲的旋律：

> 轻风吹拂不停，
>
> 在茂密的山楂树下，

吹乱了青年镟工和铁匠的头发……

她想起了唱这歌的人，那个人，无论什么样的歌曲，都能唱出那样一种明亮的、少年人的忧伤。她想起了同样是明亮和忧伤的那些岁月，最好的岁月，心里一阵怅然。而他，已经笑着向她跑了过来。

手里是两张戏票。

"请你听戏，"他说，"谢谢你那天的晚餐。"

"你已经谢过了。"有桃回答。

"是吗？可我没有谢芙蓉鸡片、菊花鱼丝、龙井虾仁，没有谢口蘑羊肉栲栳栳，还有焦糖布丁。"

有桃笑了，说："它们说，不用客气。还有，它们也不爱听戏。"

"京剧也不爱听吗？《锁麟囊》。"

"好像不爱。"有桃回答。

"噢！它们可真不给人面子！"这个异乡人夸张地说。

他是那么有活力，那么明亮、干净、快乐，但是，尽管如此，有桃还是看出了，一个异乡人眼睛里的那种渴望，取暖的渴望。这点渴望，是有桃不忍心拒绝的。他们一起去听戏了。北京来的剧团，演的是程派名剧。有桃惊讶地发现，对于京剧，这个法兰西青年知道的，竟比她还要多。至少，胡琴声一起，他就知道那是西皮还是二黄，还有，那声腔的妙处，而有桃，则一片懵懂。

一场戏听下来，有桃很服气。

更让有桃吃惊的，是在那之后。有一天，在一个朋友的家中，大家聊天，说起《红楼梦》里人物名字的隐喻，郑千帆忽然问道，

"袁有桃，你的名字是谁给你起的？"

"我也不知道，'有桃回答。"我只知道太土了。"

"土？"郑千帆一挑眉毛，"它们出自《诗经》：园有桃。你姓袁，园袁同音，信手拈来，我觉得很妙。"

《诗经》？有桃一头雾水。

郑千帆开始背诵："园有桃，其实之肴。心之忧矣，我歌且谣。不知我者，谓我士也骄……下面我记不清楚了，总之，是一个文人、读书人忧伤的感叹。"

有桃很震动。原来，她的名字里藏了典故。藏了一个人两千多年的忧伤和咏叹！是谁给了她这样一个名字？没人在意、没人珍惜、那么草率地来到人间的一个小生命，是谁，让她去背负起了这样悠长几乎是永恒的孤独和忧伤？原罪般的忧伤？是谁，给了她这样的使命？

她们家，找不到一本《诗经》。有桃的父亲，多年前，已经死于癌症。父亲的离世，使这个家，陷入了窘境，也是有桃没有读高中而选择了中专的原因。有桃最终上了一所卫生学校，学了护理专业。三年后毕业，分配到了省城一家不错的大医院，开始挣钱养家，供妹妹和弟弟继续读书。如今，妹妹也大学毕业了，做了"北漂"。而他们优秀的小弟弟，则一路高歌猛进地读下去，读到了美国。

姐姐毕业后南下深圳，在那里结婚，安营扎寨，有了孩子，就把刚刚退休的母亲接去帮她带孩子。如今，在这个城市，就只有有桃一个人留守了。他们的家，从前那个闹哄哄的家，常常空寂无人，有桃平日里住医院宿舍，只有星期天，才会回到这破败的老家里看看。

那个热火朝天雄壮的大厂，如今，停产了。凋敝之气在整个厂区笼盖着，谁也不知道它未来将何去何从。有桃家还在那座筒子楼，这么多年下来，楼自然是更加的衰老、破旧、拥挤，可那两间屋子，那个家，只要有桃回来，就一定要把它们收拾得清清爽爽。两间屋子里的书柜，有桃整个翻找了一遍，没有《诗经》。她们家，不管是从前热闹的时光还是寂寞的现在，从来不是《诗经》光顾的地方。

有桃去书店，买了一本回来。

她找到了那一篇，《园有桃》：

　　　园有桃，其实之肴。心之忧矣，我歌且谣。不知
　　我者，谓我士之骄。彼人是哉，子曰何其？心之忧
　　矣，其谁知之？盖以勿思。

　　那是中国读书人与生俱来的忧伤，原罪般的忧伤，有桃确
认了这个。虽然，她远远算不上一个读书人，可她认识汉字。
汉字，应该就是这忧佚的种子。袁有桃伤感地想。

　　再见到那个法国人时，袁有桃忍不住感慨地问道："郑千
帆，上辈子，你是一个中国人吗？"

　　郑千帆回答说："这我没法确定。我能确定的是，这辈子，
我一定会和一个中国姑娘结婚。"他望着对面那温柔的、美好
的、水一般清澈的女孩儿。"袁有桃，你是那个姑娘吗？"

　　那是一个初夏的黄昏，他们坐在餐桌旁。那是这城市刚刚
开张的第一家咖啡馆，卖各种咖啡，也卖中西式简餐。他们面
前，一人一份煲仔饭，煲仔饭的热气，熏着有桃的眼睛。而窗
外，很远的地方，夕阳正在穿城而过的一条河流上慢慢坠落。

　　有桃摇摇头，回答说："郑千帆，我不是。"

　　"为什么？"郑千帆隔着桌子握住了她的手，"第一眼看见

你，我就知道，你是那个姑娘……是因为，我是一个外国人吗？"

"不是。"

"那是什么？"

"是因为，我不能。"有桃回答。

"不能什么？"

"不能结婚。不能和任何人——结婚。"

她平静地，甚至是微笑地说出了这话。可是眼泪却慢慢溢出眼睛："郑千帆，别问了，请你放过我。你是这么好的一个人，你应该找一个好姑娘，你应该幸福……"

"你就是那个好姑娘，最好的姑娘，你就是我的幸福。"郑千帆回答。

"可我不能！"

"你不能生育吗？那我们不要小孩，或者，我们可以领养，这世界上，有多少被遗弃的孤儿，对不对？或者，你有绝症？那就在你病情恶化前我们闪电结婚，能和你在一起共同度过一天，我也是幸福的……袁有桃，我不让你马上回答我，我可以等，我是一个非常有耐心的人。也请你不要立刻拒绝，给我一些时间，行吗？"

他的眼睛，蔚蓝色的眼睛，在这个黄昏，变得更加深邃而辽阔,她就要像一只小鸟一样,无可阻挡地,飞进这眼睛里去了。她在心里,叫着自己的名字,"袁有桃,袁有桃,这不行,你不配,你是不能幸福的呀!"可是她知道,她是多么渴望、渴望着纵身一跃,飞进他的世界。

他是守信的,那个黄昏之后,他不再追问,他只是默默地等候。有桃在儿科病房上班,三班倒,而他,总会在最合适的时间,出现在她面前。他总会给他们安排一些有趣的事情,比如,去参加某个家庭音乐会,去看某个不知名的小画家个人画展,去看大学生剧社的话剧、音乐剧等等,当然,也会去见他的各路朋友们。他的朋友可真多啊!生活,原来可以是这样广阔的,而城市,也不再是从前有桃认识的那个灰色城市。这个异乡人,带领着她,这里那里,探寻着这城市的色彩,就像在沙漠中寻找花朵。而那突然相遇的坚韧的鲜艳,常常,让有桃感动,原来,这城市也是有柔情的。

夏天过去了,秋天也过去了,冬天到了。十二月某一天,是这异乡人的生日。有桃决定给他做生日面吃。她带着各种食材去了他的公寓。认识这么久,她还是第一次去他的住处——这禁忌之地。她和面、洗菜、烧汤、打卤,他在一旁打下手,那情景,就像一对夫妻。那天,她做的是小拉面,浇头有好几种:最常见的西红柿鸡蛋卤、什锦小炒肉打卤,还有南方风味的爆炒蟮糊和冬菜肉末。几个清爽的家常凉菜，糖醋白菜心、炝莲藕之类，还烧了一小砂锅红烧肉，清蒸了一条鲈鱼。他开了一瓶红酒，在餐桌上点起了蜡烛，那蜡烛是红色的，就像洞房的花烛。还有一种异域的香气，那是暧昧的暗示。

他们举杯，她说："生日快乐。"

他回答："袁有桃，我想问你要一样生日礼物，可以给我吗？"

有桃叹息一声，回答说："我想我带来了。"

他们吻了。

灵魂出窍的时刻，她在他怀中，发着抖，像呓语似的说："怎么办啊郑千帆，我该怎么办啊？"

他搂着她，说道："袁有桃，有我啊，有我啊！"

那是她的初夜，她把自己给他了，她给了他一份珍贵的生日礼物。看到落红，这个法兰西青年，这个异乡人，哭了。

那一夜，她要走，他不放她走。他说："袁有桃，今天，我把它看作是我们的新婚之夜，我要介绍你认识我的家人。"

他有一台幻灯机，他就在幻灯机上，一张一张，放着家人的照片，雪白的墙壁，做了银幕。

"这是我妈妈，我妈妈是家庭主妇，可她是一个非常聪明的女人，手很巧，厨艺很棒，她会做一种非常好吃的焦糖苹果塔，那是我家乡卢瓦尔河谷的美食。她做的红酒炖鳗鱼，好吃得简直让人灵魂出窍！袁有桃，我觉得你和她有点相像……这是我爸爸，我爸爸是个中学教师，是一所高级中学的校长。你看他很严肃是吧？其实他是一个很温柔的人，年轻时喜欢写诗，他就是用写诗追求到了我妈妈……这是我爷爷，这是我们的家，你看，这就是我家的葡萄酒窖，这是葡萄园，这，就是卢瓦尔河，法兰西最美的河流，诗人眼中生生世世温柔的故乡……这漂亮的老建筑是乡村小旅馆，藏在绿荫之中，它已经有一百年的历史了。对，它是我爷爷的旅馆，我们家族的旅馆，也是我最喜欢的地方。它旁边不远，是一座美丽的小教堂，我爷爷、我父母，都是在那个乡村小教堂结婚的，我希望我们的婚礼也能在这里举行，袁有桃，我相信你一定也会喜欢……"

是，她喜欢，仅仅在照片上，有桃就已经喜欢上它了，喜欢它如画的静谧、古老、安详。他的声音，有一种梦幻般的魔力，是，那是梦里的声音，只有梦，才可以是这样美好。那梦境里的声音，说着诗一样的语言，教堂、钟声、婚礼、洁白的婚纱、草地上的派对、流向大西洋的美丽的河流……她含着眼泪静静聆听，被这声音催眠，而心里，却有一种难舍的伤痛，她想，袁有桃，这是梦。

窗外，下雪了。有桃的城市，落了这个冬季第一场大雪。鹅毛大雪，在他们相拥着入睡后静静飘落。凌晨，有桃被一种恐怖的冰冷冻醒了，就像她躺在了雪地上一般。她睁开眼睛，猛地起身，她知道有什么事情发生了——最绝望的事情。刺目的灯光下，只见他惊愕地呆坐在一旁，目瞪口呆注视着身下湿漉漉的床褥，注视着那纤毫毕现无遮无挡汹涌的羞耻……惩罚并没有结束，在每一个幸福的瞬间，它总是这样恶毒地不期而至，如同必然要到来的黑夜。

有桃默默地穿上衣服，没有一句辩解，走出了房间，走进了漫天大雪之中。她在凌晨的城市漫无目地地走、走，雪没住了她的脚踝，落在她头上、肩上、睫毛上，她早已成了一个洁白的雪人。突然她站住了，发现自己竟然来到了"海子"——许多年来，她一直、一直躲避的地方。可无论怎么躲避，这冰封雪盖的湖洼，这海子，其实，就一直住在她灵魂里，从没有离开过她一天。"你想自杀吗？你想做替死鬼？"隔了二十年遥远的时光，她奇怪地听到了那男孩儿声音里笨拙的善意。她抬起头，望着大雪纷飞的天空，远远地，从那深处，传来一个声音，一个不灭的追问：

"你看见我家安康了吗？"

整个城市，都被这悲伤的回声笼盖。

冰消雪化的春天，在这城市消失了一段日子的郑千帆，突然又出现了。一连三天，他等在有桃工作的医院门口，却没有等来他要等待的人。他就直接去儿科病房寻找。在护士站，他向一个帽子上有蓝色标志的姑娘打听有桃，他知道戴这种帽子的人是护士长。

"你是叫郑千帆吧？"护士长望着他，似乎，一点也不意外，"她留给你一封信。她说，如果，有一天，你来这里找她，就把这封信交给你。"

"她人呢？她到哪里去了？"

"不知道，她辞职了，走了。"护士长说。

信是这样写的：

现在，你知道我的秘密了。你知道，我为什么说，不能做新娘。它比你当初想象到的任何理由都要荒诞、残酷。你问我是不是得了绝症，是，这就是我的绝症，而且，没有治愈的希望。

假如我没有猜错的话，你在惊愕和痛苦之后，有可能回来找我，告诉我现代医学对付这疾患的方法，有可能你已经打听好了医生，因为你太善良。但是，郑千帆，那没有用，对我而言，那不是疾患，而是，我必须背负的命运。你一定会问我为什么，我不能说。

你读过托尔斯泰的《复活》吧？那不幸的玛丝洛娃最初面对聂赫留道夫的忏悔时，是那么愤怒。"你不过是要用廉价的忏悔、要用我的不幸来拯救你的灵魂！"我忘记原话是怎么说的了，但这谴责，我永不会遗忘。假如，一个作恶的人，仅仅用忏悔就能拯救自己，就能解脱，那我宁愿选择沉默——请你尊重我的沉默。

再见了！你一定会遇到一个真正的好姑娘。好好生活，好好爱自己，爱她。

袁有桃就这样从这个城市消失了。

七　晚祷

星移斗转，许多年过去了。某一年，某个夏天，几对男女结伴从北京出发，开始了他们的欧洲七国之行。其中有一对夫妻，先生五十出头，而女人，则要年轻许多，三十岁不到，非常漂亮，而且，深知自己漂亮，眉目间难免就有一种傲骄之气。她的丈夫，据说是某个上市公司的老总，和他的事业与年龄相比，他的体重算是轻量级的，几乎看不出岁月沉淀的痕迹。不用说，这是运动的结果。

显然，同行者应该是年轻女子的朋友或者熟人，年龄也都和她相差无几。他们都惊叹着这位"大叔"几近完美的体形。有人忍不住问他说：

"您平时做什么运动？打高尔夫吗？还是打网球？"

"大叔"还没来得及回答，旁边的女人搭腔了。女人貌似低调地说道：

"他不打高尔夫，他喜欢登山、冲浪、开飞机。"

"哇！"一片惊呼之声，"开飞机？真酷啊！"

"大叔"知道这是女人在向她的朋友们炫耀，也是在证明，他这个老男人除了钱，还有别的一点什么是值得她以身相许的。他笑笑，回答说：

"我在美国读书的时候，拿到过开小型飞机的执照。不过，很久没开了。"

几个年轻人相视一笑，意思是，不是一土豪。

他们的第一站，是巴黎。巴黎，"大叔"自然是去过的，但那几个同伴，却都是初来乍到。几天下来，那些世人皆知的景点，巴黎的地标式建筑，卢浮宫、巴黎圣母院、凯旋门、埃菲尔铁塔、香榭丽舍大街，自然游历一番，也乘游轮游了塞纳河。最后一天，大家就分道扬镳了，有人要去这里，有人要去那里，女士们无一例外则是要去购物。而"大叔"却是去了"奥赛"，这是他每次来巴黎都要去"朝圣"的殿堂。"大叔"这个年纪，热爱奥赛，是很容易理解的事，那些他们年轻时热爱的艺术家们，几乎都在这个殿堂里了。他们来这里朝拜自己的青春。

"大叔"想说服年轻的妻子与他同行，"到了巴黎，怎么能不去奥赛?"他认为这理由很充分。

妻子笑了，说："哪个女人，到了巴黎，能让自己空手而归? 麻烦你替我向梵高问个好吧，还有你总是念叨的那个米勒。"

"大叔"就一个人去拜会他们了。

他像识途的老马一样，直奔他的目标。他也不知道为什么他会那么热爱这幅《晚祷》，他来到它面前，站住了，那静谧，从画作中布满晚霞的天空，从正在收获的秋天的田野，从那低头祈祷的年轻农夫和农妇的身上，穿透出来，氤氲、弥漫、扩散，笼罩住了"大叔"的世界。那是多么庄严和神秘的静谧，他想，是"静谧"的灵魂。乡村小教堂悠长的钟声，从天际远远传来，或者，是从……前世传来，一个少年，在同样静谧、美好的苍穹之下，在正在生长的粮食朴素的香气中，对他的小女伴说道，"我怎么能做牧师太太，我只能做牧师啊！"不错，那是前生前世的记忆。

奇怪，这《晚祷》里，流淌着一种……她的气息。

"他们听到教堂的钟声了。"少年这样说。

"也许，他们还听到了别的。"她轻轻回答。

是，一定还有别的，钟声之外的东西，更为宏大、永恒的东西，更深邃的秘密。他一阵鼻酸。

他回头，转身离去。发现身后站着一个女人，不年轻的东方女人，一脸沧桑，静静地，伫立着，凝望着前面的画作。是那静，一种深深沉浸的静，而非观光客浮光掠影的表情，吸引他多看了她一眼。和她擦肩而过的时候，他觉得心奇怪地跳了一下。他站住了，回头打量着她的背影，中等个头、瘦削、衣着朴素甚至土气，毫无出奇之处。这不应该是她。他不能允许她变成这样一个毫无色彩的中年妇女。为了打消自己的疑虑，他想了想，走到了她旁边。

"对不起，打扰一下，"他用中文说，"我可能太冒昧了，请问，您认识一个叫袁有桃的人吗？"

她望着他，摇摇头，"不认识，"她回答，"您认错人了。"

"不好意思。"他笑笑，这样说。

是啊，哪里有这么巧的事？那是韩剧的桥段。走出奥赛的时候，他这样想。

心里却一阵怅然。

假如，这个"大叔"，在走出十几米后猝不及防折返，他会看到那女人突然之间奔涌的热泪，以及被柔情所照亮的美目。女人在心里温柔地说，你好，苏慈航，久违了。

从那座痛苦的城市消失之后，有桃来到了南方一座小城，在那里，没有一个人，认识这个北方姑娘，没有一个人，知道她的前史。她把自己连根拔起，放逐到了一片荒凉之海。其实，那是一座安逸、宁静、祥和、富足的小城，也是一座闭塞的小城，走在它的街头，听着满耳一句也不懂的方言，听着别人的乡音，有桃偶尔就会冷不丁想起那个词：西伯利亚。

为什么，我苦难的命运，
送我到，西伯利亚——

多年前，那个英俊少年忧伤的歌声，蓝天下的歌声，就会在有桃心里响起。有桃默默地说，没有为什么，袁有桃，西伯利亚，那就是你的命运。

她在这小城一家很有实力的民营医院，找到了一份工作。先是做护士，后来做护士长，再后来，随着医院规模的不断扩大，做到了总护士长。不知不觉，二十年的时光过去了。她变成了这医院元老级的人物，受人尊敬，也学会了一口不算地道的本地方言。他们的医院，原本在城里，由于扩建，新院址选在了城郊，于是，她就在郊外租了一座农家小院，略事改造，加盖了卫生设施之类，就成了小小一个世外桃源。闲暇无事，她在院子里，种花、种菜、种树，还种一点草药，像连翘、金银花之类。她用她的鲜花，装点餐桌，用她菜园里的新鲜蔬菜，做她的晚饭，用那些草药，泡口味独特的草药茶。只是，这一切，四季的鲜花、绿色的蔬菜、滋味悠长的茶汤，永远，没有人和她一起分享。她没有成家，也不交朋友，从不邀请人到她家里做客。她独往独来，而她一个人走在这城市的孤单身影，渐渐地，不再让人好奇。一个外乡人嘛，总有她的道理。

她以为，生活就这样无风无浪地过下去了。她甚至想到了退休后的日子，她筹划，到那时，她可以把这小院子买下来，办"农家乐"——施展她一手的好厨艺。她真是技痒啊！有多久，没人吃过她烧的饭菜了！她是多么喜欢给人烧菜吃，听懂它的人真心的赞美。人家是以文会友，她是以味道觅知音……她有时会憧憬未来，一个满头银丝的老妇，站在紫藤花架下，静静地、微笑地望着一桌子食客和一桌子美味佳肴。不知为什么，在那个画面里，永远只是一桌，只有一桌，是她不贪心吗？她不知道。微风吹来，紫藤花一瓣一瓣无声而清香地飘落，满院子的落花啊。她远远地看，从不会去惊扰人家。也许，她会听到这样的惊叹，"怎么能把菜烧得这么好吃？太神奇了！"一生中，曾经有两个人，两个她珍惜的人，这样赞美过她的厨艺。

但是，癌来了。

血尿，无痛血尿，毫无征兆地在一个清晨到来。洁白的马桶将那半盆鲜红映衬的格外惊悚。她望着那惊悚的鲜红，感到指尖都是冰凉的。一个资深护士长，太明白这是一个什么预兆了。她没有声张，独自坐车去了省城的大医院，检查结果，如她所料，膀胱癌。只是比她预想的更糟，晚期。

一周后，她请了长假。二十年来，她从没休过带薪假期，所以，老板答应得很痛快。老板是个明白人，他知道一定有什么不寻常的事情发生了。她把全部的存款，都取出来存到了一张卡上，她笑笑，和她的"农家乐"告别，和梦想告别。她是不能有梦的，她是不能宽恕自己的。她手里握着那张卡在心里说。然后，她报名参加了一个旅行团，来到了法国，来到了巴黎。

奥赛，不是旅行团的日程，她也是利用自由活动自由购物的时间来到了这个殿堂，来和一幅画约会。奇迹发生了。在她生命的末路，在她就要走到尽头的地方，她和那个叫苏慈航的曾经的英俊少年意外重逢，虽然，只是擦肩而过，虽然，他们彼此都已面目全非，但是，足够了，她撞见了她生命中最美丽的一小段岁月，那岁月，就像被点燃的一盏河灯，而那光，可以引领她的灵魂勇敢地走进永恒的黑暗。

三天后，在卢瓦尔河谷一座乡村小教堂内，有桃点燃了一支蜡烛。她在神坛前跪下了。

"你好，上帝！你好，圣母！"她在心里这样说，她不是教徒，不懂祈祷的规矩，"你好，秦安康——"这个她背负了一生的名字就这样脱口而出，"秦安康，现在，我可以告诉你了，其实，四十年前，那一天，在我听到'扑通'的声响发现你落水时，我，我没有在第一时间跑过去救你，我从雪地上爬起来站在那里，看见你扑腾、挣扎，我没有动……后来，我一直对自己说，袁有桃，你那时是吓傻了，吓愣了。可我清楚，其实，我那时听到了自己心里一个声音在说，'活该，去死吧！'——那声音那么短促，转瞬即逝，可我确实是听到了这魔鬼的说话……我不知道这一刻到底有多长，几分钟或者几十秒，等我清醒过来时，冰窟窿那边已经没有动静了。我一路喊着你的名字跑过去，我趴在冰窟窿上一边哭一边喊，我说，秦安康，秦安康，秦安康！你能听见我说话吗？没有人回答，那冰窟窿黑得像地狱一样，真恐怖啊。我朝四周喊，有人吗？有人吗？救人呀——可却没有一个人！白茫茫的湖面上没有一个人！——这时我是真吓傻了，拔腿就跑！雪下得那么大，我看到了你妈妈，秦师母，在那里问人家，'你看到我家安康了吗？'我慌不择路地逃了……假如，我没有过那几分钟或者几十秒的恶意，我一定不会躲，不会逃，我会一路跑来喊人，我会告诉她实情。后来，我也一直在想，就算我在第一时间毫不犹豫朝冰窟窿那里跑，又能怎样，难道来得及吗？能救起你吗？很可能，不能，很可能，来不及！但是，但是那会是多么不同！我是说，对我而言，那会是多么不同！——我可以不用我这一生，来偿还那几分钟或者几十秒的恶念和罪孽……

"是，秦安康，我偿还了一生。我惩罚了自己一生。这一生，有过一些时刻，我可以忏悔，我知道，也许，对珍惜的人说出口，或者，当着你亲人的面悔过，我就不用这么沉重地背负你过这一生，但，这对你公平吗？这样轻易地自我宽恕，我觉得羞耻……除了沉默地和你一起受难，我想不出还有什么方法，来度过我这有罪的一生。现在，我来到了我生命的尽头，秦安康，你知道了我的罪孽，可以了。

"上帝，圣母，基督耶稣，在你们的圣殿里，我说出了我的秘密，谢谢你们！但我不求你们的原谅，我将继续带着这秘密远行，我知道，我要去的地方，很黑暗，那里，不会有我至亲至爱的亲人——我的姥姥、姥爷，他们应该在花香四溢鲜草翻涌的好地方，而我　我知道我永不会再和他们相遇，所以，我需要一点勇气，请帮帮我……"

她沉静地、默默地说。

教堂外面，是一座墓园，和她同行的旅游者们，在墓园里拍照。这一晚，他们将会在附近的乡村小旅舍投宿。那小旅舍，深深地隐藏在绿荫之中，迎接他们的，是家庭风格的房间、干净芳香的床褥，以及美味的晚餐：红酒炖鳜鱼，焦糖苹果塔，还有，卢瓦尔河谷永生的葡萄酒。

晚祷的钟声响了。

2014 年 6 月 7 日于京郊顺义

行走的年代

情不知所起，一往而深，生者可以死，死可以生。

——［明］汤显祖

第一章　行走的年代

一、陈香和诗人

有一天，一个叫莽河的诗人游历到了某个内陆小城，他认识了一个叫陈香的姑娘，陈香是一个文艺青年，在小城的大学里读书，读的是中文系，崇拜一切和文学有关的事物。

莽河不是一个声名震天的名家，不是北岛、江河，也不是后来的海子、西川，只能算是小有名气，不过这就够了，在那样一个浪漫的年代．一个小有名气的诗人的到来，就是小城的大事了。

二十世纪八十年代，是一个游历的年代，诗人们的足迹遍布大江南北，长城内外。在某条黄尘滚滚的乡村土路上，在某辆破烂拥挤污浊不堪的长途客车上，在一列逢站必停的最慢的慢车车厢里，都有可能出现一个年轻的充满激情的诗人。他们风尘仆仆，眼睛如孩子般明亮。那些遥远纯净的边地，人迹罕至的角落，像诺日朗、像德令哈、像哈尔盖，随着他们的足迹和诗，一个一个地，走进了喧嚷的尘世和人间。

陈香读大四，面临着即将到来的毕业考试和分配，可她还是参加了文学社的活动。那天，他们在汾河边聚会，和诗人座谈。诗人一下子就把陈香震住了。诗人说，我生在黄土高原，我要让黄土高原发出自己的声音。那时，陈香没有看过《索菲的抉择》，不知道那是一种改头换面的模仿。

然后，他热血沸腾地为他们朗诵了他最新发表的长诗——《高原》中的一节：

　　也许，我是天地的弃儿

　　也许，黄河是我的父亲

　　也许，我母亲分娩时流出的血是黄的

　　它们流淌至今，这就是高原上所有河流的起源

　　……

　　太像一个诗人了。年轻的陈香激动地想。他披着长长的油黑的头发，脸色苍白，有一种晦暗的神经质的美，眉头总是悲天悯人地紧锁着。他们有了一夜情，就在他借住的朋友的小屋里。一群人，喝了太多的酒，酒使诗人情不自已。那是陈香的第一次。她怀了献身的热忱，抖得像发疟疾。他很温柔。他温柔地、怜悯地把这洁白无瑕的羔羊紧紧抱在自己怀里，说道："我的温暖，我的灵感啊……"

　　陈香落泪了。

　　两天后他离开了这城市，从此杳无踪迹。他汲取了这城市的精华：爱、温暖、永逝不返的少女的圣洁和一颗心。他带着这新鲜的一切重新上路，再没有回头。这城市是他生命长旅中的一个驿站，他在这驿站中留下了一个故事，他却永远不会知道。

　　陈香在他离开后的那些日子里，常常一个人去看河。她就

是从那时起爱上了河流。她站在坝堰上，眺望汾河，河水只有浑黄的一条，但河床是宽阔的。防风林带在她视线可及的远处，绿得又端庄又单调。蓝天、白云、黄水，偶尔飞过的水鸟，她小小的秘密，就藏匿在这地久天长的、永不会开口的天水之间，眼泪会忽然涌上她的眼睛，又疼又甜蜜。她以为这一切将是天长地久的，那时，她不知道，有一天，这永恒的河边景色会成为最幻灭、最伤痛的青春记忆。

两个多月后，陈香毕业留校了，她以闪电的速度结婚，嫁给了一个和她一起毕业留校的学长。学长比她大八岁，有过婚史，几年前离异。七个月后，儿子出生了，陈香的儿子，健康、结实、漂亮，哭声又响亮又理直气壮，一点儿没有"早产儿"的孱弱——没人会相信这是一个严重不足月的婴儿。陈香把他抱在怀中，来探望的人们尽管心存疑惑，嘴里却说："哎哟，小家伙好命大，真壮实！"

要不就打圆场："老话说得好，七活八不活嘛！"

陈香骄傲地、坦然地笑着，亲着儿子的小脸、小鼻子、小眼，亲着他娇嫩的、小得不可思议的十个小手指头，多奇妙啊，她感动地想，现在，你再也不能和我分开了，你就是人在天涯，也不能和我分离。她柔情似水的亲吻大概使儿子感到了不耐烦，他突然一蹙眉头，晃着小脑袋，那神情，几乎就是某一瞬间的重现！她呆了一呆，忽然仰脸哈哈大笑，笑着，却泪如雨下。

丈夫走过来，抱住了她。丈夫说道："可怜的陈香……"

二、雕花拱窗

起初，人人都羡慕莽河的好运气，能够分配到那样一个堂皇的学术机关中去。莽河自己也是高兴的。

堂皇的学术机关，却设在一幢陈旧的小楼里。那陈旧的程度令人惊诧。没人说得清它是一个什么样的建筑，灰砖，光秃秃、粗鄙、丑陋的三层小楼，却又有着镶嵌了雕花石刻、拱形的、细长而精致的窗户，这使它的来历顿时变得可疑，就像一个身份复杂的女人。走廊幽暗、狭长，永远弥漫着厕所的臭味。终年走在这样的走廊里，感到生活就像一块湿答答的旧抹布，暧昧、不洁。

有雕花的拱形窗户，细长到不合比例，严重影响了室内的采光。冬天，一到下午四点就需要开灯照明。但这仍然是整座建筑中唯一让莽河喜欢的东西。他常常爱怜地、温柔地望着它，心里想，是因为什么缘故让它沦落到这里来的呢？这垃圾山中的百合？想象中枯燥百倍的、日复一日没有尽头的办公室生涯，因为这样的追问和联想，变得似乎可以忍受。

　　并没有发生什么特别的、惊天动地的大事，他经历的，是那个年代所有那些刚刚走出校门步入社会的年轻人都要经历的东西：学习融入。上班第一天，他来得很早，坐在拥挤的角落里他的办公桌前，却不知道应该拎着暖水瓶去锅炉房打回开水。那天，去打开水的人居然是多年来没有染指过办公室杂事的科长，科长拎着饱满的暖瓶走到他桌前，问他："喝水吗?"他居然一边把茶杯递上去一边心无城府地回答说："谢谢。"那一刻，一办公室的人都饶有兴味地旁观了这猫对老鼠的戏弄。

　　就这样，他在第一时间向大家展示了他的第一个缺点：没有眼力见儿，还有，傲慢。

　　漫长的八小时办公时间，一屋子人，看报纸，喝茶，聊天，或是借机溜出去到附近的菜市场拎一网兜子蔬菜回来。办公室生涯就像沿着轨迹运行的列车一样周而复始，那一种平凡的单调是他不能忍受的。他常常一个人躲进资料室里，看书，写一些诗行。那是一间设在地下室里的暗无天日的大房间，书架壁立，灯光昏暗，散发着故纸堆发霉的气味。那一段时间，他觉得自己写在纸上的每一个字都有一种可疑的苍白，贫血，像一种他不喜欢的孱弱的菌类。这让他心情晦暗，沮丧万分。就在这时主任找他谈话了，主任语重心长地说："年轻人，我们这里不是作协，要记住，写诗不是我们的正业。"

主任是一位令人尊敬的学者，视学者的荣誉如同生命，他的话，有着不容置疑的正确。后来，在许多场合，这位学者都给别人讲过那个著名的故事，抗战时期，那个刘什么教授，庄子专家，在日寇飞机横空肆虐的时刻，质问跑向防空洞躲轰炸的沈从文："你跑那么快干什么？我为庄子跑，你为谁跑？"此刻，主任苦口婆心地想把这个文艺青年拉回正途。他从主任办公室走出来，回到自己的办公桌前，抬眼望着细长的优雅的拱窗，忽然一个声音在他心里响起来，是一个神秘的祈祷般的声音，一下一下，撞击着他，他整个身体像钟一样发出嗡嗡的震颤与共鸣，那声音说："走吧，走吧，走吧……"顿时，他眼睛潮湿了，他觉得是命运在和他说话。

那是一个节日的前夕，楼下院子里在分葡萄和带鱼，热闹，喧哗，喜气洋洋。人人拎着带鱼和葡萄回到办公室，一边议论着各自手中带鱼的宽窄、葡萄的大小。忽然有人在下面吵起来："凭啥给我这么一堆破烂儿？这是叫人吃还是叫猫吃？——"是一个变了腔调的尖厉的女声。恐惧就是在这时一下子攫住了他，他想，我不要这样的日子和人生。

然而，"不要"，不是一件容易的事。它折磨着他。他不能跟任何人吐露自己"不要"的决心，尤其是亲人们。只要他略漏一下口风，他们就骂他发疯和作孽。"不要"这么好的前程，他要什么呢？他一天一天拖延着，犹豫着，挣扎着，就像一个被拷问的哈姆雷特。日子飞逝而过，一晃竟是数年。直到有一天，他去上班，听人说他们的旧楼房要重新装修了，拱窗要被砸掉，扩宽，换上那种新式的塑钢窗。他一愣，然后，笑了。

当天，他做出了一个地动山摇的举动：递上了一份辞职申请。

在一个安静的晚上，他一个人来办公室收拾自己的东西。日光灯管嗡嗡地轻响着，是静的声音，不知为何让他想起正午时分阳光照耀下空无一人的公路。他默默打量着这间拥挤、杂乱、横七竖八挤了四张办公桌的斗室，心里柔软下来。一瞬间，他想，也许不是没有和解的可能，和凡俗的生活、琐碎的日子和解，也许这里有一些秘密是他不知道的，卑微却依然珍贵的秘密……他用手抚摸就要消失的拱窗，最后的拱窗，月亮悬挂在窗外，是一轮雾蒙蒙风尘中的圆月。"再见了，朋友！"他轻轻说，是对拱窗，或者，也是对这里的一切。

走吧，走吧。到天国去吧。

地上，一定有一处教堂，在唱着这样的颂歌。

三、陕北，你这大胆的女子

现在，陕北该出场了。这是莽河的故事开始的地方。

其实，陕北并不是他的目的地，他甚至说不清为什么第一站要到这个叫"米脂"的地方，他本来是要到更远的地方去的，比如草原，比如天山，但结果是，太阳快要落山时，他一个人站在了陕北米脂的街头。米脂很安静，很空旷，黄昏的忧伤和小城的寂寥一下子就穿透了他的身体。

他想起了那句人人都知道的民谚，"米脂的婆姨绥德的汉"。他还想起了一句不那么为人知的诗，是黄河对岸一个叫吕新的人写的，"陕北，你这大胆的女子，还没有结婚，就生下了米脂……"他微笑了，他想，多情的地方啊。

他沿着空旷的大路走，看着太阳在前面一点一点坠入旱塬。太阳沉没的那一瞬间，他找到了一家小客栈，是那种窑洞式的屋子，青砖盖脸，深而长，却没有炕，里面前前后后支了四张铺板，房钱很便宜，被褥也干爽。他选了最角落里的一张，放下了背包。老板笑着对他说道："对着哩，在家靠娘，出门靠墙。"又说道："没别人，想咋睡都行。"

他也笑了，说："行，我前半宿睡这张，后半宿睡那张，换着睡。"

"就你一人睡？"老板笑着问，"不恓惶？"

他怔了一怔，听懂了那弦外之音："那可不，出门时我媳妇交代了，路边的野花你不要采。"

那不是他媳妇，那是邓丽君。他想。

旅馆不卖饭，他洗了把脸就出去寻找吃晚饭的地方。太阳落山了，街上几乎没有行人，但是空气中弥漫着饭香，这使寂寥的小城有了人间的气息。他走进了临街的一家小饭铺，里面支着三四张木桌，扑面一股奇异的酒香，有客人在喝酒。他想起听人说过，米脂这地方，出好米酒。

他在临窗的桌前坐下。米酒的浓香和这昏暗的小店不知为何让他想起《水浒传》里好汉饮酒的那些酒家。他几乎想高声大喊："筛酒来——"显然，这是家私营小店，他刚落座，老板娘就笑吟吟麻利地站在了他面前，问道："客人吃啥？"

是一个矮矮胖胖的女人，很壮实，没有出众的姿色，但眉眼干净，皮肤白皙，有着家常的温暖和好看，米脂的婆姨。他笑了，说道："你有啥？"

她指了指身后的墙。

墙上，挂着一块小黑板，菜谱就一五一十写在黑板上。

"我这里的驴板肠，米脂人都说好，"她补充了一句，"老汤卤煮，祖传秘方。"

驴板肠是米脂的名小吃，似乎也听人说起过。还听人说过这样的话:"天上龙肉,地下驴肉。"在北方,很多人喜欢吃这一口。既然米脂人都说好,看来是来对了地方。他望着老板娘温暖干净的脸,愿意相信她的话是真的。

"好,切盘驴板肠,筛半斤米酒。"

酒菜上来了。酒果然是本地自酿的米酒,醇香清冽,盛在一只粗陶大碗中。他端起碗来就是一大口,呛得他咳嗽。驴板肠也是香脆的,卤出了绵长的滋味。他想,不错,这是一个美好的夜晚。他大口大口喝酒吃肉,一个声音忽然在耳边响起来:"外乡人,这米酒可是有后劲的。"

他一抬眼,桌前立着一个人,女人,一个姑娘。牛仔夹克,马尾辫,鲜艳的嘴唇,在昏暗的灯光下有如暗夜中幽香浮动的花朵。他望着她笑了。原来,他在这样的一个黄昏走进这样的一家小店,不是没有缘故的。

"你也是外乡人吧?刚才你是不是一个人坐在角落里?我邀请你共进晚餐,可以吗?"他借着酒劲盖脸,这样说。

她刚要开口说话,他打断了她:"别说你已经吃过了——吃过了,就坐下来,一块儿喝两盅米酒,这总行吧?看在我们都是外乡人的分上。"

她笑了,是那种非常安静的笑容,知识女性身上很难看到的那种天然的、宿命的安静。她坐下了,说道:"好吧,不过,我没酒量——老板娘，给取个酒盅。"

酒盅取来了，斟满了，她端起来，对他说道："纠正你一下，我不是外乡人：米脂是我老家。"

他上上下下打量了她一番，点点头："明白了，你是来寻根的。"

她又安静地一笑："算是吧。"

"中文系大学生？"

"不，社会学系的。"她回答，"黄河对岸，南边师大的，听过你讲座，莽河老师。"

"你？认识我？"他差点被一口酒呛住，惊讶地瞪大了眼睛。

她没有马上回答，湿润而狡黠地笑着，忽然开口念道："也许，我是天地的弃儿／也许，黄河是我的父亲／也许，我母亲分娩时流出的血是黄的／它们流淌至今，这就是高原上所有河流的起源……这是你的名片，莽河老师。"

"哦——"莽河太得意了，"你可别对我说，'天下无人不识君'！"

"那是李白，不是您。"她笑着回答。

他突然哈哈大笑。是啊是啊，那是一千多年前的李白，不是他。不过已经够了，一个跨过黄河来寻根的米脂姑娘，在这地老天荒的小城，在黄土高原浑厚的腹地，认出了一个漫游的落拓诗人，他的诗是他们相互辨认的暗语。这样的奇遇，只能发生在那个浪漫的年代，天真的年代。

他收敛了笑容，郑重地起身，朝她伸出了右手："请允许我介绍我自己：莽河，写诗的无业游民，这是我最新的身份——"

她握住了他的手，说道："叶柔。"

世界忽然沉入博大无边的宁静之中。

叶柔住在县招待所。

叶柔不是一个大学生，她是一个研究生，为了自己的论文在做一项田野调查，那是一个有关迁徙的题目——历史上的走西口。出发前，她特意绕道陕北回到了自己从未回过的老家，不用说，这个"文艺青年"是受了方兴未艾的"寻根文学"的诱惑——米脂，历史上的银州，这从未谋面的家乡，突然之间向她呈现出了审美上的意义。

他送叶柔回住地。米脂城睡了，昏黄的几盏路灯穿不透整座小城和千山万壑间的漆黑。月亮是一牙细细的眉月，而星星则亮得像是要从天上滴落下来，几乎能听到那滴落的声音似的。路很短，不足二百米，叶柔说："谢谢你送我，还有你的酒。"他说:"不用谢——"他看着她的身影被漆黑的院子吞没,心里一阵惆怅。

那一夜,他失眠了。

他想,原来,神差鬼使莫名其妙让他来到陕北,是为了让他遇到一个好姑娘。

第二天一早,叶柔就跑来邀他去县招待所吃早饭。她为他买好了饭票。叶柔站在小客栈的院子里,清新得像一株带着露水的仙草。叶柔说:"请你喝小米粥。米脂的小米可是闻名天下的。"莽河笑了,说:"好。"

那一顿早饭,是莽河此生吃过的最难忘的美味。小米糕、小米粥,简朴地点了一点香油的咸菜,粮食珍贵朴素的香味,被土地孕育滋养出的醇厚和芬芳,还有太阳的暖香,使他在吞咽时第一次像个耕作者一样感受到了大地的仁慈。粥面上,凝结着一层厚厚的油脂,据说那就是"米脂"的由来。多好,他想,这名字里有恩情。

饭后,叶柔说:"你愿不愿意和我去个地方?"

他太愿意了,眉开眼笑,不过嘴里却这样说:"我就知道这世界上没有白吃的午餐。"

出银州镇,沿无定河向南,在银州镇和十里铺之间,有个叫"叶家圪崂"的村庄。那是个只有几十户人家的小山村,家家都住窑洞，村外是层层梯田。春耕的时节，阳光灿烂，村庄显得格外安静。

从前，村西头，土崖下，有户小小的庄户院。三眼一炷香土窑，一明两暗，那就是叶柔父亲出生的老窑。父亲十几岁离家，参加了八路军，十多年后进城，回来接走了叶柔的奶奶，从此再也没有返乡。起初，那窑洞还有个孤寡的亲戚住着，照看着，后来那亲戚过世了，庄户院就一天一天荒芜下来，长满没膝深的杂草，成了蛇鼠的天堂。但是土窑还在，没了门和窗，裂着大缝，缝里摇曳着去年的枯草，但是仍旧坚持地站在那里。窑顶崖头上，一棵枣树，在阳历四月的春风中，刚刚苏醒，爆出米粒大的小芽。当这两个"寻根"的年轻人步行八里路赶到叶家圪崂时，看到的就是这样一幅情景。

太阳真好。

陕北的天空，瓦蓝瓦蓝，那是他们从没见过的纯粹而高远的蓝天，辽阔无边的善良、静谧、安详、尊严，这样的天空是对最卑微、艰辛的生存的一种补偿吧？莽河望着蓝天下摇摇欲坠的土窑这样想。

叶柔久久默不作声。

她抬起了脸，眼睛里有泪光，她仰脸向着万里无云的天空突然叫了一声:"奶——我回到你说的老家了……"

唰啦啦啦啦,从塬上吹过一阵风,满院的荒草一阵乱响。

陪他们来的是一门远亲,出了五服的一个哥哥,成锁哥。说是哥,年纪却比叶柔大许多,是五十几岁的人了,还记得叶柔的奶奶,叫她"六奶"。

"六奶埋在啥地方?"成锁哥问叶柔。

叶柔摇摇头。奶奶的骨灰,至今存放在殡仪馆骨灰堂里,存放在她最终也没有视为家乡的那所客居之城,还没有入土。

"入土为安哪。"成锁哥说。

他们在成锁哥的带领下离开了荒窑,朝村里走去。刚刚走出十几米远,只听身后"轰隆"一声巨响,他们吃惊地猛回头,只见鸟雀狂飞,烟尘冲天而起,荒窑坍塌了。叶柔惊讶地望着轰然倒塌的祖居——原来这么多年它一直支撑着、坚挺着、等待着,坚挺着等着她的到来,等着和一个亲人,一个血亲做最后的告别。

她泪流满面,朝着坍塌的荒窑,打断骨头连着筋的老家,扑通一声跪倒在地。

四、窑洞之夜

那天他们就留在了叶家圪崂。

太阳落山前,他和她就一直坐在一面土崖上,俯瞰着她的村庄。鲜黄的塬，鲜黄的土崖，瓦蓝的天，世界纯净到就只有这两种颜色，世界之初的颜色。他们安静地坐着，听那些自然的声音，风声、虫声、鸟鸣、草叶的细语，牛哞和远近的狗吠，他觉得心很静。

叶柔的声音也是静的："你老家在哪儿，莽河老师？"

"叫我名字，"他回答，"我不习惯人家叫我老师。"

"你老家在哪儿，莽河？"

"我出生的城市就是我的老家，"他回答，"我父亲、爷爷，三代人都出生在那儿。我老爷爷、爷爷都是商人，到了我父亲，新中国成立了，公私合营了，就成了商业局下属公司的一名职工，"他笑起来，"有时候，我想，我怎么可能成为一个诗人呢？我从头到脚，流的都是商人的血。"

"你已经是诗人了。"叶柔说。

"可我怀疑自己，我是不是真有一个诗人的灵魂？会写几行诗未必就是一个真诗人，"他凝望着鲜黄的塬、安静的小村落，缓缓说道："也许就是因为我怀疑，所以，我才要迫不及待地去证明什么，我才要逃跑，从平庸的日常生活中出逃，那是因为我害怕真相——是不是这样？"

"从平庸的日常生活中出逃，那是诗人的本质。"叶柔这样回答。

"你给了我一个好理由，"他笑了，"你是个善良的好女孩儿，可是你知道吗叶柔，这代价也太大了，我把我爸都气病了，高血压，住了医院……我爸说，我要是不回去上班，他就和我断绝父子关系，不认我这个儿子了。"

"真的?"

"他出院那天，我给他磕了一个头，就这么走了……其实我心里挺不是滋味的。"

叶柔不知道该怎样安慰他，她为他难过。

"你，后悔吗?"她犹豫地问他。

"至少现在，此刻，我不后悔。"他叹息似的望着远山近郭，"它们多美!"他由衷地、真心地说。

太阳就要落山了，此刻，天空出现了晚霞，晚霞把鲜黄的土崖涂染成血红。壮阔无边的寂静，瑰丽的寂静，笼罩了小山村，笼罩了千沟万壑。一缕缕炊烟，像灵魂一样袅袅升腾——这一刻，莽河觉得自己看见了神。

成锁哥打发孩子来喊他们去吃晚饭了。

成锁家五孔窑，最西边那一孔，平时不住人，堆些农具、杂物，做仓房，今夜主人临时收拾了出来，拢起火炕驱赶潮气，做了莽河的客房。叶柔则住在了成锁哥女子们的窑里。

　　晚饭，成锁嫂熬了一大锅"钱钱饭"，炸了黄米糕，杀了鸡，摊了鸡蛋，去供销社打来了米酒。他们左一盅，右一盅，边喝边听成锁哥给他们讲些家族里的陈年旧事。

　　成锁哥喝高了，用筷子指着莽河对叶柔说道："柔啊，你这个对象人不赖，喝酒一点儿不偷奸耍滑。"

　　叶柔脸红了，说道："哥，你喝醉了，人家不是我对象。"

　　成锁嘿嘿笑出了声："你就日哄我吧，不是你对象，和你跑到咱这山沟里做啥?"

　　叶柔急了，说："哥，你别瞎说，人家是我老师——"

　　莽河举起酒盅打断了她的话，莽河说："成锁哥，你这妹子眼太高，人家看不上我。"

　　成锁哥左看看，右看看，打着酒嗝，用筷头点着叶柔的脑门说道："柔啊，我看你是挑花眼了，听哥一句劝，人无千日好，花无百日红，不敢自己耽误自己……"

　　话音未落，窑顶吊着的十五烛光灯泡，忽地灭了。黑暗一下子灌进了窑洞，就像在为成锁哥的话做着注脚。停电了，叶柔想。停电了，莽河也这样想。却原来不是，只听成锁哥笃定地说："九点了。"原来一到九点，这里的电厂就拉电闸。隔间灶洞里的火光，忽然变得前所未有的珍贵，像点亮人类文明的那一堆火。成锁嫂去点灯了，他们就在伸手不见五指的黑暗中坐着。叶柔的手忽然被一只手悄悄握住了，那手很大，却很柔软，是一只孤独渴望的手。叶柔的手没有挣扎，叶柔的手宽容地、温柔地，像传说中的解语花一样默默说道："你这个迷途的小弟弟……"

煤油灯点亮了。莽河依依不舍放开了叶柔的手。他探身执壶，给自己和成锁哥都重新斟满了，说道："哥，喝酒，这米酒可真香啊！"

酒阑人散时，叶家圪崂早已是漆黑一片。村庄睡沉了，片刻工夫，待客的主人也睡了，熄了灯。莽河静静地躺在炕上，朦胧的月光把糊在窗棂上的麻纸映得很亮。他了无睡意，米酒、一天的奔劳都不能使他入睡。大概是这世界太静太纯粹了，而他是个有"杂念"的人。他披衣下炕，开门，走出了窑外。

月光淡淡地涂染了窑院。不是十五十六的大月亮，没有那种如水的坦白和清澈，却更柔和，更具善意和禁忌。山风一吹，他有些头晕，酒劲上来了，他靠着磨盘坐下，背风点燃一支香烟。红红一点烟头，像萤火虫一样，在千山万壑的内心，在黑夜的内心，一闪一闪飞动。一支烟没有抽完，"吱呀"一声，东边的一扇窑门，轻轻开了，一个人影无声地走出来，掩上门，走下台阶，站住了。

他扔掉烟头，起身，朝她走去，朝那朵鲜花。他们面对面站在了一起，他抓住了她的手，冰凉的手，他牵着她走回他的窑，别人家的窑。她发着抖，他一把把她搂在怀中，她的脸紧贴着他的心口，她的脸烫得像一块燃烧的火炭，灼着他的肉。他不住口地叫着她的名字："叶柔，叶柔，叶柔，宝……"她眼泪夺眶而出，那眼泪也是滚烫的，滋滋冒着热气，像熔化的铁水。她耳语一般宿命地说："我疯了，我疯了——"

窑外，狗不明缘由地突然吠了起来。

阳光灿烂的早晨。

他醒了，来到窑外。喳喳喳一片鸟鸣。他洗脸、漱口，成锁嫂喊他去吃早饭。成锁哥一早下地去了，娃们去上学，饭桌上，除了他没有别人，他奇怪地问成锁嫂："叶柔呢？还没起来呀？"成锁嫂回答说："哦，她叫说给你，她一早起来，先回城去了，说是有啥事情，是公家的事。她叫说给你，她在县城等你。"

他蒙了，忽然有了不好的预感。他放下了筷子，对成锁嫂说："嫂子，我不吃了，我得回城去。"

他几乎是一路跑着赶往县城，赶出一身又一身热汗，中途搭了一截拉砖的小四轮农用车，弄得灰头土脸。他灰头土脸跑进她住的县招待所，服务员说，客人已经退房了。

他不相信自己的耳朵，"啥？"他问。

"退房了，一早就退了。"

他耳朵嗡嗡嗡响着，像钻进了一窝蜜蜂。

"你，你弄错了吧？怎么可能？你知不知道她去了哪里？"他结结巴巴地问。

"看见她搭顺车走了。河对岸山西家的车，走了一阵了。"服务员认真地、同情地回答。那是一个团团脸和气的姑娘，唇红齿白，两只小酒窝若隐若现。

热汗变成了冷汗，冰冷地贴着他的后背前心，他一阵恐惧。这样好的太阳，这样好的早晨，一觉醒来，他把叶柔弄丢了。她就像草叶上的一滴露水，在太阳下蒸发了。

来无踪去无影，就像一个聊斋故事。

第二章　父与子

一、陈香和老周

老周是陈香的丈夫，也是她同班的师兄，叫周敬言。只不过，周敬言这名字，平日里很少有人叫，大家都叫他"老周"。还在做学生的时候，他就是"老周"了，全班男女，无论大小，大家都"老周、老周"地叫，听起来朗朗上口，老少咸宜，好像他生来就该是个老周似的。

说来，一个班里，比他大的，也不是没有。像贾爱斌，比他大一岁，却很少有人叫他"老贾"。和他同岁的，有好几个，也不是随时随地都被人以"老×"冠名，唯独老周，是毫无歧义的。你站在他面前，面对着他的脸，不叫他"老周"还能叫什么呢？在某种意义上，那是一个尊称——"七七·一"全班的老大哥。

老周是个善良的人，有一颗金子般的心。

老周结过婚，有过一个孩子，一个漂亮的小男孩儿，孩子不满周岁时，因为一场中毒性痢疾死了。这件惨痛的事最终导致了他们夫妻的离异。老周的前妻，是一个"北插"，孩子的去世使她椎心泣血地痛恨这个客居之地，她对老周说，我就是回北京要饭也不在这鬼地方待了。于是，她抛下老周走了，当然她没有回去要饭，家里给她托门子找了一个不错的接收单位。但是北京不接收老周，北京有什么理由接收一个毫无名堂的外乡人呢？北京最终使他们孔雀东南飞。

可是你在老周身上，几乎看不到这些伤痛的痕迹，他一点儿也不愤世嫉俗，对世界抱着几近天真的善意。他生来是个天真的人，这使他的笑容纯净而温暖。他像孩子一样欢笑，像哲人一样思考，只不过，年轻的陈香不知道这一切有多么珍贵。

老周不算英俊，远远不算，他有一张扁圆的大脸，中等个头，偏胖，还有一点微微的驼背，总之，他只能是一个兄长似的"老周"而绝非陈香心里的白马王子。陈香甚至都不知道他其实一直在喜欢着自己，四年的时间，朝夕相处，陈香过得轰轰烈烈又浑浑噩噩，直到她遇上了那个大麻烦。

她几乎没有什么妊娠反应，她唯一的反应就是变得格外贪吃。她的饭量几乎是以几何倍数增长着。一顿饭，她可以吃下四个馒头、三碗小米粥、两碗大烩菜。他们出去打牙祭，吃灌汤小笼包，她一个人足足吃下去八屉！吃得所有人目瞪口呆。她的好朋友明翠看出了事情的古怪和蹊跷，当天下午，把她约到了河边，对她说道："陈香，出什么事了？"

陈香微笑，眯起眼睛看河，不说话。明翠清晰地看到了她鼻翼两侧的蝴蝶斑。陈香的脸，从来是洁净无瑕的，像玉一样纤尘不染，但现在它看上去像张画稿一样纷乱。明翠觉得自己的心揪成了一团。

"几个月了？"她只好摊牌。

"嗯，怎么算呢？我想想，"陈香回答，"两个月零十三天。"

"谢天谢地！还来得及，"明翠长出一口气，"陈香，今天太晚了，明天早晨，我陪你去医院。"

陈香不笑了，她转过脸来，犀利地、凌厉地逼视着明翠，说道："明翠，我知道你是什么意思，你要我放弃这个孩子，杀死这个孩子，对不对？这话，我只说一遍，我要把他生下来。不管谁说什么，千难万难，我也要把他生下来！我想好了，大不了，我不留校，大不了，没有任何单位接收一个单亲妈妈，那我就去海子边摆地摊卖大碗茶，卖糖葫芦，卖烤红薯，要不就开家小饭铺卖油条丸子汤，总行吧？所以，那些残忍的话你最好让它烂到你的肚子里，不要让我的孩子听见！你是我最好的朋友，明翠，我不希望我们从此成为仇人——"

她是认真的、壮烈的，那壮烈的神情吓住了明翠，那是一个崭新的、她不认识的陈香。明翠想，完了，这没心没肺的傻孩子鬼迷心窍了。当晚她找到了老周，老周是他们的班长，他们班，老周、明翠、陈香是留校的候选人，老周还是他们那个文学小社团的负责人。明翠说：

"老周，陈香闯祸了，你不能见死不救。"

明翠的意思，是让老周去做陈香的工作，打掉那个孩子。她觉得老周说话要比她有分量，其实也是病急乱投医而已。老周听完明翠的话，沉吟许久，说道：

"晚了，明翠，说什么都没用了。"

"你还没说，怎么知道就没用？"

老周望着明翠，有句话却没有说出口。老周想说的是，明翠，陈香和你不一样，陈香和大多数人都不一样。陈香身上，有一种圣徒的品质，她生来是要牺牲的。老周把这句悲壮的话咽了下去，说道："行，我试试吧。"

二十世纪八十年代初，这个内陆城市，还没有任何一家茶楼和咖啡馆，像样的饭店也屈指可数，像雨后春笋般破土而出的那些"上岛咖啡""第二客厅"之类的场所，还要再等十多年后才会应运而生。老周只能把陈香约到他们共同的河边。他们并排坐在坝堰上，看着脚下无声流淌的河水。水鸟嘎嘎地叫着，老周忽然开口说道：

"陈香，咱们结婚吧。"

陈香吓一大跳："你说什么？"

"我说，咱们结婚吧。"老周搓着肥厚的、像婴儿一样红润的手掌回答。

"为什么？"陈香知道老周是明翠搬来的说客、救兵，却怎么也没有想到他会石破天惊地向她求婚。

"不为什么，"老周说，"就是不想让你去海子边摆地摊卖冰糖葫芦，就你这脑子，还做生意？会陪光的。"

"这不算结婚的理由，还有呢？"

"还有，还有就是，你这个傻子，你没有看出来吗？我……我喜欢你。"

"可是，可是——"陈香结结巴巴不知该怎么说才好，"可是，我……"

"可是你并不喜欢我，这我知道，"老周断然打断了她，"就算我乘人之危吧！陈香，我们来给这孩子一个家，你做妈妈，我做爸爸，你看怎么样？我不要你现在回答我，你回去好好想想，想想这是不是一个比较好的提议。"

眼泪慢慢涌上了陈香的眼睛。你做妈妈，我做爸爸，这句如同儿戏的话，不知为什么比所有的承诺、所有的誓言都让她感动和心酸。她低头揪下了身边一根狗尾巴草，把它绕成了小小的一个环状，她把它托在掌心伸到了老周面前。

"周敬言，你这样求婚，是不是太简单了？总要有一枚戒指吧？"

老周用粗大的手指，拈起那枚小小的草环，把它小心翼翼地、珍惜地套在了陈香手指上。然后，他轻轻地、温存地搂住了那个怀有大秘密的小身体，他搂着她嘴里不停地叫着她的名字："陈香啊，陈香啊……"陈香泪流满面地回答说："周敬言，你这个傻子啊!"

二、奇迹

她给肚子里的孩子起名叫小船，周小船。

她问老周，"这名字好吗?"

他说："好。"

其实不好，他想。船是属于河的，而他（她）的父亲，是河。

老周不知道，原本，她想起一个更夸张的名字：不悔。

起初，他们的家，就安在学校集体宿舍的筒子楼里。十六平方米的一间屋子，安了一张大床，一张小床。小床是松木原色的，四周有精致的栏杆，上面吊了蚊帐。这松木小床是老周亲手做的，从前，插队的时候，老周干过木匠。

大腹便便的陈香，坐在阳光灿烂的南窗下，看着老周用砂纸细致入微地，不厌其烦地打磨着那一个个漂亮的小栏杆，松香的气味儿在阳光里像魂灵一样飘散。那是他们俩跑遍了这个物质匮乏的北方城市，怎么也找不到一张合适的婴儿床之后，老周说："算了，自己动手，丰衣足食。"他模仿着瓦西里的语气安慰陈香说："面包会有的，牛奶会有的。"果然，两天后，一堆木板堆在了他们窗下，然后，他锯、刨、凿，洁白的刨花飞舞着，于是，陈香目睹了一张婴儿小床在亲人的手下横空出世。

那是迷人的，陈香想，一个父亲在为儿子挥汗如雨。刨子所到之处，薄如蝉翼的刨花怕疼似的蜷曲，蜷曲成某种旋律的形状。它们蝴蝶般飞舞，无声而美。陈香找来许多只敞口的罐头玻璃瓶，透明的花瓶，洗净了，然后把那些形状最好的木头刨花小心地装进去，高高低低地摆在窗台上。阳光照耀在上面，有一种强烈的装饰效果。陈香觉得自己把那个迷人的时刻贮存下来了。

老周说："只见过把刨花当柴烧的，还真没见过把它当花儿养的，你是第一个。"

她笑了。忽然有一种悲伤突如其来涌上她的心头，雪崩似的。美都是瞬间即逝的，她挽留不住。

孩子是顺产，但有一点小磨难，侧切了一刀，缝了七针。

第一眼看到孩子，红红的，皱皱的，闭着眼，像蜡烛似的插在襁褓之中，看不出像人还是像动物。护士托着他的小脑袋，对老周说："看，长得像妈妈。"他一下子幸福地笑了。他轻轻地、怜惜地在心里叫了一声："你好啊，周小船。"

他愿意周小船像妈妈，他祈祷上帝、佛祖、所有的神明，让周小船长得像妈妈。

　　陈香把周小船抱在怀里，久久凝视着他的脸，陈香望着他皱巴巴的小脸柔声说道："周小船，我是妈妈。"她让周小船吮吸她的乳房，周小船的嘴，像花骨朵一般嘬着，一抽一抽，魂灵就这样被这张小嘴抽空了。突然他松开了她的乳头，"哇——"一声悲伤地哭了。

　　她没有奶水。

　　三天了，她下不来奶。七天了，出院了，她还是没有奶水。

　　老周给周小船订了牛奶，托人从东北买来了最好的"完达山"牌奶粉。那时，订牛奶需要医院的出生证明，而且，关于牛奶，这城市当时有许多的流言和传说。说牛奶出场时，要兑一次水，分送到了奶站，再兑一次，到了送牛奶的工人手里，还要兑一次水。这城市有条河，叫沙河，沙河里流淌着的，是这城市的生活污水和山上冲刷下来的山水，传说送牛奶的自行车就停在沙河边，把沙河水掺进了牛奶里。总之，那牛奶是稀薄的，靠不住的。

　　陈香不甘心。

　　陈香不相信自己的身体是自私的。

　　按摩、热敷、吸奶器，所有这些作用于外部的方法，一一败下阵来，陈香还是一个不甘心。陈香想，这世界上，没有不分泌奶水的母亲，无论是动物，还是人。这是一个最简单的道理，是一个真理，这是"信"。那些最终没有奶水的母亲，是放弃，而她不，她信，她不放弃。

她四处寻找来那些下奶的民间偏方，一张一张，虔诚地抄下来，贴在墙上。这些偏方看得老周心惊肉跳，老周问她道："这些东西，你不会真的吃吧？"陈香很惊讶，说："不吃，莫非把它们贴在这里当画看呀？"

它们让老周恶心。

有一个偏方，是猪蹄。做法是，将一只七星猪蹄，洗净、去沫、白水煮，不加任何调味品，不加盐，加一味中药——通草，煮成奶白汤，连汤带蹄，服食。

另一个偏方，是鲫鱼汤。做法是，鲫鱼一条，去内脏，不能刮鳞，洗净、去沫、清水煮，不加任何调味品，不加盐，煮成糊状，连肉渣带汤服食。

还有一个是米酒豆腐。相比之下，这个偏方要仁慈一些，但也最麻烦。首先，是要先酿出米酒，然后，用自酿的米酒，加红糖，加豆腐，煮成豆渣般的糊状，每天服食两次……

于是，这些没有盐，没有调味的荤腥，这些难以下咽的汤汤水水，就成了陈香每日餐桌上的主菜。好在生活在变，他们匮乏的城市里有了集贸市场，这些东西还不难买到。还在月子里，她就东寻西问句南方人讨来了酒曲，学会了制作米酒的方法。她差老周去买冚了一只小缸和白江米，让老周将小缸一遍遍清洗干净，然后自己动手，把江米浸泡一天后上笼蒸成半熟，入缸，再倒入亭先备好的凉开水，及一块一寸大小的酒曲，细细搅拌均匀，中间挖出一只深坑，一周后，就有清澈的米酒沁出来了，满屋飘散出米酒香。她惊喜地收获着这劳作的果实，把它们仔细装入玻璃瓶中，用宣纸封好。从此，米酒豆腐就成了她每日必不可少的早点和夜宵。此时，孩子出满月了，于是，给自己买煮汤的食材就成了她首当其冲的工作。她天天跑集贸市场、菜市场、副食商场，极其认真严肃地给自己挑选着那些多孔而肥硕的猪蹄，鳞片鲜亮的鲫鱼，还有至少六年以上的老母鸡这一类东西，当这些东西散发着古怪的气味端上餐桌时，陈香的眼睛里就会闪过一种母兽的神情。她迅疾地端起来，吃得又凶狠又回肠荡气，常常，鳞片沾在她的嘴角，她抬起脸，冲着老周粲然一笑。这种时候，老周心里觉得又恐怖又怜悯。

又一个月过去了，孩子满两月了，她的乳房沉寂着，没有动静，没有响应。

她母亲从另一个城市来看她，对她说："香啊，认了吧，别再遭罪了，这么长时间不下奶，那就是没奶了。有的女人生来就是石奶，你大概就是长石奶了。"

明翠也劝她："我说陈香，你再吃这些没盐的汤汤水水，恐怕就成白毛女了。"

她不听，继续吃，吃不放盐的猪蹄，吃不刮鳞的鱼，吃煮成糊状的米酒豆腐。

三个月过去了，仍旧没有消息，她的身体如同一片冻土。三个月的孩子，应该会翻身了，可是周小船不会。稀薄的牛奶使周小船看上去有了缺钙的征兆，他们抱他去医院，打了一针D3。打针使周小船哭得声嘶力竭，陈香也掉泪了。于是，她继续不放弃地吃下去。

老周终于说话了，老周说："陈香，尽人事，听天命吧。"

陈香回答："哥，你说，天命是什么？天命就是，这世界上的每一个妈妈，都应该有奶水啊！"

老周不说话了，他还能说什么呢？他早就知道，陈香身上，有一种别人所没有的圣徒的品质，她理所当然地把奇迹看作世间平常的事。老周想，让她折腾吧，豁出去，就让她折腾一年，莫非等孩子满周岁了，该断奶了，她还不死心吗？

就让她折腾。

折腾着，一百天到了。一百天头上，他们为小船操办了一个小小的"百日宴"，在外地的爷爷奶奶姥姥姥爷都没惊动，只请了楼下的明翠夫妻。明翠也是刚刚出满月不久，她生下了一个八斤的男孩儿，十分壮硕，但奶水不足，明翠的奶水只够肥壮的儿子吃个半饱，于是，陈香每日为自己炖猪蹄煮鱼汤时，顺便也给明翠送一份下去。只不过，明翠可咽不下去这些令人作呕的东西，不是把猪蹄重新用盐和酱油加工一番，让她丈夫下饭，就是把带鳞的鱼汤偷偷倒进了垃圾桶。

这天，明翠把自己的儿子小壮用奶粉喂饱了。灌进奶瓶的奶粉，让小壮吃得很不愉快。他用小舌头使劲朝外面顶那只让他讨厌的橡皮奶头：四十多天的人生经验告诉他，现在不是他吸这代用品玩意儿的时间。明翠充满歉意地哄着他，对他说道："噢——好宝贝，好乖，你帮妈妈一个忙，就今天一次，你帮妈妈一个忙，求你了……"

就这样，明翠从自己儿子嘴里，掠夺来了一顿午餐——这就是她送小船的礼物。于是，来到人间一百天的小船，第一次尝到了人乳的滋味。他吃得很香甜，他只是在最开始时有过一点点疑惑和惊讶，但第一口吞咽之后，他就被那香味、那原始的香味唤醒了。他忘情地、欢畅地、贪婪地吞咽着香甜的粮食，他伸出小手爱恋地捧着人家妈妈的乳房……一屋子人，安静地目睹了这场景。陈香眼睛湿润了，陈香轻声说道：

"明翠，等我下来奶，我一定帮你喂小壮……"

明翠笑笑，没有回答。让她说什么好？人说不撞南墙不回头，而这个人，是撞了南墙头破血流也不回头的呀。

晚饭时，陈香照例吞下了一大碗七星猪蹄汤，她刚刚放下碗，突然之间，两肋之下一阵过电一般的麻热，那麻簌簌热乎乎的感觉，如小蛇一样奔窜着，烧酒一般奔窜着，蹿进她的胸膛。两股暖流喷涌而出，一下子，濡湿了她的衣裳。这感觉惊住了她，她低头看着自己湿漉漉的前胸，突然之间醒悟过来。她一把扯开了自己的衣襟，然后，她就看见了那奇观：她的奶水，她等待了这样久这样久的奶水，如同春潮一般，汹涌着，泛滥着，她的乳房，如同两个喷泉，滋滋有声地向天空喷射着奶液。那些不计其数的汤汤水水，那些辛苦和坚持，连同她的血脉，此时，都化作了汩汩奔流的、芳香四溢的奶河，涌向她的双乳，就如同千条解冻的小溪，涌向大海。她大叫一声："哥，你看!"然后望着喷泉般的奶水，哈哈大笑。

老周闻声赶来，惊呆了。老周想，苍天哪，这世上，真的有奇迹。

三、写给小船

现在，我可以踏实地坐下来写信了。小船，我的孩子，这是妈妈写给你的第一封信。你吃饱了我的奶，睡熟了，我用相机拍下了你心满意足的睡相，你睡着了的时候，沉静得像个女孩子。有时我真希望你是个女孩儿，这样，将来就不会有另一个女人来和我"争夺"你了。想到有一天你会恋爱、结婚，我就妒忌那个将站在你身边、穿婚纱的女孩子——儿子，我得跟你说实话，我不会是一个无私的、宽容的、慈祥的婆婆，我永远不会像爱你一样，去爱你的爱人。

现在，你已经六个月了，体重某某斤，身高多少厘米，说来妈妈很骄傲，妈妈的奶水，丰沛得就像一头奶牛！一只奶，足足可以让你吸一百六十口！这是妈妈一口一口数过的，两只奶，就是三百二十口。儿子，有充足奶水的妈妈多么幸福！任你敞开吃、挥霍着吃也吃不了！楼下有个小弟弟，四个月了，他妈妈奶水不足，后来干脆就没奶了，他只好吃稀薄的牛奶，常常生病。现在，妈妈的奶，就请小弟弟来一起分享了。他名字叫小壮，我希望你们将来能成为好朋友，好兄弟，相亲相爱，就像妈妈和小壮的妈妈明翠阿姨一样。

这封信，有可能，你要在很久的将来才可能看到，要等到妈妈不在人世之后。但是，谁知道呢？生命的秘密，不在人的掌握之中，也许，会有一个意外发生——写到"意外"这两个字妈妈真是害怕，自从有了你，宝贝，妈妈变得胆小，对所有未知的事物心存绝对虔诚的敬畏，因为有了你，妈妈害怕死去。但是，我是说万一，万一有一天"意外"突然降临，妈妈离开了你，离开了这个世界，到那时，假如妈妈没有准备，没有给你留下这些话，那么，妈妈会死不瞑目。

所以，为了这个"意外"和"万一"，妈妈必须现在写这封非常难写的信。

就从你的名字说起吧，"小船"这名字，是妈妈为你起的，那是一个纪念，纪念你的父亲，生身父亲。他是一个诗人，叫莽河。等你读这封信的时候，也许，他已经名动天下，也许，早已销声匿迹，默默无闻。无论他将来怎样，我想告诉你的是，当年，我们相识时，他就如同神迹一样美好，如同阳光一样光明。他留给了妈妈一首最杰出最壮硕的诗——你。为此，妈妈永远永远感谢他，在妈妈心中，他是一个当之无匹的诗人，他惊世骇俗地使妈妈成为诗的一部分，我们共同完成了一个美丽的创造。

小船，我的儿子，你身上流着诗人的血。诗人，他们是一群被神选中的人，你不能用俗世的标准来衡量他，也不能用俗世的价值观来判断他、评价他、约束他。我希望你懂这个，我更希望你拥有一颗诗人的心，用诗人的心采体会这个世界。这是我一生所羡慕的事，我永远不可能知道世界在诗人心中是什么奇妙的样子，而你能。你有可能听见妈妈所听不见的声音，看见妈妈所看不见的颜色，发现妈妈所不能理解的神迹和光亮，儿子，这是你的幸运，也是你的宿命。

也许，你的父亲，他永远不知道这世界上有你这样一个儿子。也许，你也永远不想和一个从未谋面的父亲相认，但是，尽管如此，你要了解他，尊敬他。是他把你带到了这个世界，他创造了你，他给了你的妈妈巨大的秘密的幸福，他让我今生今世拥有了你。假如，在你读了这封信，或任何别的时刻，发现了你的身世真相之后，怨恨你父亲的话，儿子，那我会深深失望。因为，我相信你会有一颗父亲的心，诗人的心，浪漫、天真、善良。你们父子，会惺惺相惜。尽管，你们有可能对面相逢不相识，也不知道谁在天涯谁在海角，但是你们仍旧会互相怜惜，就像当年李白最倒霉的时候，只有杜甫，才能写出那样振聋发聩悲天悯人的诗句：世人皆欲杀，吾意独怜才。这是一个诗人对另一个诗人的深深爱恋，它超越一切。

现在，该说说你的另一个父亲了，儿子，你要记住，你有两个父亲。这个你一生下来就看见你的父亲，这个先于妈妈，第一个把你抱在怀里的男人，永远、永远都是你的爸爸。他爱你，这一点，妈妈比任何人都看得清楚。他肥厚的大手抚摸你的时候，你半夜里哭闹，他抱着你在屋子里转悠，嘴里乱七八糟为你唱各种歌谣当催眠曲的时候，当妈妈还没有下奶的那些日子里，他半夜里爬起来为你热牛奶，小心翼翼把奶水滴到自己手腕上试凉热的时候，泪水常常在妈妈身体里汹涌；他毫无障碍地、发自内心地视你如己出。在你之前，他曾经有过一个儿子，叫陶陶，乐陶陶的那个陶陶，但是这个陶陶在不满周岁的时候不幸得了中毒性痢疾，由于医生的误诊，耽误了治疗，走了……这是爸爸最伤心的事，也是他极力要隐藏的最大的隐痛，但是就在昨天，我上课回来，看见他站在窗前，抱着你，凝视着你的小脸，我看见眼泪在他眼睛里打转，我悄悄走到了他身边，他听到我的声音，说了一句："陈香，我觉得陶陶又回来了……"说完，眼泪就滴在了你的脸上。

他珍爱你，儿子。

中毒性痢疾，在他，是埋伏在人生道路上最大的一个凶险，最大的一个阴谋和邪恶，它似乎无处不在，这让他变得有些神经质，你的奶瓶、小碗、衣物、毛巾、尿布，他一定要自己洗，要自己煮，要亲手消毒，假如他不在的时候，我动手洗了，他回来之后一定要把我洗过的、烫过的东西再重新洗一遍，煮一遍，好像我会敷衍自己的孩子，好像我手上沾满了病菌，是一个疾病的传染源。你吃的水果、鸡蛋、橘子汁，他一定要自己去买，千挑万选。你喝的橘子汁，不是商店里卖的那种，都是他用鲜橘子亲手榨出来的。他不知从哪个药店里买来一只厚厚的玻璃盏，一只玻璃白，洗净、烫过之后，就变成了一只榨汁机，每天，把橘瓣剥出来放进盏中，用玻璃白小心地碾出汁液，再用煮过的纱布过滤出来，鲜黄浓郁、芳香四溢的一盏，就是你喝的橘汁。这个工作，爸爸一定要自己动手，他总是怕别人弄得不卫生……有时，他的坚持让我不高兴，我对他说："难道我是《芦花记》里的后妈？还是白雪公主的后妈？"其实，话一出口我就后悔了，我知道那是他的心病，也知道那是他一生的惧怕：惧怕瞬间的分崩离析和失去。

儿子，其实，这一切，用不着我多说，你会一天天长大，你会自己去感知一个父亲深厚无边的爱，我写下的，是你没有记忆的时候发生的事，就算我替你完成一个记忆吧。我想，你应该已明了我要说的话，那就是，将来，无论发生什么事，哪怕天塌地陷的大事，也无论你将来长成什么样的"大人物"，周小船，你要记住，周敬言永远是你的爸爸，你的父亲，你最亲的血亲！

亲爱的宝贝，妈妈写这封信的时候，内心一片静谧，就像这夜晚。你睡了，爸爸也睡了，你微微的鼻息，还有爸爸的鼾声，此起彼落，让妈妈踏实。九月了，我们的城市已有了秋意，这是它一年中最美的时光，杨树叶子黄了，银杏树的叶子也快黄了，当它们黄透的时候，假如，你走在一条乡野间的大路上，如洗的蓝天下，金黄的杨树，或者，银杏树与你突然遭遇，那时，你会被这种纯粹的、辉煌的美所深深感动，并且，你会理解，为什么有的人终其一生要走在这样的路上，就像你的生身父亲。

妈妈

一九八三年九月

这封信，陈香封在了一只没有标记的牛皮纸信封里，上面这样写了：给我的儿子，小船。第二天，她把这封信交给了楼下的明翠。她对明翠说：

"明翠，你就是我的保险箱——你一定要好好替我保管这封信，假如，我遇到什么意外，不在了，你要选个合适的时候，比如，小船考上大学或者是他十八岁生日的时候，你亲手把这信交给他。"

明翠回答说："呸呸呸！一大清早的，说些什么丧话？晦气不晦气？"但她还是把信接了过来，打量了一番，又递给了陈香，"这我可不能接，看上去像遗书似的，你怎么就能保证我不会死在你前面？我比你还大几个月呢！"

陈香不接，望着她，说道："除了你，我没人可托，还有，我知道你不会那么无情无义，死在我前面的，你要答应我。"

明翠笑了，她猜想得出来这封信大约是什么内容，她不能推辞："好吧，没见过你这么霸道的人，就算我答应了你，阎王老子也得答应啊，赶明天我也写封遗书，交给你替我保管，咱俩就算扯平了。"

明翠笑着，但她的眼圈儿红了。她觉得有些心酸。

第三章　春风号破琉璃瓦

一、风景

出雁门关，朝西，有个县叫朔县，再朝北，有个县叫平鲁，美国人哈默和中国合资开采的大型露天煤矿，就在这两县之间，叫平朔露天煤矿。由于这中国最大的露天煤矿的开采，一些村庄搬迁了，也是由于它的开采，一个庞大的汉墓群出土了。原来，在这肥厚辽阔的煤田上面，一直安睡着这片土地上的祖先。

汉墓群的发现，因为它的庞大，震惊了考古界。

一九八五年春天，当叶柔抵达这里时，汉墓群的发掘工作，方兴未艾，而露天煤矿的建设，也正热火朝天。机器终日轰鸣，路上尘土飞扬，而出土的部分文物，则陈列在一座叫"崇福寺"的寺庙里。陶器修复室，也设在那个从前荒草丛生的庙院。由于县里有人带领，叶柔被允许参观了陶器的修复。她站在一堆堆残缺不全的器皿中间，一堆堆碎陶片中间，感到了一种不可思议的神秘。这些两千多岁的器物碎片，比那些摆在博物馆里的完好的文物，似乎更具某种震撼力。它们阴气逼人，就好像，它们不再是任何一种具象的东西，而是摆脱了具象之身的灵魂，历灭的阴魂，美而幽怨。

崇福寺内，没有一个游人，寺内最著名的大殿佛陀殿，是金代原构建筑，没有历朝历代的重修、复建，古老的人字结构，屋脊上少见的彩色"跑脊人"，沉淀了几世纪的风霜。此刻，二十世纪八十年代的阳光清澈地照耀着它，它看上去似乎要倾塌了，但依然有一种荒凉的静穆与宏大，不动声色的尊严。檐下栖息了许多野鸽子，宽阔的石台基上落了厚厚的鸟粪。殿内有几百年前的壁画，佛的背光奇异而精致，美轮美奂。

时光仿佛在这里凝固了，叶柔想。

短短一周时间，她看上去消瘦了，脸上多了一种严峻和苛刻的神情，是对自己的严苛。正是黄昏时分，她不声不响忙完了手里的工作，一个人悄悄走进了空无一人的大殿，在佛陀面前跪下了。夕阳从背后笼罩住了她，就像神的抚摸。她双手合十，抬头仰望着那张安详静谧慈悲的脸，刹那间，泪水静静地流了下来。

她跪了许久，静静地流泪，感受着那一双洞穿一切的美目的凝视。此刻，她没有任何世俗的诉求，没有任何期许与愿望，连日来折磨着她的一切——幸福又羞耻的那个夜晚、疯狂又幻灭的激情与缠绵、对一个人无望却又无边无涯的想念，在这一刹那，像野鸽子一样从她体内飞走了。她奇妙地体会到了一种仿佛置身在时光之外的神秘的静谧。这珍贵的静谧虽然短暂，却是年轻的叶柔离神最近的时刻。

她可以一个人上路了。

二、叶柔的田野调查笔记

早晨，县里派了一辆吉普车把我送到了平鲁县一个叫安太堡的村庄。沿着这条路线，我将一直朝北，在右玉县出杀虎口，而不是朝西，在河曲过黄河。

安太堡也是一个即将消逝的村落，村里安排我住的地方，紧邻着公路，汽车一辆接一辆轰鸣而过，公路那边就是正在建设中的平朔露天煤矿的工业广场。再远处，便是黑驼山了。透过尘烟滚滚的阳光，看得见山上残破的烽火台，在时光中挺立着，像边塞诗。

不知为什么，鼻子一酸，烽火台让人惆怅。

村干部似乎很忙，却又一上午蹲在太阳地里，晒太阳说话。午饭时，县里下来几个农机局的人，村长请他们喝酒，他们开了十几瓶啤酒而不是高粱白酒，边喝边划拳，五魁首啊，四季财啊。这让我意外。不久的从前，在我居住的那个内陆省会城市，好多城里人还把啤酒叫作"马尿"，而现在，它已经如此地"深入"和普及了。这大概是"合资"给此地带来的变化吧？

外边，太阳地里，一个小闺女，跪坐在一张青石桌旁，在玩"抓拐"。她玩得很投入，很认真，很娴熟，沙包抛起来，接住，抛起来，再接住。四只羊拐骨，瞬间在她手下，翻出不同的花样。我隔着窑门看她玩，一阵一阵眼热。这古老的游戏，从前，我小时候也玩过的游戏，如今，在城里早已失传多年了。它是什么时候消失不见的？

下午我走访了一户人家，这人家姓黄，当家的有个学名，叫黄存厚，小名留根，年轻时走过口外。他家窑院很大，几个小伙子在窑院里修一辆小四轮，院子显得嘈杂而凌乱，整个村庄，整个安太堡，都是这样嘈杂而凌乱的。窑里倒还整齐，也干净，炕上的油布擦得明晃晃的，绿座红花，画的是怒放的大牡丹，还有彩蝶翩跹。主人邀我上炕，我盛情难却地脱了鞋，盘腿坐在炕桌前，可我知道，我盘腿的姿势，生硬，不受看。

村长三言两语说明了来意，忙别的事情去了。我开始问话。活了这么大，平生第一次做田野，心里没底，也不知道铺垫，上来就开门见山。

我问道："大爷，你是多大时候走口外的?"

大爷想了想，说："二十三上。"

我说："大爷，你就像讲古一样，给我讲讲你走口外的故事，行不行? 你随便讲。"

大爷说："就是个受苦揽工，没个甚讲头。"

通往别人命运的路，隐藏在荒草丛中，莽撞的践踏是一种轻佻的举止，也是对历史的不尊重。越接近此行的终点，我越明白这个。但当我面对第一个走访对象时，我急于想得到的，是有"价值"的线索和故事。

于是我说："大爷，歌儿里唱走西口，都是唱一个女人，给出口外的男人送行，千叮咛万嘱咐，你二十三岁上走口外，成家娶女人了吧?"

大爷半天不说话，吧嗒吧嗒抽了阵旱烟袋，是我熟悉的烟叶的香味，叫"小兰花"。大爷在小兰花的香味中开口说起了女人。大爷说他二十三上走口外，是带着新娶的婆姨上路的，婆姨叫个"二女"，十九岁。十九岁的二女来在口外，生下了他们的儿，他们的大小子。谁知道，大小子刚刚生下十天光景，一路奔劳的二女就生急病死了。他埋了二女，把儿子奶给一户人家，自己揽工挣麦子。不想有人竟要用一头大犍牛换他的儿，他死活不应。"娶女人为啥？还不就为个栽根立后。"他用烟袋锅敲着鞋底这么对我说。

"后来呢？"我问。

"后来就带上我儿，一路问人讨奶吃，回来了。"

"再后来呢？"我努力地做着最后的试探。

真的还有后来。二十五年以后，长大成人的那个儿，又去口外用一只红布袋"度带"回了二女的尸骨。只是，二女的骨骸并不能进祖坟，她还需要再耐心等着，等她的男人死后再与她入土合葬。当然，她的男人如今早已又娶妻生子，续娶的女人是个寡妇，叫王粉香。

现在，王粉香就站在当屋地下，为客人们添茶续水。

不到五分钟，这个叫黄存厚、叫留根的男人，就如此平淡地讲完了他的大半生。我不能再问"后来"了，可我很震撼。我知道这平淡的叙述中埋藏了怎样的惊涛骇浪和刻骨铭心的伤痛。假如我是个小说家，我想，就他怀抱吃奶的儿子跋山涉水一路还家的经历，就可以写成一部《奥德修纪》……还有男人朴素的深情，绵长却坚韧的牵挂，二十五年后，让儿子去口外寻找母亲的遗骨并带回故乡，想想，二十五年的时光，去寻找一个孤坟野冢是多么不易。还有那个挺着大肚子和男人在口外千辛万苦挣生活的"二女"，她一定也有一双让她的男人终生不能忘怀的美丽的"毛眼眼"……

王粉香走上前，为我的茶碗里续水，她笑得很温暖。

门帘一掀，走进一个老汉，小个子，背微驼，进门就上炕，抽水烟。水烟袋咕噜咕噜响，伴随着另类的烟香。我以为这是黄家的老人，原来却不是。老汉是邻家，来串门的。他的光脚板上沾满灰黑的泥，像是刚刚干完什么活计。说话间，接二连三又进来几个后生、闺女，围在炕下，听我们说话。刚才在窑院里修小四轮的后生们也进来了，其中有两个是黄存厚和王粉香的儿子。

我请教老人贵姓，老汉没听清。黄存厚替他回答说："姓李。"这下他听清了，冲我伸过手，用树枝般的食指比画了一个钩子——那是一个"九"。

"九辈子了，"老汉开口对我说道，"李姓人在这安太堡村，住了九辈子了。这下要连根拔起走了，死死活活都得走，神、人都得走了。"

我明白了，老人是在跟我说"搬迁"的事。如今，这才是所有安太堡人心中最大的大事，事关生存，事关每一个人、每一个家族乃至整个村庄的命运、兴衰。我忽然觉得我的到来，我的打搅是那样不合时宜。这村中，不光有人，还有坟，还有庙，五道庙和龙王庙，庙中的神灵，坟里的先人，这才是一村的老人们最挂心的大事。

这李老汉的儿媳，前不久淘沙被砸死了。砸死的女人算是屈死鬼，此地风俗，凶死鬼不能进祖坟。就算能进祖坟，祖坟也要挪动了。

李老汉很愁烦。

祖坟显然不太在年轻人心上，地上的一个小后生忽然问我说：

"记者，你去过香港没有？"

我摇摇头。我告诉他们我不是记者。

"和尚呢？你见过和尚没有？"

我点点头。心里奇怪这话题怎么一下子就从香港跑到了和尚身上。我说："和尚我见过，还见过尼姑，我去过五台山。"

"五台山"这话题，一下子让地上的后生和闺女们兴奋起来。不仅仅是后生、闺女，炕上的李老汉、黄存厚，还有王粉香也都兴奋了，"五台山、五台山"地问个不停，原来，村委会近日要组织村民旅游——游五台山。对我，这又是一个意外。

搬迁、旅游，这两件事，哪一件，都比回忆往事重要。

一夜，工地上灯火通明，公路上的汽车，轰隆轰隆，朝着那一片热火朝天却又孤独的灯火奔驰。这是我所经历过的最不安静的山村的夜晚。

今夜无人入睡。

三、北固山、凤凰城还有洪景天

从前，人们把平鲁城称作"凤凰城"。登上北固山，低头俯瞰，本地人就会极热情地给你画出这"凤凰"的全貌：南门是凤头，左右两眼甜井是凤眼，两边两座小山峦则是凤翅，凤尾便是这北固山了。山后，还修出一节石城墙，颇像翘起的尾尖。

东、西、南三座城门，城墙隐约可见，再远处，沿山势蜿蜒着的，是明代古长城残破的遗迹。

八十年代中期，人们还习惯把镇政府称作"公社"。洪景天就是"公社"中的一名宣传干事。洪景天原本不叫洪景天，那是他给自己取的笔名。洪景天写诗，他的诗歌，近年来除了在地区杂志上发表外，有一些，还发在了本省和邻省的省一级刊物上。于是，洪景天成了小镇的名人。

说来，"洪景天"原本是一味中药，这笔名的由来，缘自洪景天爷爷的一张药方。他爷爷是一位乡村郎中，下世多年了。从小，他是在爷爷身边长大的，和爷爷很亲。有一天，洪景天收拾旧物，从一本残破的《汤头歌诀》中，掉出一张陈年旧纸，是一张药方。他一眼就认出了爷爷敦厚、温和、小心翼翼的笔迹。这药方开给谁？它为什么藏在这里，永远不会有答案了……他久久望着那药方，一个陌生的名字，像一张陌生的脸，从熟悉的连翘、金银花、广藿香、板蓝根这些熟面孔中蹦跳出来：洪景天。于是，他有了一个笔名，那是对爷爷的纪念。

这一天黄昏，诗人洪景天端着一只粗瓷大碗准备到食堂去打饭，空旷的公社大院里，迎面走来一个人，一个旅人，背着一只挎包，拎着一只帆布旅行袋——这个时间，是从省城方向开来的长途汽车到站的时刻。来人径直走到了他面前，说道："请问，洪景天在吗？我找洪景天。"

洪景天回答说："在，我就是。"

"哦，"来人说道，"我猜你也应该是。我是莽河。"

"谁？莽河？"洪景天惊喜地叫起来，"我没听错吧？莽河老师！真没想到啊——太高兴了！怪不得今天喜鹊在我窗外叫了一天！走走走，先把东西放窑里，咱们去吃饭——"

这就是那个游历的年代常见的风景。在任何一个城市、小镇，任何一处边地，都有可能迎面走来一位远方的诗人，以诗的名义，和另一个从未谋面的诗人会师，带来意外和惊喜。这就是那个时代的浪漫和珍贵之处，也是它的天真之处：诗人在路上。

那一晚，莽河就住在公社大院洪景天的窑洞里。那是一间刷了白灰的干净的砖窑，一盘大炕占据了窑洞的二分之一的面积。炕是火炕，烧煤，亮晶晶的一小堆煤炭堆在墙角，洪景天不断把炭块夹起来填进毕毕剥剥燃烧的炕洞里。炕很温暖。他们围着一张炕桌喝酒，谈诗，谈各自喜欢或不喜欢的诗与诗人。傍黑时起了风，风越刮越大，此时，已经是在狂啸和怒吼。吼破了嗓子的狂风有一种说不出的凄厉与哀伤，像一大群身处绝境的动物。他俩出去小解，风吹得他们跟跟跄跄几乎站不住脚。莽河喘息着说道："我靠，好厉害的风！"

洪景天在风中大声回答说："春风号破琉璃瓦——"

这是此地的一句民谚，春风号破琉璃瓦，但是今年的风格外的肆虐，因为天旱的缘故。一冬无雪，开春后不见一滴天水。老年人骂年轻人说："看你们这些灰孙子，连白面吃着都不香了，不遭天年等甚？"

人们都说，该唱台戏了，一动响器，天就要下雨。

一夜，莽河似睡非睡，狂风在木格扇的窗外，号叫着，哭喊着。是成千上万个古代的亡灵在哭喊吧？莽河想。古城墙外，应该就是当年金戈铁马白骨成堆的征战的沙场，关山阻隔，世世代代的亡灵，在这塞外的荒野上游荡着，有家归不得。"可怜无定河边骨，俱是春闺梦里人"啊。

莽河想。

突然，炕的另一头，一直静静躺着的洪景天说话了，洪景天说道："莽河老师，我猜，你来这里还有其他的事情吧？"

莽河没有回答。

窗外，哗啦啦啦，传来了什么东西倒塌的声音。远远地，狂风裹挟着某种凄厉的悲鸣，听上去像是一声狼的哀号。

"听，是狼在号吧？"莽河开口问道。

"我没有听见，"洪景天回答，"是风吼，不是狼，如今狼很少了。"

"是啊，狼都转世成人了，"莽河无声地笑笑，"我觉得我前生前世大概就是匹狼。"

洪景天没有说话。

"你呢？要是有前世，洪景天，你前世是什么？"

"我？"洪景天想了想，"大概就是棵草药吧，一棵洪景天……你这匹狼受了伤，我给你疗伤。"

刚才，莽河已经听洪景天讲了自己笔名的来历，现在，听他这样说，心里一热。几句话开始在他心里翻腾，他在黑暗中把它们慢慢地念了出来：

洪景天在陈年旧纸上/左边是金银花那荡妇凉爽的身影/右边是绵马贯众，他如同侠客般来去无踪/爷爷，你藏匿了铁石心肠的时光/向我讲述，温暖的疗救……

洪景天静静地听，不知不觉，泪水流了一脸。这个狂风呼啸的干旱的春夜，给了他如此珍贵的一个纪念。他一生都会珍藏这一个春夜，他想，因为，平生第一次，他有了一个为他写诗的朋友。

"莽河老师——"他不知道该说什么。

莽河沉默了。许久，他开了口，他的声音不知为什么突然变得有些沙哑。

"你说对了，洪景天，我来这里，是想等一个人，我想试试我的运气。"

他不知道她会走哪条路。是从河曲保德过黄河，还是从右玉出杀虎口？这两条路，都是当年"走西口"的重要路线。

冥冥中，他似乎听到一个声音，这声音忽远忽近，告诉他："杀虎口，杀虎口，杀虎口……"于是，他选择了平鲁老城，这是出杀虎口的必经之路。而且，当年这个小城，是西口路上一个重镇，假如她走杀虎口，应该不会放弃这里。现在，他扼守着这从前的重镇，像等待一个离散的亲人一样等待着一个令人心疼的重逢。

幸运的是，这里有一个洪景天，一个写诗的朋友。

早晨，洪景天带他去食堂吃早饭，发现公社院子里一只砖砌的烟囱被昨夜的大风刮倒了。食堂里，吃早饭的人除了他俩，就只有一位戴眼镜、还是学生模样的副镇长。做饭的大师傅一边给他们往碗里盛金黄的小米粥，一边对副镇长絮叨："该动响器了，不动响器，下不来雨，动响器哇……"

副镇长可答说："愚昧。"

早饭后，洪景天带着莽河登上了北固山。

风停了。灰色的、颓败的一座小城，如画一样线条清晰地展现在了山下。莽河心里暗暗惊讶，他从来没有见过如此破败如此荒颓又如此骄傲森严的城池。到处是断壁残垣，所有的建筑都破败而灰暗，可却有一种凛然的时光的尊严，笼盖了这不容人轻薄的衰城。生活在这里的人，脸上有一种落寞的骄傲，现在，这骄傲就闪烁在洪景天的眼睛里，他向莽河描绘着这小城的"从前"——这是一座回忆的城，到处是"从前"的光荣与繁华：

　　从前，这北固山上，寺庙如林，玉皇庙、五道庙、奶奶庙、老爷庙，等等等等，是众神的山。最有名的"天福洞"，其实叫"千佛洞"，老百姓叫讹了音。这千佛洞，依天然岩洞而凿，供释迦牟尼，里面壁画七彩辉煌。晚上，洞口点燃七星长明灯，一夜高悬。站在城中十字街上往山上看，这七星灯就像是永不熄灭的小城的福星。夜风中，飘荡着一阵一阵清脆的钟磬、悠扬的箫管……据说，从前大同府和乌兰花的说书人，说这北固山的繁华盛景，半个月才从山顶说到山腰处……

　　从前，平鲁城内商号林立，数不清的买卖字号，遍布大街小巷，什么"永聚金""三义隆"，什么"丰恒泰""复源长"，做山货生意的"天庆园"，收羊毛的"协成店"，卖布匹绸缎的"万成厚"……走高脚的驼队，日日走在平鲁城的大路小路上，这城中的大客栈，都有宽敞的院子拴得下几十匹高脚牲口，人有歇处，骆驼、骡马也有歇处；人有热汤热酒，马有好草好料。到天明，精精神神一支高脚队，穿城而去，清脆饱满的驼铃，是这城中不断头的音乐。揽工的穷汉，住不起大客栈，就住"留人小店"，这样的留人小店，也有热汤热水热火炕，给人消困解乏。平鲁城心胸宽厚，不势利，是座仁慈的城。

　　从前，这里的日子，充满仪式感。一年两次大庙会，搭台唱戏，秋季还有骡马大会。三月二十八，要到天齐庙烧香、坐会；四月初八佛诞日，一城人，五更天去庙里"跪香"，香头红如繁星，一跪一炷香，跌一次香灰，磕一次头。四月十八，是去娘娘庙送"满堂鞋"，用彩纸糊十二双小鞋子，给神们穿。元宵、端午、八月半，不用多说了，二月二龙抬头，要在五道庙请盲乐人吹打，为什么？从前这里狼太多，糟害人，五道爷是管狼的神，二月里狼围窝，生小狼，请五道爷出山降狼；七月十五是鬼节，家家捏面人、点桃红，上坟烧纸；冬至节要"闹冬"，一家老小围炉而坐，啃羊头，吃羊蹄；腊月二十三，祭灶送神，大年初一五更天，男人们接神回宅，不光接灶神，还有各路家神、床公床母，一年到头，神人同在……

　　现在，他们就站在这传说中的北固山上，一切，荡然无存。娘娘庙、五道庙、天齐庙都没有了，就像从来没有存在过。而千佛洞，里面的洞口被严严地封死了，但洞口处插了根小小的枯树枝，树枝上绑了根红布条，摇曳着，想来是有人在此求拜过什么……有一个时期，山上，最高处，曾竖起过一座高高的领袖像，他高高地、孤独地站在那个制高点上，人们悄悄摇头说："不好，让主席给咱瞭哨了。"于是，又请了下来。终于，如今的北固山上，再没有一个神，也没有一个人了。

　　莽河在山上坐下来，静静府瞰着脚下的小城，灰色的、颓败的小城，在身旁这个人嘴里、心里却如此五光十色和温暖。他掏出烟盒，递过去，洪景天抽出一根，他自己也抽出一根，背过身用打火机点燃了，他们静静地坐在荒芜的空山上抽烟。许久，他开口说道："洪景天，你比我热爱生活。"

这话，让洪景天意外，他想了想，回答说："可能，是因为我没有野心——你热爱更宏大的东西，更抽象的东西。三岛由纪夫自杀前写了一张字条，他说：'人的生命是有限的，可我想永远活下去。'我没有这样的野心。"

是吗？莽河不知道，也许他只是没有"热爱生活"的能力，朴实而真诚地生活的那种深刻的能力。那里面的美和魅力，他体会不到。他从来没有像身旁的这个人一样，用这样柔情似水的眼睛，凝视他日日生活在其中的故乡。

四、跟我来

汽车在黄昏时分风尘仆仆到达了小城，人和鸡、猪崽以及货物一起挤下了车门。叶柔最后一个下车，她中途从安太堡上车，始终没有座位，先是站着，后来就挤坐在人家的行李包上，一路颠簸。此刻，在清新的春风中，她觉得自己灰头土脸的就像一个女鬼。

一个人无声地站在了她面前。

刹那间，她以为是在做梦。

他沐浴着夕阳，就像一个金人。小麦色的皮肤，散发着太阳的气味。他比她记忆中似乎还要高大一些，她不敢眨眼睛，这是她生命中少有的一个神性又虚幻的时刻。但是他走上前来了，从她手里接过了脏兮兮的旅行袋，也不说话，掉头就走。

她傻傻地站着，望着他的背影发呆。

他止住了脚步，回头对她说道："走啊！"

"去哪儿？"她终于脱口问。真实感渐渐回到了她身上。

"你住的地方啊。"

"我住的地方？我住哪儿？"

"Follow me。"他散淡地回答，好像他们分别不过才几小时。

说完，他大步流星朝前走，手里拎着她的旅行袋，不再回头。她只得跟上来，如同被劫持了一样，跟在他身后，走过陌生的黄昏的街巷。她看着他在前边走路的样子，魂牵梦绕的样子，眼睛渐渐湿润。但是她告诉自己，不能哭啊，叶柔，不能哭。

到了。原来是公社的大院，门口，挂着镇政府的牌子。

在最后一排窑洞前，一个年轻人迎了出来，看到他们，惊讶地喊了一声：

"哎呀，真接到了！"他一边喊，一边转身撩起了窑洞上挂着的棉门帘。

"这是洪景天，诗人，我的朋友，"莽河给叶柔介绍着，"这房子，就是他给安排的。"

"我们这里条件差，没有招待所，来客人都是住在这公社大院，"洪景天解释着，一边把叶柔让进屋，"不过被褥还干净，一号下房莽河老师就晒被褥，晒了三天。就是不知道叶柔老师睡惯睡不惯暖炕？"

"谢谢，"叶柔回答，"我喜欢暖炕。"

洪景天看着叶柔，看着这个从天而降的奇迹，第一眼，他甚至有些失望。他以为，配得上这奇迹的，应该是一个非凡的、妖孽般的女人。可她是平凡的，人间烟火的，好看也是那种大地上长出来的好看。可他抬头看见了莽河那双就像被突然照亮的眼睛，于是，他笑笑说道："我先去食堂报饭，暖瓶里有热水，叶柔老师先洗把脸吧。"

说完，他出去了。

又在一个窑洞里了，另一个窑洞，砖窑，刷了雪白的白灰，但仍然是陌生的，有着禁忌和诱惑的气味。她默默望着他，此刻，他脸上的散淡不见了，她看见了一双让她害怕的眼睛，那里，有深渊般黑暗的柔情和爱意。

她感到了危险。

"脸盆在哪儿？我想洗把脸，你先出去一下行吗?"她语气尽量平静地下了逐客令。

他不动。

"你住哪里？我一会儿过去找你。"她说。

他狠狠地盯住了她，她受不了他的眼睛，背过身去，假装寻找脸盆。只听他在她身后叹息似的说道："你这个女人，怎么竟是铁石心肠？算你狠!"

他一撩门帘愤愤地出去了。她无力地垂下双手，在窑洞中央茫然地站了一会儿。后来她走到炕边，在炕沿上坐下了，她发现自己像打摆子一样在发着抖。

再见面时，已到吃晚饭的时间，他和洪景天一起出现在窑洞外，喊她去吃饭。他们都变得平静，克制，甚至是，客气。灶房里，吃饭的仍然只有他们几个和戴眼镜的副镇长。现在，莽河和这位副镇长也已经熟了，知道他姓田，是个七七级大学生。他把叶柔介绍给副镇长认识，说："我朋友，来采风的。"叶柔马上从随身携带的挎包里掏出了学校的介绍信，说："镇长，我来做课题。"

副镇长接过介绍信看了半晌，笑了，说："来得正好，明天，地区二人台剧团要来唱戏，少不了要唱《走西口》。"

莽河也笑了："真要动响器了？"

"可不，"副镇长回答，"就算为了老百姓的心理需要，也得动——不过也怪，好多事，科学是解释不通的，就算是巧合吧。大研究生别笑话我们愚昧。"

叶柔回答说："我哪敢？"

又是一个纯粹的黑夜，小城一片黑暗，稀少的几点灯光似乎是为了衬托那黑夜的浓密和强大。仍旧没有月亮，只有一弯月牙和满天的大星星。他们三人，在叶柔的窑洞里围桌而坐。洪景天准备了酒、罐头午餐肉和罐头水果。酒是本地产的白酒，很烈。叶柔吃罐头水果，喝一种苦苦的大叶茶。莽河和洪景天，则把烧酒咕咚咕咚倒在搪瓷茶缸里，你一口、我一口，莽河喝得很沉默。

只有洪景天一个人，吃力地寻找话题。

"叶柔老师——"

叶柔打断了他："千万别叫我老师，我只不过是个学生，你叫我老师，我以为你在叫别人。"

"那好吧，叶柔，我没上过大学，也不知道'社会学'是讲什么的，我只是奇怪你为啥要选走西口这么一个题目做论文？歌里唱，戏里演的，这老题目，还能做出什么新意来吗？"

"那要看你怎么做了。"于是，叶柔认真地、过分认真地讲解起来，关于社会学，关于这一段历史中可能被遮蔽和过滤掉的内容，等等，她还说这一路采访过来，她几乎都想写小说了。

"好啊，那你写，写小说一定比写论文有意思。"洪景天回答。

叶柔热情、认真地描绘，似乎，只是对着洪景天这一个听众，她始终没看旁边沉默不语只是埋头喝酒的莽河。昏灯下，白酒浓郁的香气，像某种凛冽的、有毒的、正在绽放的花，泼辣、强烈的香气让人心神不宁。半茶缸酒，不知不觉，见了底，莽河伸手去抓酒瓶，几乎是同时，另一只手也伸了过去，按在了瓶子上。

"你不能再喝了，"叶柔说，"这酒太烈。"

两只手，抓着同一只酒瓶，四只眼睛，终于，在一晚上的挣扎之后，碰撞在了一起。叶柔看见了他眼睛里的痛苦，她握酒瓶的手又在发抖了，可她仍旧死死地抓着，不放松，就像在无望的黑暗的大海中抓着一块不堪一击的浮木。

"不能再喝了。"她说。

他望着她。她真实的脸，罂粟花一般鲜艳湿润的红唇，还有，深不可测难以捉摸的眼睛，像在雾气中漂浮着一般，一会儿清晰，一会儿虚幻。他笑了，摇摇头。

"你是谁？叶柔，你是妖还是人？是魔鬼还是天使？你为什么要这样折磨我？"

她咬紧了牙关。

"叶柔，你这个坏狐狸，你为什么要折磨我？"他的声音，突然像个又无辜又委屈的孩子似的，软弱得如同带着露水的仙草，她的鼻子一下子酸了。

"是你在折磨我，莽河，你不讲理，"她悄声回答，"你不该在这儿。"

"为什么？为什么我不该在这儿？"

"求你，放了我吧，"她终于说出了这句话，"别再来打扰我——"

他一下子攥住了她握酒瓶的手腕，死死地，像铁钳一样把那只细瘦的手腕攥牢了，似乎，他一松手，她就会像烟一样袅袅而散，"说，给我个理由！"他眼睛血红，低声咆哮，怒视着她，不像人，像受伤的野兽。

不知什么时候，洪景天悄悄出去了。窑洞里，只剩下了他和她。有毒的酒香，危险的酒香，早已让她溃不成军，她只是在做最后的挣扎。

"说！你说，叶柔，你给我个理由——"

"我害怕！"她突然冲着他大吼一声。

"害怕？"他愣了一下，"你怕什么？"

"我怕什么？"她凄伤地反问一句，突然像决堤的河水一样崩溃了，"你问我怕什么？莽河，我怕我自己，我怕我会不顾死活地去爱你，迷失本性地爱你！我不是个随便的、水性杨花的女人，我也不是疯狂的、浪漫的女人，可我为什么做了这么疯狂的事？……我怕尔，莽河，因为你是诗人——诗人总是不断需要新鲜的情感，新鲜的爱，新鲜的刺激，没有这些永远的新鲜大概就没有诗人永恒的灵感——可我说到底只是个普通的女人，我需要的是普通的爱，执子之手、与子偕老的那种！你给不了我，莽河，你不可能和我平淡无奇地终老一生，那只会让你厌倦——我怕你厌倦，我怕你有一天弃我而去，我怕我只不过是你生命中的一段逸事，一个插曲，我怕这样的结局——"

他突然用一个热吻堵住了她的嘴，心疼的、怜惜的长吻，心疼她的透彻和无助。他抱住了她，她想抗拒，但那抗拒不堪一击。她的身体，她的心，刹那间就被这令人窒息的缠绵亲吻瓦解了，她的灵魂好像被他吸吮出了体外，成了一缕游魂，在这窑洞的上方含着眼泪凝望着地上的那个无可救药的自己，沦入死亡般黑暗却狂喜的深渊。

终于，他松开了她，说话了，他说："叶柔，我不想欺骗你，海誓山盟其实很廉价，一生很长，我不敢说'终老一生'这样的话……我奶奶说过，人都是摸黑走夜路的，你愿意跟我一起冒个险吗？"

叶柔抬起了脸，和他对视着，那是一双绝对、绝对诚实的眼睛，深渊般黑暗的柔情和泪光足以让任何一个善良的女人灭顶。良久，她伸出一只手，抚摸他的脸，为他揩去眼角的泪痕。她知道她完了。她知道前边就是地狱她也要朝地狱里跳了。跳吧叶柔，她对自己说，这世上，所有绝美的东西都是短暂的、刹那的呀，比如晶莹的朝露，比如绽放的春花，比如珍贵的少女之美和转瞬即逝的青春……那么，又有什么理由要求爱情永恒？

他用双手扳住了她的脸："人都是走夜路的，这就是人生的魅力。叶柔，冒个险吧，也许，我明天早晨就会死呢——"

叶柔一下子捂住了他的嘴："别瞎说，头上有灯！"他微笑了，这阳光般无邪的微笑让她感到了一阵揪心的疼。她把他紧紧抱住了，突然想到一个词——挽歌，此刻她拥抱的好像是一段终将到来的挽歌，那是尘世的爱不能抗拒的宿命。

一颗流星划过了塞外庄严肃穆的夜空。

第四章　半个月亮爬上来

一、小城之夜

后来，叶柔总是这样问他："莽河，你怎么知道我要走杀虎口？"

莽河回答说："我就是知道。"

"你怎么知道我不会走河曲，从那里过黄河？"

"你不会。"

"为什么？"

"你过了吗？"

叶柔笑了，说："我差点儿就过了呢。"

莽河回答："可你还是没过。"

叶柔转身望着他："我做梦也没想到，你会追上来，在平鲁老城等我。"

"你想到了，我知道你想到了，要不，你怎么会放弃过黄河呢？"莽河认真地说。

他们在平鲁城停留了五天。

莽河以向导的身份，带领叶柔爬北固山，就像当初洪景天那样，告诉她哪里是凤头，哪里是凤眼，指给她看千佛洞的遗迹还有石碑，看烽火台，看远处山峦上外长城残破的蜿蜒。

晴好的春天，很难得，有风，但不凛冽，也不大，阳光很澄澈，长城、烽火台、山峦，在肃静的蓝天下，有种格外清晰的苍凉。叶柔眯起了眼睛，出神地眺望着它们。

"这一路上，看了多少烽火台，"她对莽河说，"清晨、黄昏、太阳当头的正午，不管什么时候，只要看见它，心里就觉得特别伤感。"

"我也是，"莽河回答，"看见它，想起的就是战争、苦难、离散，还有死。"

"好像，还不仅仅是触景生情，我也说不好。"

"那是什么？"

"你说，"叶柔转过来眼睛，望着莽河，"前生前世，我会不会是一个戍边将士的妻子？丈夫战死在沙场，我来这里，寻找死去丈夫的遗骨，想把他带回故乡，可是我没能找到……所以，生生世世，我都要来这里找他？"

"怎么像是孟姜女的故事？"莽河微笑了，"叶柔，也许你真该写小说。"

"我不是开玩笑。"叶柔摇摇头，"也许，真有前世的记忆，我们只是不知道罢了，但是它会让你做出一些奇怪的决定，比如我，我一直觉得，雁门关、嘉峪关、边塞、大漠戈壁，这些是我此生必将到达的地方，这也是我为什么要做这个关于迁徙的论文。当我第一次看到烽火台，心里一阵疼，不是形容，是真的心疼，物质的那颗心在疼，我恍惚觉得，那是一个旧景，我和它终于又重逢……"

莽河伸出胳膊搂住了她清瘦的肩头："也许，我就是你要找的那个战死沙场的将士。"

叶柔抬起头，默默凝望他的脸，望了许久。

"是吗?"她摇摇头，"我不知道，要是的话，我应该心安了，可我为什么还觉得不安呢?"

"看来你是个贪心的女人，你想要的太多。"莽河半开玩笑半认真地这么说。

叶柔笑了，笑得有些忧伤，"好吧，我努力要得少一点。"

在这安静、凋敝的小城中，叶柔收获颇丰，洪景天带领她走访了一些十分有趣的人物，有出过口的，也有没出过口的。眼镜副镇长也给她安排了很好的采访对象。那是识文断字的老人，做过地方上的小学校长。他为叶柔一五一十梳理了平鲁老城五百多年的历史，以及那些商家的兴衰，还有他们与口外和内陆的渊源。老人语气平和，像讲古，但是叶柔还是听出了其中深藏不露的隐痛和劣怀。

　　这里的人家，爱在躺柜上、米缸上、门楣上贴一些红纸条，上面写些吉庆话。躺柜上贴"用之不竭"，小柜上贴"取之不尽"，米缸上贴"米面如山"，而门楣上则是"出门通顺"，墙上贴的是花红柳绿的杨柳青年画，"燕青卖线""三打陶三春""梁山伯与祝英台"。叶柔坐在人家的炕上，这些红纸条，这些年画，会让她突然涌上来一阵说不出的眷恋和感动，为这种安静、平和、朴素的希望和又有几分狡狯的生活姿态。

　　晚上，是最愉快的时刻，他们三人盘腿坐在火炕上，围着一张小炕桌，开一瓶白酒，沏一大茶缸大叶茶，没有下酒菜，佐酒的是带壳的炒花生、醉枣、炒南瓜子和绵绵无尽的话题。酒香、醉枣的醇香，缭绕着，加上大叶茶的苦香，使夜晚变得亢奋。有时小城的文艺青年也会加入进来。有一晚，莽河讲起了高更的故事，高更怎样独自在塔希提岛上游历并寻找到了他的毛利新娘。高更和梵高，那是八十年代文艺青年们的神，文艺青年们向往并集体诗化了那样的人生：自由、浪漫、富有献身的勇气和激情。这故事让在场所有的人都慨叹着自己人生的苍白，可是只有叶柔想到了这故事的结局：那个鬓边永远插一朵红花的姑娘，两年后，忧伤地坐在岸边，目送着一艘轮船远去。那船开往欧洲，船上，有离她而去的男人。

　　莽河说得不错，她是个贪心的女人。她问这世界要的太多。

这一晚，等人群散尽，在满地花生皮瓜子壳的窑洞里，叶柔叫住了莽河。

"莽河，你愿意跟我走一程吗?"

"当然愿意，"莽河回答，心里有些奇怪，"咱们不是已经说好一起走了吗?"

"我是说，真的走，步行，一步一步，走到四子王旗，愿意吗?"叶柔望着他说。

两个男人同时叫起来，天哪叶柔! 于是，他们迎来了一个巅峰，夜晚的巅峰。叶柔笑了。可是她知道，再长的旅程也有终点……洪景天吃惊地发现，这一瞬间叶柔美得不可思议，她像被某种神光照亮了一样，美，却不祥。

莽河立刻在炕桌上摊开地图，寻找着，四子王旗，当年的乌兰花，无论过去和现在，这名字都很动听，有一种传奇性。他们在地图上计算着距离，讨论着路线，计划着每天可以走多少公里。讨论到最热烈的时候，莽河突然抬起了头，望着叶柔不相信地问道: "宝，你真行吗?"叶柔脸红了，还没等她回答，莽河自己抢着回答了，"没关系，你要真不行，我背你。"

洪景天隐藏起了他的不安，他愿意相信那是一种错觉，他笑着叫起来: "我说行了，我都要羡慕死你们了——可惜我请不了假，我也不能像莽河一样说辞职就辞职，我更学不了高更，我不是你们——我要能做你们多好！我要能跟你们一路走多好！"

莽河猛地给了洪景天一拳："兄弟，别，别说这种话！我们到一处地方，只要有电话，我一定给你打电话。"

"我会给你寄明信片，"叶柔也这样说，"我保证。"

洪景天望着他们，忽然之间有一种做梦的感觉，多年之后，他回忆起这些夜晚，仍然感到那里面有一种奇怪的虚幻感。可它们多美！某一天，一个陌生的诗人，背着简单的行囊，突然来到你生活中，和你谈论诗和爱情，激起你内心的波澜，然后消失。这样的时光，梦境般的时光，如同白云，飘浮在生活之上，供人仰望，所以，它又格外残酷。

那一晚，他们忽然都有了一种不舍之情，为即将到来的分别。洪景天和莽河，不住地碰杯，两个人都醉了。后来连叶柔也加入进来，三个人喝干了两瓶烧酒，叶柔只记得自己呵呵呵笑得很响亮，然后，就什么都不知道了。

二、叶柔的田野调查笔记

清早，洪景天送我们出东门，上路。太阳出来了，但天色黄蒙蒙的，洪景天说："看样子下午要起大风。"

我们说："没事儿。"

莽河说："我们朝东北方向走，顺风顺水。"

洪景天他一直送我们走出很远。

莽河说："兄弟，送君千里，终须一别，回去吧……"

我没敢看洪景天的眼睛，我怕自己忍不住掉泪。我只是回头留恋地看了看平鲁城，凤凰城，我不知道这一辈子还会再来这遥远的小城吗？

莽河突然动情地拥抱了一下洪景天，说了一声："后会有期!"然后，他猛地转身，拉起我的手，没有再回头。就这样，我们上路了。

走出很远，很远，突然，身后传来了"二人台"的歌声，高亢，嘹亮，说不出的悲伤：

> 哥哥你走西口，
>
> 小妹妹实在难留，
>
> 手拉住哥哥的手，
>
> 送哥送到大路口——

我惊住了，是洪景天，我猛地回头，远远地看见他背朝着我们，边唱边往回走，"二人台"特殊的发声方法，使这歌声嘹亮到近于凄厉，他用这种凄厉的歌唱为我们，不，为莽河送行，这里面，应该有我不能完全了解的东西：男人间的情义，古典的情义，士为知己者死的那种恩义……

我看到了莽河眼里闪过的泪光。

太阳钻到云里去了，我们沉默地走，公路像河流一样，在山峦间跌宕着。爬上一个高高的陡坡之后，莽河站住了，回过身来，朝来路的方向，望了很久。其实，从这里，已经看不到平鲁老城了，山遮挡住了它。但我知道他是在看它，在心里看。我也和他一起看，这小城啊，把莽河还给了我的珍贵的小城，还能再见到它吗？

终于，他搂了一下我的肩，说："走吧，宝，我们上路！"

我心里一暖，上路了。这是前人的路，也是我们两个人的。现在，天地之间，山水之间，只有我们，我和他，千沟万壑之中，初起的呼呼的风中，只有我和他。我的手被他攥在手里，叶柔，可以了，这一刻长于百年。

中午，我们来到了一个叫"花家寺"的村庄，风已经很大了。找到了这村中的村长，村长将中饭派到了一户赵姓人家。这家里男人学名叫赵有成，七十一岁了，瘦瘦小小，脑子还很清楚，身体也很健康，刚刚才犁地回来。他早年出过口，和村中一个后生做伴，出七墩，到过和林、呼市、武川，给人叼工。最后，在武川县拔麦子时，被傅作义的部队给抓了兵，当时是半夜，他正睡觉，村里人欺生，指认着叫兵们一绳子捆了他。他在傅作义的部队里当骑兵，南征北战，到过河北、甘肃、宁夏，解放军围城时，他正在北京，驻防在西南门一带，傅作义率部起义，于是，他又参加了解放军。三年后，从西北转业回乡，娶了一个寡妇。那年，他已经三十八岁了，寡妇给他带来两个孩子，又和他一口气生下五个，如今，老人儿孙满堂。

初来乍到，萍水相逢，有很多事情是没办法深问的，谈起往事、经历，都不过是短短三言两语。艰辛的一生，就如一股淡淡的水，远远流走了，无风、无浪、无声、无息。一路走来，我越来越怀疑，如果没有足够的尊重和敬畏，我有权利闯进人家命运的深处吗？比如眼前这个女人，知道她是再嫁的寡妇，一问，她和头一个男人成亲那年，才虚岁十四！就生儿育女，给人家当起了女人。再问，原来她是被自己的亲姑父领到"人市"上，以"卷席筒"的方式，卖给自家的男人的。

据说，这"卷席筒"买卖人口，是口外一带的旧俗，就是将人用一领席子卷起来，买家可从席筒两头伸手进去，捏捏脚、捏捏腿，摸摸人脸的轮廓，讨价还价……真是骇人听闻！听上去就像是在买卖牲口。我望着已经快六十岁的老人，不知道当初虚岁十四的那个孩子，被一领席子裹卷进黑暗之中的那种恐惧，当无数陌生的、强暴的男人的手伸进席筒摸她、捏她的时候，一个洁白无瑕的身体会感到怎样的羞辱和无助。如今，她脸上带着平静的微笑，三言两语，说着"卷席筒"，就像在说一件遥远的别人的故事。

午饭端上来了，是莜面窝窝和莜面鱼鱼，看来她是个精干的女人，饭做得很细致，蘸窝窝和鱼鱼的调和很香。莜面是雁北一带最主要的农作物，学名叫"裸燕麦"，耐寒。莜面窝窝是一种蒸食，各地叫法不同，在晋中等地，被叫作"栲栳栳"。民歌里这样唱：交城那个大山里，莫啦好茶饭，只有那个莜面栲栳栳还有那山药蛋……说的就是它。饭后给人家饭钱，死活都不收，赵老汉说："笑话，笑话，一顿粗茶饭，哪能要钱！"心里很感动，知道再坚持就是矫情了。莽河说道："大爷，我给你们一家人照几张相吧。"

这提议让大爷高兴。

这家女儿，打扮得像个城里姑娘，很时尚，烫过的头发高高拢起别在脑后，穿水洗布牛仔裤，是个初中毕业生。吃饭前，一个人趴在炕上练毛笔字，用小楷抄着什么东西。我看了看，原来她抄的竟是一篇小说。我问她："是小说吗?"她点点头，告诉我，作者是她的同学。现在，听说要照相，她转身进了对面的窑里，再出来时，脖子上多了一条漂亮的红纱巾。

莽河给大爷一家拍了许多张。

告辞时，大爷挽留我们，说："住下吧，晚上看戏。"原来村里搭起了戏台，请来了剧团要唱两天大戏，连本《刘公案》。我们当然不能住下，于是，大爷送我们出村上汽路，这时，天已是昏黄一片了。

狂风大作，风卷着飞沙走石，扑打在脸上，生疼，真是塞外的大风，名不虚传，能吹破琉璃瓦。莽河戴上了墨镜，我则用一块纱巾整个包住了头和脸。来到一面草坡前，莽河要给我拍照，大声喊："留个见证！到此一游——"我脸裹纱巾，在风中踉跄着站也站不住，身上的灯芯绒风衣鼓得像风帆一般，而他则根本端不稳手中的相机，那一定是一张对不准焦距的照片，影像模糊，却清晰地摄出了欢乐：它为我们的欢乐立此存照。

那是一条汽车路，却不见一辆汽车，一路行来，也几乎没见一个路人。飞沙走石的大风中，只有我们这两个旅人。路盘着山，绕来绕去，一会儿顶风，一会儿顺风。他拉着我的手，顶风时他低头走在我前面，试图用身体为我挡风，顺风时我们则脚不点地似的并肩飞跑……他在风中一边跑一边扯着嗓子号叫似的唱：

"哥哥妹妹走西口——"

傍晚，风终于小了下来。天就要黑了，一个小水库突然出现在眼前，小小的一湾，碧绿安静，湾在干旱枯黄的沟壑间，又温柔，又孤寂。水库后面，是一个小村庄，牛家堡，那就是我们今晚准备投宿的地方。

三、西口，西口

多年后，莽河仍旧能回忆起那些名字：梁家油坊、高墙框、右玉老城、杀虎口……这些貌不惊人的北方边地的普通地名，在后来的时光中，将像文身一样文进他心里，和他如影随形。

那是他们永恒的蜜月。

走进右玉县境，天气似乎一下子转暖了，他们和黄土高原迟来的春天猝不及防地相遇在了这个省份的最北端。公路一直沿着一条叫苍头河的河流北上，河谷里，意想不到的秀丽甚至是妩媚，一丛一丛水柳，这儿一蓬，那儿一蓬，远远看去，一蓬紫，一蓬绿，一蓬鹅黄，竟是江南的颜色；一片一片返青的树林，小叶杨，北方最常见的乔木，却长得异常干净、挺拔，嫩绿的叶片，树干洁白如同白桦。树丛里，"倏——"的一下，闪过了野兔的身影，又一下，则飞过了漂亮的野鸡。喜鹊跳跳蹦蹦在沙洲边饮水，而远处绿茸茸的草滩上，则有人在放牧牛羊。

许久以来，看惯了漫天风沙和寸草不生的荒山秃岭，看惯了孤独的烽火台、残破的外长城这些粗犷荒寒的塞外景色的眼睛，一下子，如同看见了一个梦境。他们禁不住走下了草滩，阳光下，青草生涩、新鲜的腥气如同某种爱抚一般让他们脚步变得柔软。他们温柔地、小心翼翼地踩着久违的青草，突然间，莽河"嘿——"地大喊一声，一回身，紧紧抱住了身边的叶柔。

"你怎么了？"叶柔吓一跳，慌忙问道。

"没怎么，"莽河小声地回答，"就是想抱抱你——我还没在春天里抱过你……"

叶柔不说话了，她扪脸默默地贴在了他暖暖的胸前，一阵鼻酸。这个花言巧语的家伙啊，叶柔想，一边伸出双臂抱紧了他。他们就这样抱着，在草滩上站了许久，汹涌的草香如同河浪一般使他们晕眩，莽河低下头去，望着叶柔的脸，突然轻声说道：

"叶柔，为什么你总是让人这么心疼呢？"

咩咩的羊叫声，打着战，突如其来地惊扰了他们，一群羊驯顺地从他们身边拥挤着走过，两个小羊倌，一个十四五岁，一个十二三岁，手持羊铲，小的那个，用树枝架着行李卷，挑在身后，正好奇地瞪大眼睛，打量着这两个拥抱在一起的男女。

"你们是照相的?"大的那个指着莽河身上的照相机这么问。

他们两人对视一眼，笑了。

被人当作走乡串村照相的手艺人，这已经不是第一次了。就在两天前，他们在公路上碰上了一队驮水的牲畜，十几头毛驴、骡子，浩浩荡荡晃晃荡荡驮着木桶，缓缓从坡上下来，莽河举起相机拍下了这镜头。忽听公路下面的沟底有人大声喊："照相的！照相的——"

那是一户庄户小院，土窑，木窗，紧邻着土崖。干干净净的院子里，晒着粮食。一个年轻的农妇正在向他们招手。

"叫我们?"两人你看我，我看你，居高临下，一时没听明白。

"照相的！下来！给照张相——"

他们一下子笑了，急忙回答说："好嘞——"

于是，他们下到了沟底，来在了人家的院子里。一条极凶的大黑狗，汪汪叫着，被一个小女孩用手蒙了眼。女人抱着一个小孩子，精明地打量着他们，说道："先看看你们的相片，好才照呢!"

莽河冲着女人笑了:"大姐,我们照相不要钱,我们用相片换你一个故事。"

女人瞪大了眼,没有听明白,是啊,谁能听明白他在说什么。他望着女人怀里的孩子,问道:"是要给这孩子照相吧?我看看,让孩子坐在哪儿?……"他四面望望,然后用手一指摊在地上的粮食,金灿灿芳香的一摊,"这儿不错,大姐,你把孩子放这儿——"

后来,这位年轻冒失的农妇,这位大姐,总算弄明白了他们不是流浪四方的"手艺人",可他们究竟是干什么的,却始终懵懵懂懂。不过,结局是温暖的,他们给孩子和粮食、女孩儿和大黑狗、女人和窨洞、和石磨碾盘、和窑顶上的枣树、和一碧如洗的蓝天,都拍了照,他们留下了女人的地址,知道了这小村的名字叫"交界",女人的名字叫"石桂花"。然后,他们就在交界村石桂花家的炕头上,吃了一顿很香很可口的午饭,莜面搓鱼鱼,炒酸菜,羊肉口蘑调和。

还听了一个故事,是关于石桂花的公公,一个赌徒,早年间走口外的故事。

此刻,在这阳光灿烂的草滩上,两个小羊倌见多识广地、好奇地站在了他们面前,说道:"你们是照相的?是照相的吧？"

"对，"莽河笑着放开了叶柔，"小兄弟，想照相是不是？"

"照一张，多少钱？"羊倌警惕地、审慎地望着莽河的眼睛。

"不要钱！"莽河爽快地回答。

两个孩子吃惊地瞪大了眼睛。

"不要钱，小兄弟，本来我们是用相片换故事的，你们俩，优惠，故事也免了！"

兄弟俩，你看我，我看你，终于，大的那个想起了什么，问道："你们是记者？"

"算是吧。"莽河信口回答，"来来，站好！"

于是，照相机镜头对准了这小哥俩，他们身后，是羊，是波光粼粼温暖的苍头河。弟弟蹙着眉头，一言不发，挑着他的行李卷，哥哥则露出一点憨笑。叶柔望着他们笑了。

"照片给你们寄哪里呀？"叶柔问那个哥哥。

"中旗，察右中旗，广昌隆公社，黄羊沟村。"这次，抢着回答的竟然是弟弟。

"察右中旗？"叶柔愣了一下，"那是在内蒙啊！"

"是，是在内蒙，中旗是我们家。我俩在这里徐村，给人家放羊……"哥哥说道。

哦，叶柔不笑了，她望着这两个小小年纪背井离乡出外打工谋生的小羊倌，这勇敢的让人动容的小哥俩，不知道该说些什么。她想伸手摸摸弟弟的脑袋，又觉得这是个轻浮的动作。许久，她冲着弟弟点点头：

"我们只要碰到能洗照片的地方，就马上把你们的照片洗出来，寄回那个——察右中旗，黄羊沟村。是黄羊沟村，对不对？让你妈妈看看你们现在的样子。对了，小弟弟，你刚才一直没有笑，你是不是立该笑一笑？让你妈妈看了高兴和放心？来，我们来重拍一张，拍一张快活点儿的，怎么样？"

这一次，面对着镜头，弟弟笑了。黑黑的小脸，风吹日晒粗糙的小脸，一笑，犹如万物花开。笑容在他动物样洁白的牙齿上闪烁着，流光溢彩，一个妈妈看到出门在外的小儿子这样的笑容，一定又骄傲又伤心。

如今，他们竟然真的站在了这个叫"察右中旗"的地方。

时间是在半月之后，天气已是晚春的天气，河套平原上的太阳在正午时分已经让人感到了几分灼热。从杀虎口出来，他们最终还是选择了乘汽车直奔呼和浩特。因为在杀虎口，莽河生病耽搁了一周的时间。抵达杀虎口的当晚，莽河半夜里发起高烧，止不住地泻肚子，腹痛如割，急性肠炎也许是痢疾改变了他们预计的行程。这是此行中最让莽河感到沮丧的地方，从平鲁老城到杀虎口，两百多公里的跋涉居然就放倒了他这样一条一米七八的汉子！他躺在小镇的卫生院里输液，叶柔安静地、片刻不离地守在他的病床前，为他擦汗，扶他上厕所，操心着液体的滴速，做着一个看护该做的一切。他躺在那里，一遍一遍地重复着同样的话：

"真该死，我要是不喝那瓶啤酒就好了，一定是那瓶啤酒有问题！"

"可能。"叶柔回答。

"我当时就觉得不对劲，那么浑浊。"

"是，你是说了。"

"那你为什么不拦着我？"

"对不起。"

他一遍一遍地问："你为什么不拦着我？"她则耐心地、抱歉地一遍又一遍地回答："对不起，对不起……"好像一切都是她的错，都是因为她没有阻拦。其实，他和她都明白，他要说的，不是这个。

几天后，他病愈了，但严重的腹泻使他消瘦脱形。这期间，叶柔借用镇政府的电话和导师联系了一次，导师要她在某日之前返校，也就是说，这个日子，比原计划提前了一些。这样一来，他们不得不改变那个在河套平原漫游的计划了，只得改乘长途汽车登程上路。

离开杀虎口的前一天，黄昏时分，他和她爬上了山坡上明长城的遗迹，默默眺望着脚下的城池，远处的群山。从前，这是古长城上最重要的关隘之一，唐时称它白狼关，宋时叫它牙狼关，是兵家扼守的要塞。清代以后，这里遂成为通往口外、通往河套平原、蒙古高原乃至更远的地方——大库仑（乌兰巴托）和俄罗斯西伯利亚的重要通道。现在，从山西开往呼和浩特的长途汽车，仍然要从此口经过。

古长城早已残破不堪，坍塌了，但有些地方仍然能够看得出它顽强的、不屈不挠的孤独的蜿蜒，最后的蜿蜒。残阳如血，是一天中最忧伤的时分，那一点依着山势残存的痕迹就像长城的遗骨，遗骸，像它的幽魂。叶柔抚摸着土质的残墙，突然有一种强烈的悲怆与不舍。莽河伸手搂住了她，他们就默默地站在长城的遗骸之上看着夕阳一点一点坠入群山。平生第一次，他们看到了一个壮美的长城落日。

"真美！"叶柔叹息似的轻轻说道，"杀虎口，再见了——"

天色就要黑下来了，这时，莽河突然没头没脑地说了一句："对不起——"

叶柔回头看他。

"对不起，"莽河不看她，他眼睛望着渐渐沉入黑暗的山峦，"这些天，你跟我说了那么多对不起，其实，该说对不起的，是我……叶柔，谢谢你——"

叶柔无声地笑了，没有回答。

"你怎么不抱怨呢叶柔？我那么不讲理，像小孩儿似的胡搅蛮缠，任性。"

叶柔望着他轻轻摇摇头："莽河，告诉你一句话，男人不会成熟只会变老。"

他猛地回头，瞪起了眼睛。

她笑了："这不是我说的，是一个叫保尔·艾吕雅的人说的，是你们诗人自己说的。"

他也笑了，更紧地搂住了她纤细的小肩膀，那纤细总是给他一种错觉，以为稍用些力气就能使它散架。可其实它是坚韧的，有担当的，宽厚的，病中，有许多昏昏沉沉朦朦胧胧的时刻，在异乡昏暗的灯下，他以为是母亲的手在抚摸他，为他做着那些琐碎而吃力的、亲昵又温暖的事。

"你烧得迷迷糊糊的时候，一直叫'妈——'"叶柔温暖地说，"像个孩子。"

月亮升起来了，是轮大月亮，清澈，皎洁，无限明净。起了山风，月光下的山风，浩荡而缠绵。这是属于"口内"的最后一夜，长城、关隘，明天一早，就要和这一切告别。他们在风中拥抱着站了一会儿，叶柔说道：

"一千年前，我肯定来过这儿……莽河，你信吗？"

"我不知道，"莽河老实地回答，"叶柔，我不知道。"

她宽容地、宽厚地笑笑。

"一千年前／一个今天的姑娘站在唐朝的山巅／他们合谋掩埋了一个秘密——叶柔，这是一首诗的开始。"莽河说。

叶柔心里一暖，是啊，那是一个什么秘密呢？为什么她对这样一个荒凉的、非亲非故的异乡，一个从没到过的地方，这么依恋，这么动情？为什么对于"迁徙"这样一个受人冷落的题目这么热情和痴迷？她不知道，也许，永远不会知道，但她的脚曾一尺一尺地亲运过、穿越过这片土地，在二十世纪八十年代中期，在交通工具已经很发达的时代，她选择了最古老的方式向这土地表达了她的敬意，这如同一个生命的仪式。

第二天上午，从右玉县城开来的长途汽车将他们载到了呼市。从那里他们搭乘一辆顺路的卡车来到了乌兰察布盟盟府所在地集宁市，叶柔的导师有个学生在这里的师专教书，他负责接待了他们，并建议他们去察右中旗，因为那里从口内出来的山西人很多，而且开发后大滩的时间要早于他们原来的目的地——四子王旗。

304

就这样，他们来到了两个小羊倌的故乡。

中旗，过去叫陶林，这是一个他们从沿途乡亲们嘴里早已听熟的名字，它几乎挂在每一个出过口外的老乡嘴上，有太多和他们命运相关的故事发生在这个地方。导师的学生为他们介绍了几个本地的朋友，在文化馆或学校一类的地方供职。朋友告诉他们，从前，更早一些的时候，陶林不叫陶林，叫科布尔。科布尔是蒙语，什么意思？一个姓王的朋友说，科布尔就是"蓝色的湖泊"，而另一个余姓朋友则说，科布尔意即"软绵绵"，因为这里到处是沼泽，还有一层意思，在放牧的时代，这里的羊从来不剪羊毛，由它自己脱落，脱落的羊毛使这里变成一个绵软的世界。

总之，这是一个丰美的地方，草肥水美，牛羊肥壮。

起初，他们是从姓王的朋友那里，听说了"义兴全"这样一个名字，他们一边喝酒一边听老王讲家史，老王的祖父早年间，从山西定襄出口谋生，从推车挑担做起，终于，在离科布尔镇十几里的地方开了一个商号"义兴全"，经营布匹、马群。后来，跑马圈地，雇人耕种，渐渐地，就有了一个叫"义兴全"的村庄。

这让叶柔心里一动。

"王老师，"叶柔开口问道，"有个'广昌隆'乡，也是一个商号的名字吗？”

"对，不错，"老王回答，"科布尔有很多村子，都是叫商号的名字，像广巨隆啊，广益隆啊，义兴全啊，都是。"

"为什么？"叶柔忙问。

"当年，这些杠子都是商号的地庄子呀。那时候科布尔还是牧区，无人耕种，传说它有九十九个海子，草鲜水好，到夏天，草长得没住人腰。咱山西商人，以商号的名头，在这里跑马圈地，买下地庄子，再雇口内的老乡来这里开荒、耕种，种麦子，种谷子，当然也种洋烟，也就是罂粟。有人春天来，秋天走，有人就落住了脚，在这里栽根立后，这里，就有了一个一个农耕的村庄，有了一代一代种田的农民，有了鸡鸣狗吠，有了口内所有的一切，后大滩就这样被开发了出来。"

哦！原来是这样，叶柔突然激动起来。那是叶柔第一次探寻到了"山西商人"或曰"晋商"这样一个特殊的群体，探寻到了这样一段在正史中从来未着一字的历史。她很兴奋，在中旗的街头四处游荡，想寻找到这些商号的痕迹，寻找到一个可以触摸的历史的入口。当然，她什么也没找到。

太阳沉落了，一天就要结束了，在一条小巷口，她和莽河碰到了一班乡下来的"鼓匠"，远远地，他们就听到了鼓匠的吹打。原来，巷里有人家殁了人，请来了广昌隆乡小东滩的鼓匠班子守灵发送。他们站在看热闹的人群里，唢呐嘹亮高亢，又快活又哀伤。看热闹的人评点着说："比街上的班子好！"叶柔和莽河这两个外乡人，也不知道这"街上的班子"是指哪一家。

鼓匠们吹打的，是晋地的民歌小调，想亲亲，割洋烟，还不断地有人在一旁点曲子，说："吹段《走西口》——"果然，唢呐一顿，转了调，凄厉得如同一个女子的叫板，《走西口》来了。

"哥哥你走西口，小妹妹实在难留……"

唢呐哭着，喊着，是晋地那些名叫翠莲、桂花、翠英、桂梅的女人几百年来的哭诉，一代一代的翠莲、桂花，一茬一茬的翠英、桂梅，站在她们家乡的崖头、村口，朝着黄尘大路，朝着苍天喊叫。晋地女人们哭破了嗓子，眼泪流成了血河，于是，长草的地方有了庄稼，有了村庄，有了商号，有了几个男人的功业。

唢呐真是个好唢呐，它朝人心里钻。叶柔流泪了。

第二天，他们乘车来到了广昌隆乡。

四、墓志铭

车停在黄羊城时已是傍晚七点。从呼市开来的长途汽车，一路风尘卸下了他们，这里，就是广昌隆乡了。暮霭中，四野显得苍茫辽阔，远远一脉平缓柔和的山坡，围着大片青青的麦田。只有银弓山，苍青峻伟，在平缓的山背上忽然划出极奇特突兀的曲线，幽幽的，黑黑的，神秘安静。据说银弓山里蕴藏着墨金。

太阳一点一点地从银弓山上栽下去。

黄羊城没有旅馆，他们找到了"公社"也就是广昌隆乡政府，准备投宿一晚。不巧，这天，乡里来了一群大人物，盟里的副盟长、旗长以及一大批随从到这乡里视察。乡里的上上下下，忙得谁也没有工夫看这两个年轻人一眼。他们只好走了出来，重新站在了公路边，两人你看我，我看你，笑了。

"我要是省长就好了。"莽河耸耸肩膀。

"多可惜呀，你不是。"叶柔学他的样子也耸耸肩，"诗人，这里离黄羊沟村有多远?"叶柔问道。

"从地图上看，怎么也有十多里。"莽河回答，"你想赶夜路?"

"你不想?"叶柔反问。

"有狼。"莽河吓唬她说。

"反正露宿旷野也是喂狼。"叶柔嫣然一笑。

莽河也笑了。奔波了一天，又累又饿，再赶十几里夜路，他真是怕叶柔吃不消。"我说，你行吗?"他问叶柔。

308

"有你呀，"叶柔回答，"走不动，你背我！"

多年之后，莽河常常想起这句话，这是叶柔跟他说过的唯一一句撒娇的话，小女人的话。这一路，千辛万苦，住过最破的破窑，盖过黑乎乎最脏的破棉被，受过各种冷眼，经历过酷烈的风吹日晒，可是，她从没有跟他撒过娇，她也从来没有跟他说过累、饿，或者哪儿哪儿疼、痒、难过……好像，她纤细好看的身体不是一具肉身，不是一具血肉之躯。这让他讶然，那时，他以为这具身体是远比常人坚韧的，柔韧的，受着神格外的庇佑，是一具金刚不坏之身。

他们回去和乡政府的看门人打听清楚了方向，就上路了。路是一条大路，坦途，洒满月光。月不是满月，是半轮月亮。抬起头，满天的星星，有种慑人的绵密和静。夜风吹来麦苗新鲜的香气，麦田里，远远地，这儿一盏，那儿一盏，亮着灭虫的黑光灯。

"半个月亮爬上来，咿啦啦，爬上来——"莽河突然放声唱起了这支关于月亮的歌。

"照着我的姑娘梳妆台，咿啦啦，梳妆台……"叶柔也小声地和唱。

"月亮出来亮汪汪，亮汪汪，想起我的阿哥，在深山——"莽河又唱起了另一曲月亮的歌。

"哥像月亮天上走，天上走，山下小河淌水，清悠悠……"叶柔又小声地跟上了下半段。

他们就这样走着，唱着，一支接一支，唱着天上的这轮月亮，千年万年的这一轮月亮，原来世上有这么多关于月亮的歌，中国的、外国的，从前的、今天的，唱着唱着，莽河忽然住了口，他跨到了叶柔的前面，弯下了身子，说道：

"来，上来！"

叶柔莫名其妙："干什么？"

"上来呀，"莽河回答，"你不是说，走不动了，让我背你吗？"

"我没走不动啊？"

"你就是走不动了！"

"我没有！"

"就算你走不动了，行吗？"莽河回头，望着月光下她的眼睛，那眼睛深、黑、安静，他们对视了片刻，叶柔有些羞涩地笑了，"就背一小段。"她说。

他真的背起了她。

他背着她，走在洒满月光的公路，清香的公路。夜很壮阔，他们很小，很亲。她伏在他背上，像在方舟上摇晃。他们走得又沉默又温暖。

"莽河——"她轻轻叫了他一声。

"嗯?"

"跟你说实话,我是走不动了。"

"那你为什么不早说?"

"好多时候,我都走不动了……走不动的时候我就想,不怕,有莽河呢,我倒下了,他会背我……"

"可你一次也没跟我说过,你一次也没让我背过。"

"你这不是在背我吗?……你真有力气,哥。"

这平常的一句话,不知为什么,差点让莽河掉泪。一句话从他嘴里脱口而出:

"叶柔,你愿意一辈子这么走下去吗?和我?"

终于,他说出了那个词,那个禁忌:一辈子,或者,永远。他许诺了,海誓山盟了。他自己似乎也被这许诺惊了一下。

良久,叶柔叹息似的说了一句:"哥,别说这样的话,我会当真的。我不要你的一辈子——"

"那就三生三世。"他说。

她搂紧了他,把她的脸紧贴在他的脖子上,慢慢地,有热乎乎的东西濡湿了他的脖子。这无声的流泪让他说不出的心疼和感动,他不知道她身上为什么会有一种不明就里的原始的哀伤，对了，是原始的哀伤，那是她身上最打动他的地方，那里有一种神秘的力量。

那晚，他们在近九点的时候终于敲开了小羊倌家的大门。差不多一村的狗都叫了，第二天一早，一村人都知道张七十一家昨晚留宿了客人。

张七十一是两个小羊倌的爷爷，六十出头，关节炎让他走路一瘸一跛。他爷爷七十一岁那年他来到人世，于是"七十一"就做了他的名字。两年前，他自己的儿子，也就是小羊倌的爸爸，在口内背窑被砸死，老伴生病落下了饥荒，不得已，才让自己的两个小孙子去口内给人家放羊。

小羊倌们的娘，胡冬姐，捧着儿子的相片，两手直哆嗦，眼泪扑簌簌落个不住。

因为这几张照片，他们两人，就像传说中传书的柳毅一样，被张家一家人奉作了贵客。胡冬姐给他们捅火做饭，擀面条，摊鸡蛋，炝葱花，吃了，喝了，又从邻家新结婚的新娘子那里借来了两床新被褥，那被褥又松软又沉实，散发着新棉花的香味，太阳的香味。艾河睡在羊倌兄弟住过的小屋，叶柔则和胡冬姐睡在一条炕上，他们睡得十分安稳、安心、香甜。这是一路行来，他们盖过的最干净清香的棉被，最温馨有情义的棉被。

第二天，早饭后，他们就听张七十一给他们讲村史和张门一族的故事。当年，这里还是牧区，张七十一的老老爷爷，一个名叫张善的后生，从晋地老家忻州东红院来到了这里，先是给人家地庄子上垦荒，后来，慢慢地，从东家手里买下了荒地，于是，黄羊沟村就有了张家自己的土地。

那时，说不好是哪年哪月，官家放地，买家骑在马上，纵马飞奔，马跑不动了就是自家地庄子的边界，可以想象那辽阔。种不过来，再转手卖出去。张善和兄弟张良一咬牙，打下饥荒，从广昌隆手里毅然买下了荒地，拿绳子一牵，从此，地姓了张。那地，蒿子长得有一房高，像麻秆，黄羊成群，在白茅草中奔跑时自由而矫健。弟兄俩搭起茅庵，在地上深深挖一个坑，上面盖上蒿秆，这就是他们最初的家。

夜晚，他们在狼嚎声中入睡。草原上的星空，美不胜收，那是和他们无关的美景。

地一锹一镐地开垦出来，依照时令，种下了小麦、大麦、莜麦，种下了菜籽、胡麻和山药，当然，还有洋烟。洋烟开花的时候，这里就成了花海。

一年又一年，这里成了一座村庄，盖起了房屋，养起了牲畜，娶来了女人。于是，洋烟成熟的时候，男人在前头割，女人家在后头摁。女人生下了儿女，儿女长大了，又迁来了别姓的人家，姓李的，姓杨的，姓于的……于是，盖起了更多的房屋，养起了更多的牲畜，娶来了更多的女人。鸡鸣狗吠，炊烟升腾，村名却还是原先的地名——黄羊沟村。只是，这里再没有了黄羊的影子。

有人烟的地方，自然就有兴衰的故事，说来，这小小的村庄，也有过"张塌李发"的典故。和所有败家的原因差不多，张家某位家主，抽洋烟抽败了家，李家本是张家的长工，长工和东家，闹了个结拜，东家卖地，长工买，于是，张家塌，李家发，三十年河东，三十年河西，李家成了黄羊沟村的首富。最兴旺的时候，李家有大牲口百多头，十六七犋牛，土地连成了片，套上牛一气扰犁到东山上。柴火垛垛得像座山，居然掏了个洞，安了碾盘敆磨坊，有一年着了火，大火整整烧了两个月！发了家，自然要起屋盖院，房子上筑起了炮台，养起了家兵，为的是防土匪。

然而，尽管张家败了家，可远近人说起黄羊沟村，还是说，那是张家的原言。

从张善、张良，到张七十一，张家在黄羊沟村，已经是第六辈人。

有一年，那已经是新中国成立后，张门族中，一家出一块钱，尺半布票，请人画了张氏家谱。这家谱后来让人烧了。如今，毁灭的家谱上那些拓荒的先人，没有回到故乡晋地，而是长眠在了这里。

正午的太阳，明晃晃地照耀着这片叫"西坡"的地方，连天接地的空旷之中，五个坟包，簇拥着，联手比肩，肃立在万里无云的青天之下。远处缓缓的一面山坡，耕过却没有播种的土地像金子一样静静流泻下来，四周都是这样没有播种的寂静无声的土地，金子般的土地。五个坟包，被这一大片明晃晃的空旷拥抱着，挤压着，小小的一簇，说不出的孤独。五个坟包，除了摇曳的荒草，没有任何标记，无碑，无字——这就是张家老坟。

阳光下，莽河和叶柔这两个外乡人，被这深不可测的无字的坟深深震撼了。他们不知道，这坟里，哪一座掩埋着创业的张善、张良，哪一座掩埋着败家的那位先人。死是如此孤独的事，即使所有的亲人都聚集在一起，相濡以沫，也无法抵御这巨大到无边无际的虚无。无遮无拦的阳光下，它是如此的触目惊心。刹那间，悲情和正午的阳光一起，涌进了他们的心里。

他们在这萍水相逢的拓荒人坟前，盘桓了许久。后来他们就坐在了坟的对面，坐在明亮、已经有些灼人的阳光里。那是莽河一生中最明亮的一个中午，极目望去，四周的世界没有一点阴影，没有树、庄稼、房屋。静极了，似乎，天地之间只有他和她，和这些坟。甚至没有鸟鸣，也听不到远处村庄中的任何声响。天是那种澄明到让人伤心的碧蓝，偶尔飘过的云朵，就像是天空的灵魂。

"叶柔，"莽河伸出臂膀搂住了叶柔的肩头，"假如，我死在你前面——我当然要死在你前面——你在我的墓碑上，就写：一个天真的人，长眠于此，生活过，爱过，诉说过……"

"好的。"叶柔点点头。

"咦？你怎么不扩议？说要死在我前面？"莽河扭头望着她说。

她笑了："我不，我要死你后面，你这么多情，我不放心你。"

"好啊！我还不放心你呢！我可不愿意你'再醮'——不行，我要死你后头了，我要给你写墓志铭，你说，你墓碑上写什么？"

"不知道，"她回答，眼睛望着面前的坟包，不笑了，"莽河，躺在坟墓里能听见亲人说话吗？"

莽河愣了一下，不知道怎么回答这样一个浅显、幼稚的问题。

叶柔转过了眼睛，望着莽河："要是有一个墓碑，有一个我的墓碑，就写：生者可以死，死可以生——"

这是汤显祖的话，莽河知道，那是对《牡丹亭》的注解："情不知所起，一往而深，生者可以死，死可以生。"此时，不知为什么，这句话听来让他有些心惊。

叶柔抬眼望着辽远的、如洗的碧空，自语似的说道："在这样的天空下，人是相信有灵魂这件事的，真美。"

那一天，由于没有顺车，他们就在黄羊沟村多停留了一晚。

张七十一打发儿媳去邻村割来了新鲜羊肉，给他们包羊肉胡萝卜饺子。黄昏时分，莽河从村里唯一的小卖部买来了白酒、啤酒、午餐肉、五香带鱼等罐头，给小羊倌两个小妹妹买了糖果糕点。晚上，他和七十一老汉就着羊肉饺子，开怀畅饮，喝了白的喝啤的。叶柔坐在一旁，和冬姐拉家常，两个小姑娘围在她身边，她用剥开的糖纸给她们折小人儿，那小人儿花红柳绿，个个都穿着十八世纪欧洲的大裙子，排成一排，却各有姿态。

那是愉快的夜晚，酒香、羊肉的膻香、山西陈醋的浓香，还有女孩儿们的欢笑，在这经历过创伤的贫困的家里飘荡着，绕梁不绝。胡冬姐不时地背转身去悄悄拭泪，昏暗到暧昧的灯光下，她望着有了醉意的公公，笑靥如花的女儿，觉得这是一个梦中的夜晚。

深夜，叶柔突然被剧烈的腹痛疼醒了。一切来得如此突兀，毫无征兆和预料。那是一种陌生的、黑暗冰冷的剧痛，她在炕上缩成一团，死死咬住嘴唇，不让自己呻吟出声。她不想惊动人，想忍到天亮，但是突然之间，一股腥热的热流，呼一下，从她的体内奔涌出来，随着那不祥的热流，她喊叫了。

他们找来了一辆拖拉机，送她去乡里的卫生院。他们把她裹在那床借来的棉被里，被子已经成了一床血被，莽河紧紧抱着她，她在他怀里发着抖，拖拉机突突突颠簸着，他不停地、不停地叫着她，他说："叶柔，叶柔，叶柔——"她闭着眼睛，意识随着汩汩的热血渐渐流出了体内。拖拉机快到目的地的时候，她突然清醒了，睁开了眼，望着莽河，安静地、温柔地、无力地说了一声："哥，别怕……"然后就温暖地笑了。

那一夜，卫生院没有人值班，锁着门，黑如深渊，拖拉机继续突突突朝着旗里赶，莽河抱着几近透明的叶柔，仍旧不停地、杜鹃泣血一般叫着那个名字，唯一的名字。他不知道自己的声带已经真的叫破了，满嘴都是血沫。他说："叶柔，叶柔，叶柔，我不怕，我不怕，你也别怕……"他重复着这一句话，他始终觉得她在微笑，尽管她的身体已经越来越冷，越来越冷。等到他们赶到医院急诊室的时候，她不再流血，她的血流光了。

宫外孕。

宫外孕引发的大出血。

他一点不知道她怀孕，她自己也不知道。

他们用一床白被单盖住了她，盖住了她血迹斑斑的挣扎过的身体，盖住了她透明的、微笑的、好看的脸，他们试图用白被单藏匿起她，像变魔术一样让她从这人间消失。他愤怒了，疯狂了，他怒不可遏地扑上去，一拳打倒了护士，阻挡着要把她带往太平间的那辆白色的推车，他扑在她身上，一把扯掉那个诡谲的、罪恶的白被单，嘴里仍旧不停地叫着那个名字，唯一的永远的名字："叶柔，叶柔，叶柔，我不怕，我不怕，你也别怕……"然后，他跪下了，一口血从他嘴里喷涌而出，他面目狰狞地倒在了车前。

叶柔死了。

大地上，一定有一处教堂，在这个时间唱着一首颂歌："走吧，走吧，到天国去吧……"

第五章　真相

一、死于青春

小船三岁那年，一九八六年，某一天，陈香在新华书店看到一本新诗集——《死于青春》，作者是莽河。这本诗集还有一个副标题：献给我的爱人。她把这本薄薄的、散发着油墨香味的小书打开了，扉页上有一张照片，一张作者像，背景是边地的烽火台，一个陌生的男人坐在残墙上，凝视前方。

一个陌生的、从没有见过的男人。

陈香脑子里"嗡——"的一声，她想，我看错了。她合上书再去看封面上作者的名字——莽河，没错，刀刻斧凿的两个字，一笔一画，触目惊心。愣了片刻，她想起去看作者简介，也许是一个同名同姓的什么人。但，简介告诉她，这就是那个莽河，写《高原》的莽河，说"你是天地的弃儿"的那个莽河。

唯一的莽河。

她蒙了。

四月的春风中，浑浑噩噩的春风中，她走出了书店。半小时前，也许，十几分钟前，她走进这家书店的时候，世界是明媚的，生活是明媚的。此刻，当她走出书店的时候，生活在顷刻间变成了噩梦。

她茫然地、如同一个空心人一样走在街上，没有方向，不辨东西，不知道自己要往哪里去，她走、走、走，无数的行人与她擦肩而过，无数的罪恶、伤害、欺骗与她擦肩而过，城市巨大而邪恶，她被一种邪恶的气味熏得摇摇欲坠站不稳脚跟。在一个公共汽车站旁她终于倒下了，倒下的那一瞬间，她看见了丁香树。

四月，一城的丁香花都开了，那是她的花，她生在丁香开花的季节，所以她叫陈香。

人们叫来了救护车，把她送进了附近的一家医院。医生从她身上发现了工作证，给学校打去了电话。老周那些日子刚巧在外地开会，不在家，于是，匆匆赶到医院的人是明翠。那时，陈香已经苏醒过来，初步检查的结果，没有发现什么器质性的问题。明翠冲着她夸张地大叫道：

"陈香，你吓死我了！你怎么昏倒了？"

她拒绝了医生留院观察的建议，和明翠一起走出了医院。明翠用自行车驮着她走在春天的大街上。她沉默着，不回答明翠的任何问话。后来，明翠也沉默了，明翠隐约意识到陈香遇上了一个大问题，一个残酷的、她们都不知道怎样面对的问题。在暧昧的丁香的香气中，她把陈香送回了家，安顿她躺下，对她说道：

"你好好休息，一会儿，我去幼儿园接小船，我先把他接我家里。"

陈香一震。

小船，这名字，让她战栗。这是她此时此刻最最恐惧的一个名字，她想逃离的一个名字。她缩在被子里，发着抖，感到了一种彻骨的寒冷，就像赤身裸体浸在了冰窟之中。昏昏沉沉的，她睡着了。那是一种她从没沉入过的深睡，很深，很黑，如同死。她不知道自己这样如死般睡了多久，当明翠叫醒她的时候，灯光晃着她的眼睛，天黑了。

明翠说："我熬了点粥，你起来吃点儿。"

"几点了？"她问。

有一刹那，她不记得发生了什么，不记得这个晚上和平常的夜晚有什么不一样。但这仁慈的混沌仅仅只是片刻，一分钟，只听明翠回答道："十点多了，小船已经睡了。"

小船！她闭了下眼睛。

"你走吧，我困了。"她对明翠说。

明翠张了张嘴，她想说，你刚睡了那么久。可她还是把这句话咽了回去。陈香脸上，有一种她从没看到过的冷漠和恶意的、敌意的疏远，让她觉得她们之间就像是两个陌路人。

明翠忧心忡忡地走了。

陈香坐在床上，望着对面的那张小床，松木的，曾经散发着松脂香，那么清新，那是他们亲手缔造的幸福的象征。一只只精巧的、只刷了清漆的栏杆，裸露着美丽的木纹，如同生活一般恣意和性感……现在，四周的栏杆被卸了下来，看上去加长了，变成了一张普通的小床。小船——就睡在那上面，长大的儿子睡在那上面，可是，他是谁的儿子？

冷汗呼一下爬上了她的脊背。她盯着那床，抑制不住的寒战使她的牙齿嘚嘚嘚撞击出冷酷的声响。你毁了一切，她想。多么龌龊，她想。你是谁？是谁？是谁？可是，不管你是谁，我已经像没有办法拒绝我的生命那样拒绝你了，拒绝羞耻、欺骗、伤害，你将和我一起永在，好，她冷笑了，那就让我们同归于尽。

她站起身，抄起一只枕头，木棉的大枕头，散发着南方和太阳的气味，明媚的气味，她喜欢让枕头在太阳下晒得如同白云般松软，她抄着松软的枕头来到小床前，现在，它是一件凶器了。她赤着脚站在床边，他沉沉地睡着，额前一缕头发妩媚地搭在他的眼角，这妩媚、这肉体的气息让她憎恶，她盯着他，紧紧盯着，呼吸急促到像是要窒息，就在这时，非常奇异地，他突然睁开了眼睛，安静地、成熟地望着她，那眼神一点也不像一个孩子，他说："妈妈——你干什么？"然后就毫无痕迹地合上眼睛，像从来也没有睁开过似的又睡着了。

也许命运的眼睛真的睁开过，也许，那只是她的幻觉。

她像被电光一击，猛醒了，天！陈香你在干什么？她突然瘫软了，身子出溜下来，枕头落在了脚下，苍天，上帝，神，你在干什么？那是你的儿子，你仙草般的儿子……她扑在了她儿子身上，小船的身上，把脸埋在了孩子熟睡的芳香的身体里，上帝，你干了什么？她像发热病一样打着寒战，剧烈地哆嗦，泪如雨下，可怜的孩子啊，对不起，对不起，对不起，她在心里对他说了无数个对不起，可她知道，她永远、永远对不起这不幸的孩子了。

她将永远不敢再去看这孩子的眼睛。

她跳起来，冲进厨房，那是她刚刚拥有的一个厨房，年初，他们才搬进了这个旧旧的小单元里，两居，没有厅，可历史性地结束了在筒子楼黑魆魆的走廊里做饭烧菜的那份草率和局促。她爱厨房，在这个城市的人还都没有"装修"这概念时，她就尽最大可能布置了这个六平方米的小小空间，使它看上去朴素、洁净而温暖。此刻，它在黑暗中熟睡着，墙壁上有幽幽的冷光在闪，铁腥气的冷光，那是挂在那里的刀具。她冲进来，轻车熟路地直奔它们而去，那都是她用顺手的、服帖的、亲爱的利刃。

她摘下一把西式的餐刀，平日，她用它来杀鱼，尖而锋利，她毫不犹豫地用它切开了自己的手腕，噗的一声，血肉分崩原来是有声响的。她把刀一丢，月光下，划过一道华丽的银光，随后她闻到了血的热腥气。她笑了。去死吧陈香，我杀了你。

二、折磨

大约在半年前，明翠去北京某大学参加一个研讨会，一天傍晚，她在海报上看到一则消息，诗人莽河要在这天晚上来校园里举行讲座，主办单位是中文系学生诗社。

久违了，她想。

她去听那个讲座了。她想听听他说什么，她不知道他是否还记得那个内陆小城，那个河边的校园，那个……姑娘，他大概做梦也不会想到，那个初夏，他在别人的城市别人的生活中留下了什么。

可是她傻了。她看到阶梯教室的讲台上完全是一个不认识的人，一个陌生人。她问身边的同学，说："不是莽河的讲座吗？还请了别人？莽河呢？"同学有些奇怪地望着她，说道：

"那不就是莽河吗！"

原来有一个他们生活之外的莽河。

真正的莽河。

那是让她崩溃的一晚。她逃出了会场，一个人在黑夜的校园里坐了很久很久。她哭了。生活为什么要这样伤害陈香呢？伤害一个对世界充满善意的女人？她是那样壮烈地、义无反顾地要用一生来践行一个浪漫而严肃的悲剧，结果，却落进了一个最荒唐恶意的闹剧之中。

她不知道该怎样面对这一切，面对陈香。

回到他们的城市，犹豫再三，她还是把这件事告诉了老周。她不是一个能独自承担这样一个大秘密的人。她对老周说："怎么办呢老周，我们该怎么办？这件事，要不要让陈香知道？"

老周摇摇头："她迟早有一天会自己发现的，还是让她自己发现吧，要是从我们嘴里告诉她，她会更受不了，那会摧毁她。"

"是啊，"明翠回答，"可就算是她自己发现，她还是会崩溃。"忽然她奇怪地望向老周，"咦？奇怪呀，我告诉了你这样一个惊天大秘密，你怎么一点也不吃惊？我哭了整整一夜，觉得天都塌了！"

老周淡淡一笑："其实，我早知道了。有一次翻一本杂志，偶然看到了莽河的照片……后来我为了证实这个，去省图书馆翻阅了所有的期刊、所有和他有关的书还有资料，前几年，期刊杂志刊登照片的不多，近来才多起来了，不过莽河的照片还是不多见——但愿永远不要让陈香看到，上帝保佑吧。"

明翠惊奇地瞪大了眼睛："天哪，你的心可真深，能装下这样的秘密！"

老周回答："装不下又能怎么办？我能告诉谁，小船的爸爸是个冒名者，是个赝品？"悲哀涌上了他的眼睛，"那个浑蛋，他不知道自己都干了什么——"

他们沉默了，那是一个他们谁也无能为力的难题，那是一个耸立在前路上的险关，一个终将伤害到他们的陷阱。只不过，他们都存了一点点、一点点侥幸：或许有一条岔路可以让他们绕过那个凶险，或许，神会怜悯他们，怜悯那个孩子，赐给他们奇迹。

阳光没有表情地照耀着他们。

听到陈香昏倒的消息，起初，明翠并没有往那个她最害怕的地方去想，大学四年，有一次体育课上，陈香也曾经在做俯卧撑的时候突然昏厥了过去。但是接她回家的路上，明翠开始觉得不对劲，越来越不对劲：她的沉默里有一种可怕的东西。明翠想，天哪，该夹的还是来了。

从幼儿园接回两个孩子，小船和壮壮，做晚饭，给他们讲故事，给陈香煮粥，然后带着粥和小船一起回家。做这一切的时候，她心神不宁。老周去外地开会了，不在家，没有一个人可以和她分担不安。她哄睡了小船，叫醒了熟睡的陈香，陈香莫名的敌意证实了让她恐惧的那个猜想。再次从那里出来的时候，夜已经深了，她惴惴地回到家，惴惴地坐在灯下，书桌上，杂乱地摊开着她的教案，丈夫没写完的文章，还有他的"三五牌"香烟。破天荒地，她从那烟盒中抽出一支，点燃了，深吸一口，居然，从鼻子里幽幽地吐出了一缕烟雾。那是她此生第一支烟，慌乱中抓住的一点支撑。第二口，她就没有那样的运气了，烟呛出了她的眼泪，她一阵咳嗽。

这将是一个不眠之夜。

睡梦中的儿子，突然喃喃地喊了一声："妈妈——"这喊声不知为何让她觉得心惊。不行，她想，这样不行。她腾地站起身，重新走出家门走出楼门来到陈香的家门口。她站在房门前聆听着，里面很静，太静了，这寂静让她扑通扑通心跳。她摸出了钥匙，她和陈香为了接送孩子的缘故互相拥有对方家的钥匙——谢天谢地她有钥匙，她毫不犹豫地用钥匙打开了房门，推门的一瞬间，她就闻见了那不吉祥的气味，强烈邪恶的气味，事后，她明白了那是扑面的血腥气。

陈香倒在厨房的地上，倒在一片血泊中。

血还在流，流得缓慢而温柔。

在缓缓流淌的血河旁边，小船仍旧睡得很沉。

老周赶回来时已是第二天傍晚，他在火车上整整站了二十八小时回到了他的城市，他直奔医院，在病房门口看到了明翠，明翠对他说："谢天谢地我有你家钥匙。"说完，明翠就哭了。

"她怎么样？"他哑着嗓子问明翠。

"输了血，救过来了，"明翠说，"可是很不好。"

他轻轻搂了一下明翠的肩膀："多亏你了，明翠。"

他走进了病房，她在睡，脸色惨白，连嘴唇也是惨白的，像一张没有染色的面具。一滴一滴血浆，静静地，流进她的静脉，她的身体，那是陌生人的血，不相干的血。难过就是在这时候突然涌上来：从此她的身体里就流着陌生人的血了。他坐下来，握住了她的一只手，那手很凉。

她睁开了眼睛。

她默默地望着他，望了一会儿，冷冷地抽出了自己的手。

她说："现在，什么都别问，我会告诉你一切的。你走吧，让我自己一个人待会儿……"

此刻，他明白了明翠所说的那个"不好"是指什么。她真的不好，寒冷，充满敌意。她从不是一个与人为敌的人，但此刻，敌意就像这被输入的血浆一样在她周身的每一根血管中流淌着，她张开的每一个毛孔都散发着它冰冷的拒人千里的气味，像刺猬竖起的针。他无言地坐了一会儿，起身走了出去。

明翠一直等在外面。

"怎么样？"明翠小声问，"说什么了吗？"

他摇摇头。

"怎么办呢老周？"明翠的声音里带着哭腔。

"别着急，明翠，我们得给她时间……让她长伤口。"老周回答。他的回答其实毫无底气。

尽管邴天急救车是在半夜时分拉走了陈香，尽管明翠用"意外"和"事故"来解释这事件，可人们还是觉出了这其中的蹊跷。人们不傻，一个擅长厨事的主妇，被菜刀划破手腕动脉的可能性有多少？人们探究着其中的破绽，用异样的猜测的眼睛打量老周，试图从明翠嘴里套出实情。没多久就传出了流言，那流言有模有样，说老周有了外遇：一个新分配到中文系的女孩儿和老周有了私情。

老周沉默着，不辩解，骑着他的破自行车，出出进进，去幼儿园接送小船，去医院照看陈香，一如既往地上班下班。

一周后，陈香的伤口拆线了，可以出院了，这天傍晚，陈香忽然对老周提出一个要求，陈香说："你明天，把小船送到我妈那儿去吧。"

陈香的娘家，不在这个城市，在相邻的另一个小城。那是座小山城。

老周没有问为什么，老周知道就是问她也不会说。这是几天来，她开口和他说的唯一一句话，送走小船，她视为性命的儿子。

老周点点头，说："行，好吧。"

"你是不是早就想把他打发走了？"陈香冷笑一声，"你连原因都不问一下？"

"好，"老周安静地望着她，"那你告诉我原因。"

"因为你讨厌他！你瞧不起他——"陈香冲着他的脸喊叫。

"陈香，你怎么能这么不讲理？"明翠刚巧走进病房，听到了他们之间的对话，"你怎么说这么没良心的话？"

"我为什么要有良心？我把我的心杀了，谁让你救一个没心的人？"陈香冷笑着回答。

"你——"

"明翠!"老周拦住了明翠,回头对陈香说~什么原因,你一定有你的道理。好,明天我送小船走~是什么么原因,你一定有你的道理。好,明天我送小船走~是什么时候接他回来,我马上去接。"

第二天,陈香出院回到家里的时候,小船已经不在了,是一个没有了小船的家。松木的小床,空荡荡的,堆在床上的毛毛熊、衣物、图画书、识字卡片,都不见了,他所有的玩具,都不在了,但他的气味还在,孩子身上那种热烘烘温暖的香味,充斥在房间的每一个角落,呼之欲出。没人的时候,她扑在了那松木的小床上,把脸埋进他的小枕头里,泪流如雨。

傍晚时分,老周从那小山城赶回来了,一进门,看见陈香在厨房里做饭。那一瞬间,他以为生活又回到了从前,回到了有阳光的时候。他站在那里默默看着她的背影,看她低头切菜,她在切一种丝状的东西。她一向很以自己的厨艺为骄傲,她是个热爱厨房的女人。此刻,一锅鸡汤在炉子上炖着,香气四溢,那香气几乎熏出他的眼泪。

他们平静沉默地吃了一顿晚饭。

饭后,他洗碗,给他们各自泡了一杯绿茶,他说:"要不要看会儿电视?"陈香回答说:"你过来坐下,我有话说。"

他坐下了。

突如其来地,她讲起来,她说:"你不要打断我,不要提……会没有勇气讲下去——我看到了一张照片，莽河的……可那是一个我们都不认识的人，不是小船的爸爸，你明……了吗？他不是小船的爸爸……"她哽了一下，眼泪静静地流下来，她任由它们在脸上流淌，她说这个莽河从来也没有来过他们的城市，没有来过他们的河边，那来过的那个又是谁呢？她像是问自己又像是问冥冥中的什么人，"还有更可怕的事，"她停顿了一下，像是在喘息，"我昏了头，我疯了，我疯了——"她用手捂住了嘴，试图压住那哽咽，那身体深处巨大的恐惧，她终于还是没有能说出口，她以为必须说出的一切。这一刻，她知道，那是她永远、永远要独自承担的罪业。

他站起身，来到她身边，搂住了她。他把她紧紧搂在怀里，心里隐隐约约明白了一点什么，明白了她为什么不敢见小船。他心惊肉跳地搂紧了她，知道了生活原来还有更深更黑暗的地狱。

陈香依偎着他，他的体味有一种海水般的咸味，太阳下的海水，暖洋洋的，那是她熟悉的、热爱的气味，那是让她心软的气味。她挣出了他的拥抱，抬起了脸，说道："哥，我们离婚吧。"

奇怪的是，这句话，并不让他感到意外。他望着她严肃的脸，用平静的语气问道："为什么？给我个理由。"

"我闹出了这么大的动静，把生活搅成了这样，我不能把你也拖进地狱里，我不能毁了你的人生——你是个好人，善良的人，哥，你吃过那么多苦，你应该去过自己的生活，你想要的生活。"

"做周小船的爸爸，这就是我想要的生活。"

"那我会一辈子觉得愧疚，一辈子觉得对不起你，我不能假装这一切没有发生过，我拿刀杀自己的时候，就背弃你了，我没杀死自己，可足以杀死我们的婚姻……我没有能力再给你带来快乐，带来正常的日子，长痛不如短痛，哥，撒手吧。"

他没有说话。他知道说什么都没有用了。这个女人，生来是要做烈士的，是要赴汤蹈火和献身的，为爱，为信仰，或者，为罪业。

三、南方

他们僵持着。

她不再睡他们共同的床，她也不睡那张松木小床，她就睡在客厅兼书房的那张双人沙发上。那沙发的长度，只有一米六，她躺在上面，根本伸不开腿，她就那样不舒服地睡了一夜又一夜。她用这种不舒服折磨着老周。

有一天，老周只好抢在她前面蜷在那沙发里了，老周说："你睡床，我睡这儿。"她听了，说道："好，那我出去。"说完她就开门出去了，在初夏的街头游荡，最后来到一个小广场，在一只长凳上坐下了。一抬头，老周就站在她面前，对她说道："我认输，你爱睡哪儿就睡哪儿吧。"

她开始和南方联系，联系调动的事。那是成千上万个淘金者的南方，梦想者的南方，当然也是逃避者的南方。南方没有拒绝她，酷烈的骄阳、木棉树、大海和新兴的城市没有拒绝她，她开始办理调动的手续，她要去南方一家报社当编辑。

手续办下来了，她把手续摆在了他面前，他沉默不语。她说："求你了，离婚吧。"

他回答："小船怎么办？这对小船是不是太不公平？"

她笑笑："这世界就是个不公平的世界。"

"陈香，你原来是这么势利的一个女人。莽河的儿子，诗人的儿子，就应该被小心翼翼地保护，而现在的小船，就可以承受伤害？对我而言，莽河的儿子和随便什么人的儿子，本质上没有改变，他们都是周小船，都是我的孩子！我们说过，要给这可怜的孩子一个完整的家，你当妈妈，我当爸爸——好吧，既然如此，这'过家家'就到这儿吧，游戏就到这儿吧！你不值得我这样难过，陈香——"他激动地、激愤地说出了这一番话。

陈香平静地、哀伤地望着他："周敬言，这是你的真心话吗？这里没有一点做作的成分吗？不错，野种和一个来历不明的野种，对一个女人而言确实是不一样的，我说的是女人不是母亲！我不仅仅是个母亲！你呢？你心里，你心里最深的地方，没有一丝一毫对这个生命的轻视？也许，现在你感觉不到，但不一定在什么时刻，什么瞬间，它会突然冒头，突然钻出来，你面对着他的某个缺点，某个弱点，你会想，这不奇怪，这是遗传，这是他基因的问题！我害怕你有一天会这样看他，这样对待他，那对他才是不公平！所以，游戏就到这儿吧，我伤你伤得这么深，你想怎么骂我就骂吧……"

他们互相对望着，窗外，一片麻雀的叫声，叽叽喳喳，欢天喜地。夕阳坠落了，他们的心也在无可挽回地坠落着。

几天后，他们去街道办事处办理了离婚手续。在这前一天，她搬出了他们的家，她曾经十分热爱的家。那个家，有松木小床，有漂亮的花窗帘，有干净的厨房，也有杀害了他们婚姻的血腥的利刃。

办完手续，走出办事处的大门，已经是中午了，他说："十二点了，去吃午饭吧？"

她笑笑，说："不了，明翠还在她家等我。"

她望着他，望了一会儿，转身走了。现在他们是陌路人了。他看着她的背影，渐渐远去的背影，忽然叫了一声："陈香。"她站住了，转过身，他走上来，站在她面前，许久，突然说道："要是我想小船了，我还能去看他吗?"陈香笑了，说:"当然能，你是小船的爸爸呀。"

他眼睛湿了。"陈香——"他哑着嗓子叫出一声，"你要爱惜自己。"

她忍住了眼泪："周敬言，你结婚的时候，别忘了给我发个喜帖。"

明翠真的在等她。明翠在这个悲伤的日子里包了饺子。明翠说："送行饺子接风面，这是咱们北方的习俗。"

她面对着一盘白鹅似的大馅饺子，一个也咽不下去。

"别忘了北方。"明翠说。

她点点头。

"别忘了龙城。"明翠又说。

一下子她眼眶里都是眼泪："明翠，帮帮老周，让他快点成个家——不是说那个新分来的女孩儿对他挺好吗? 那个叫马梅龙的? 现在我走了，你帮帮他!"

明翠狠狠地、狠狠地盯住了陈香："陈香，你若相信了这样的流言会遭天谴的! 你不怕遭天谴?"

陈香泪流满面地回答："我已经遭天谴了。明翠，我把一个好人伤成这样，把他的生活毁成这样，我这辈子都不会安心……真要有这样一个女孩儿喜欢他，我心里会好过一点……"

明翠无可奈何地摇摇头："陈香，陈香，上辈子我们欠了你什么？周敬言欠了你什么？算了，你走你的吧，你远走高飞，别的你就别管了。可是你要记住，你欠了周敬言！"她用指头一指陈香，"所以，你必须，必须幸福，陈香，你要幸福——"她说不下去了。

她知道这个叫陈香的女人不会"幸福"了，这个大词，这个人间的理想，从此和陈香无缘，而这一切，都始于那个初夏的午后，诗、激情、热血沸腾的午后。

"这辈子，我会天天诅咒那个莽河，真的和那个假的，诅咒他们下十八层地狱！"明翠咬牙切齿地这么说。

陈香含着眼泪笑了："别这样，明翠。"

"小船——小船你打算怎么安排？"迟疑一下，明翠还是问出了这句话。

陈香想了想，其实，这些天来她一直、一直在想，每一分钟都在想，"先让他跟着姥姥，我在那边安顿下来，再接他过去。"她这么回答。

她需要时间，需要从仁慈的时光中一点一点汲取勇气，足够的勇气，就像一只工蜂从花海中汲取花蜜，来面对审判者，面对她儿子天真的眼睛。

四、小船的诗

只是，她没有等来这一天。

陈香母亲的家，是个小县城，她家住的是那种老式的房屋，冬天，需要在房间里生炉子取暖。意外就出在这炉子上，那是个特别严寒的冬季，家里炉火烧得很旺，门窗紧闭，小船就死于煤气中毒，一氧化碳中毒。

那个冬天，小城家家屋檐下，都挂着长长的冰凌，小城人把这冰凌叫作"冻梨"。小船对姥姥说，"姥姥，冻梨里有甜的太阳。"那是小船的诗。

小船说话，带着小城的口音，有一天，小船望着天上飞过的鸽子，非常高兴地喊了一声，"呀，嘎——子！"那是小船最后的一天。

第六章　面朝大海，春暖花开

一、样板间

新世纪某一年，夏天，明翠参加了一个"看房团"，赴威海看房。那个地方，说是威海，其实离青岛更近，从前，大概是一片荒凉的海滩，如今被开发了出来，建起了新楼盘，那楼盘的名字叫"望海小筑"。

可能，是这个谦逊的名字，使明翠动了去看看它的念头。还有它的广告，广告词这样写："面朝大海，春暖花开——来望海小筑，从明天起，做一个幸福的人。"那是改头换面的海子的诗。

明翠笑了，她想，海子做梦也想不到，他会用这种方式活着。

"望海小筑"在那片海滩上占据了不错的位置，朴素、低调、优雅，暗合着在青年时代喜欢海子、张爱玲、罗大佑和披头士还有梵高的都市白领的品位，现房只有一小部分，大部分还是正在建设中的期房，沙盘上的小区，淹没在一片花海之中，据售房小姐介绍，那些花是樱花。他们将在小区内种多少多少棵樱花树。已经种了一些，还远远不够。

明翠不知道，这里的气候和土壤，能不能让樱花树存活，但她不喜欢樱花。樱花的美过于虚无和壮烈，像三岛由纪夫，她更喜欢草根和中国的桃花。她想起小壮小时候，一两岁的时候，特别喜欢蒋大为，喜欢他唱的那首《在那桃花盛开的地方》，录音机里只要一放那首歌，他就欢天喜地，眉飞色舞，嘴里"桃花、桃花"地跟着瞎唱。当然，现在他爱周杰伦、爱信、爱李宇春，而且坚决否认自己有过追捧蒋大为的历史，好像那是段不良记录。

可是从此以后，明翠就特别喜欢桃花，桃花让她快乐。

此刻，无论是桃花还是樱花，还都在沙盘上，但大海在那里，蔚蓝、宁静、丰饶。明翠不是第一次看见海，她到过北戴河，到过广西北海，到过三亚，还到过巴厘岛。从前，小时候，没见过海的时候，她是爱大海的，大概所有的孩子都向往海洋吧？但现在，此刻，她不敢说那个"爱"字。她是一个岸上的人，海对她有一种天然而博大的拒绝。她还是一个内心渴望平静、缺乏想象力的人，她知道自己读不懂海，可她仍然被海吸引着，渴望着"面朝大海"的生活。她还知道，"面朝大海"对有些人而言，是一种人生的理想。

她站在样板间落地飘窗前眺望着大海。隔着玻璃，海呈现出一种不可思议的静谧的翠蓝，一波一波海浪，从遥远的天边把浪花推向海岸，每一排浪花都朝着那个命定的方向欢快地赴死。她默默地站在窗边，看了很久，这永恒不绝的赴死突然让她十分感动，她想起了一个小说中的人物，饭沼勋，三岛由纪夫《奔马》中的主人公。这个叫阿勋的人，他的人生理想就是，在太阳升起的断崖上，面对初升的红日和闪耀着光亮的大海，在松树下……自刃。他的理想，多么像这些浪花，多么像大自然中某些不可思议的秘密。

她还想起了别的——

售楼小姐在叫她了。

售楼小姐说："芮老师，你来看看这边，这边有一间阳光房。"

从主卧延伸出的"阳光房"，其实，是由阳台演变而来，如今它被设计成了日式的榻榻米，上面摆了蒲团和精致的古色古香的茶具。书房也在向阳的一侧，面朝大海。书柜占据了一面墙壁，里面象征性地摆了一些杂志和书。来样板间看房子的人，大概没几个人会去注意那是一些什么书，但是明翠出于职业的习惯忍不住打开书柜翻了翻那些摆样子的书籍。如她所料，杂志是一些时尚类生活类的东西，《嘉人》啦、《时尚芭莎》啦，等等，而书却显得芜杂，除了几本当红的流行读物之外，居然也有几本很文艺的书，《卡拉马佐夫兄弟》、《小团圆》、艾略特的《荒原》、《里尔克诗选》、《海子的诗》，还有一本……《死于青春》。

明翠一震。她从书柜里抽出了这本薄薄的小书。

"这，它——它怎么会在这里？"她有些结巴地问。

"哦——"售楼小姐笑了，"听说那是我们老板的书，我们老板写的，他以前是个诗人呢——"

"老板？什么老板？"

"开发商啊，望海小筑的开发商。"

书"啪"地掉到了明翠脚下。

冤家路窄，她想。真是冤家路窄啊。

她愤愤地转身走出了样板间。等电梯的时候，售楼小姐追了出来。这一路上，小姐和他们每一个人都已经很熟，她的爽快和热情颇让售楼小姐喜欢。此刻，小姐又诧异又惊慌地问道：

"范老师，是我说错什么话了吗？您不再看看了吗？您如果不满意的话，还有其他户型……"

她努力使自己镇定下来，她回答说："姑娘，你能给我带句话吗？给这个开发商老板带句话？我不管你通过什么途径，请你告诉他，这辈子，我就是露宿街头，也不会花钱买他盖的房子！我就是把钱当纸钱烧了，也不会让他赚我一分钱！你告诉他，这楼盘让人恶心，我祝福他一间也卖不出去，我祝福他破产！请你务必把这话转告他！——"话音未落，电梯门开了，她庄严地走进去，把惊愕万分的售楼小姐留在了电梯外。

二十年了，二十年了，二十年了……明翠想，小船离开人世，二十多年了啊！

她来在了沙滩上，她沿着海边走，走，浪花扑上来，没住她的脚踝，又退下去，再扑上来，再退下，前仆后继。她好想这个孩子。她看见这个浪花般的孩子一路奔跑着扑向他不懂得的死亡。他不是阿勋，死不是他的理想，可是他死了。

海面上飞翔着海鸥，那是小船不认识的鸟。他没有机会认识海鸟。也许小船会指着它们高兴地说道："呀，嘎——子！"明翠哭了，她恨不能让孩子长大的那一切。

二、赵善明的娜塔莎

二十世纪九十年代初期，莽河来到了俄罗斯。那是初秋季节，他乘火车穿越了西伯利亚，在莫斯科下车。当他的脚踩在了俄罗斯大地，他想起了叶赛宁的一句诗："我告别了我出生时的老屋子，离开了天蓝色的俄罗斯……"那一刻他感慨万千，和国际列车卸下的那些同胞一样，他是作为一个淘金者而来，不是作为一个朝圣者，一个诗人。他来这片广袤的大地是为了寻找机会。

从踏上俄罗斯土地的那一刻，他不再是莽河，他恢复了他的本名：赵善明。

这是他对这片土地最起码的尊敬。

他经历了一段极其痛苦的日子，叶柔的死，还有接下来生活和时代的剧变，突然之间，身边的朋友们抛弃了诗，大家的话题变成了"下海"。认识和不认识的许许多多人，都脱鞋下海了。诗变得无足轻重，甚至尴尬。诗所象征的那一切几乎是灰飞烟灭。每个人都有自己下海的动力和理由，他也有，那就是，为了麻木自己，摆脱痛苦。

他想念叶柔。非常想。

他和两个朋友结伴来到了莫斯科，做贸易。渐渐地他发现，原来他居然有做生意的禀赋，原来他生来就不是一个诗人。他当初对自己的担心，担心他会无力抗拒生活的侵蚀，看来并非空穴来风啊。他一边在心里谴责着自己对诗的背叛，一边野心勃勃地、抑制不住地把生意往大里做。很快地，他们有了自己的公司，起初，那公司规模很小，除了他们三个合伙人，连一个打杂的都没有，于是，他们就给这小小的公司起了一个揶揄的却也是壮胆的名字：三剑客。那是他的生活中存留的最后一点浪漫的文艺气息。

面包会有的，牛奶会有的。

几年后，三剑客在香港成功上市。又几年，他们在一个最好的时机，杀回了国内房地产这片正在开发的处女地。

当他们的公司还真正只是"三剑客"的时候，这个冬天，莫斯科下了一场接一场的大雪，那是莽河——赵善明所没有经历过的严寒，比想象中的还要冷。这让他常常想起一本苏联小说的名字《多雪的冬天》，有一种忧伤扑面而来。但他告诫自己，一个商人不能总是多愁善感。

俄罗斯的冬天，白昼很短，夜晚那么漫长。他现在觉得自己有些理解了俄罗斯诗歌和小说中那种沉郁的基色。但对于一个正在打拼的商人来讲，他活在另一个俄罗斯，纷乱，莫测，生气勃勃，充满机会。在这样的俄罗斯，商人是没工夫睡觉的，尽管它有着最长的黑夜。三剑客的纪录，是曾经七十二小时没合过眼。第四天，赵去冲澡，结果在澡盆里睡着了。

尽管那是他第一个异国他乡的冬季，离家万里的冬季，可他没时间思乡。

有一天，他独自去见一个客户，那是一单大生意，却没有成功。从地铁里走出来，雪停了，马路上积雪很厚。那是一条比较僻静的街道，扫雪车没有抵达的街道，一个老妇人正在横穿马路，她走得很慢，很艰难，腿脚一跛一滑。突然之间，这个在雪地上艰难行走的老人，让他心底一软，乡愁刹那间滚滚而来。他愣了片刻，突然跑过去扶住了那个老人。老人抬头看了看他的脸，陌生的异国的脸，信任地抓住了他的一只手，老人的手，戴着厚厚的大手套，像熊掌。他们就这样手握着手慢慢穿过人行横道，来到便道上。他仍旧没有松开老人，老人也没有松开他，他们咯吱咯吱踩着积雪走在一条他叫不出名字的莫斯科街巷，那和他要去的地方，是南辕北辙。

那条路并不长。老人到家了。

他的很烂的俄语，还是能勉强听懂老人的话。老人边比画边指着路旁的一座楼房说，她就住在这里。接下来，老人突然冲着他狡黠地一笑，用他完全听得懂的语言，他血液里的语言——汉语，说道："年轻人，愿不愿意进去和我一起喝杯茶？"

他愣住了。一时间仿佛不相信自己的耳朵："您——您会说中文？"

老人笑得很开心："怎么，不愿意接受一个老人的邀请吗？"

"我愿意，"他笑了，一瞬间他觉得自己的眼眶有些湿润，"我太愿意了！"

那是座旧楼房。以他的眼睛，还分辨不出它是什么时期的建筑，他揣测那应该是旧俄时代的产物。没有电梯，但楼梯很宽阔，铁艺的栏杆铸出橄榄枝的花样。前厅不大，但却有着高高的拱顶。她的房间在二层，大概是因为朝向的缘故，显得阴冷、幽暗。一只阔大的壁炉黑沉沉的，没有火光，像洞穴的入口。家具和这座建筑一样，也是旧时代的，有一种凝重的时间感和华丽的破败。他仍旧不知道它们属于什么样式，经历了多少岁月，却让人在它们面前不由自主地收敛了轻薄的姿态。此刻，窗外的雪光微微映照着它们，那种幽光仿佛时间的光芒。老人打开了暖器，一边脱大衣一边对他说道："请坐，年轻人，我这就去烧开水。"

他在一把蒙着缎面的椅子上坐下了，那缎面早已褪尽了颜色，曾经活色生香的花纹也磨损得完全看不出从前的面孔。他一边追随着老人忙碌的身影一边抑制不住他的好奇。

"您中文说得真好，您在哪儿学的中文？"

"在中国。"老人回答，"我在中国生活了十五年。"

"上帝！"他惊叫一声。

茶炊备好了，他们围桌而坐，热腾腾的红茶里加了煮好的牛奶，茶香混合着奶香，顿时使屋子里有了暖意。"正山小种。"老人举着茶杯，他温暖地笑着，那手严重变形，是类风湿关节炎的手。那也是他这个茶盲第一次听说了"正山小种"的名字。

他想他知道为什么老人会邀请一个萍水相逢的路人来家里喝茶了。有一个故事在等着他。老人一边啜着热茶一边慢慢地讲，大概是长久不说中文的缘故，她的中文到底有些磕磕绊绊，偶尔还会像唱歌一样跑调儿，可那又有什么关系？原来，五十年代初，中苏热恋的时期，一个年轻的中国工程师来莫斯科进修，他们派刚刚大学毕业的姑娘做他的助手。他的俄文名字叫阿辽沙，两年后，阿辽沙回到祖国时，姑娘和他一起回来了，因为，姑娘已经是阿辽沙的妻子。

"阿辽沙很英俊，眼睛明亮，爱唱歌。"老人眼睛越过茶杯望向窗外的皑皑白雪，那大概就是她爱上他的原因吧，如此单纯的原因，却能使一个姑娘去国离乡。后来，中苏交恶了，再后来，珍宝岛打仗了，他们的处境变得很糟，阿辽沙说，我们分手吧，你带着孩子们走吧。她走了。带走了三个孩子，那时，她的小女儿才刚刚三岁。

"后来呢？"他忍不住这么问。

"阿辽沙自杀了。"老人安静地回答。

暖器始终没有把这间幽暗的房间暖热，窗外，天色暗淡下来，黄昏就要到了。俄罗斯冬天的黄昏，短暂得就像是一声叹息。他突然想起了叶柔，想起很久以前，他们一路同行穿越了多少别人的人生……他无言地望着老人，老人朝他微笑。

门就在这时被打开了。

"怎么不开灯妈妈？"

光明照亮了房间，是电灯的光，也是她的。那就是他第一次见到娜塔莎，混血的娜塔莎，和那个托尔斯泰的娜塔莎同名，和安德烈的娜塔莎同名。她站在门口，身穿一件大红的羽绒衣，暖洋洋的，一看就是"中国制造"。顿时，房间里温暖了，亮堂了，后来，无数的时刻，他都很好奇，不知道这个看上去并不庞大的女人，为什么她一出现，房间里就会显得拥挤。她与生俱来地有一种光芒和喧腾的活力，如果她盛开，每一片花瓣都会发出噼噼啪啪欢天喜地的声响。

她瞪大眼睛望着这个不速之客，突然露出惊喜的表情，"噢！妈妈，这个漂亮的中国小伙子哪里来的？你变出来的吗？"她用俄语高兴地叫着。

老人又露出了那种狡黠的微笑，"不是，"她用汉语回答，"是从街上捡来的。"

于是，也明白了，为什么在冰天雪地的异乡的街头，一个陌生的老人会无端唤起他的滚滚乡愁，原来，是为了一个相遇，为了赵善明和娜塔莎相遇。有了娜塔莎，背井离乡、和俄罗斯一起挣扎的赵善明才会从莽河的躯壳中脱胎换骨，才会在精神上告别叶柔那朵幽微的、纤丽的、安静的花。

娜塔莎是"三剑客"公司的第一个雇员。后来，她就成了赵善明的妻子。

三、和一棵树相遇

不知道是什么缘故，明翠的话，居然真的传到了这公司的最高层。当然，通过层层的传递，到达赵董那里的时候，已经是秋天了。

他有些惊诧。他想，是谁，这么恨我呢？为什么？是拆迁时的积怨吗？他让有关人员调出了这些年的拆迁资料，好像没有太出格的事件发生。这更让他困惑，为什么这个女人恨我入骨？

本来，生活中的八卦，他大可不必放在心上，可这一次好像有些不同，知道这世界上有一个人锥心刺骨地恨着你，诅咒着你，而你却一点不知道那缘由，这让他有些不寒而栗。也许，这是一个现实生活中的豫让，她活着的目的就是向他复仇，当然，他并不怎么担心自己的人身安全，可那毕竟是扎进他人生中的一根刺，让他不安。

另外，还有整个公司的形象。

于是，他决定找到这个人。

当然，那一点也不困难，参加看房团时，每个人都留下了自己的基本资料：地址、电话。他通过秘书联系到了这个叫范明翠的女人，起初，范明翠拒绝见他，后来，秘书一天一个电话地穷追不舍，于是，明翠改变了主意。

他飞到了范明翠的城市。

见面地点，约在了一个叫"津渡茶堂"的茶餐厅，秘书为他们预订了一个包间。这个地方，是秘书精心选择的，既不奢华到令人反感，却又安静、雅致，能让客人感到自己的被尊重。他破例早早等在了那里。不是作秀，是真的被那秘密折磨着。天灰蒙蒙的，城市灰蒙蒙的，行道树却很有姿态，是叶子开始变黄的银杏。

服务员引进了他等待多时的客人。

他站起身，望着她，一个中年妇女，不，应该是老妇女，五十多岁，体态明显开始臃肿，可皮肤看上去保养得还很好，无论怎样回忆这也是一张陌生的面孔，从来没有过任何纠葛的面孔，毫无意义的一张面孔。那面孔绷得很紧，像是做了拉皮手术，从上面看不出任何表情。他犹豫片刻还是没敢贸然伸出手去，服务员拉开椅子，客人坐下来，他小心翼翼地问道："您喝什么茶？"

她摇摇头。

他不知道这摇头是什么意思，于是，他对服务员说："来壶普洱吧。"

房间里只剩他们两人的时候，她开口说话了。她说："其实，我没有见你的理由，也没有恨你的理由，可我就是——恨你。"

她的话，更是让他一头雾水，"为什么？"他不禁问。

她深深地看了他一眼，那是解冻的一眼。她突然叹息一声，从自己随身的手袋里，掏出一样东西，一个信封，很旧的信封，她把这信封放在了茶桌上，说，"看看这个。"

他狐疑地拿起来，只见信封上写着：写给小船。是早已褪色的钢笔字，是如今很难再看到的钢笔字，笔迹清秀，婉转，小家碧玉。只听对面的女人说道，"你打开来看看……"

于是，他看了。

上帝让他看见了，这封母亲写给儿子的信。

他惊骇万分地从信纸上抬起了脸，他的声音在哆嗦："这，这到底是怎么回事？怎么回事？我从来，从来也不认识这个女人哪！"

他惊骇，却又有一种说不出的震动，明翠望着他，突然问道："有烟吗？"他哆嗦着从自己的口袋里摸出了一包骆驼，说："这个行吗？"这倒让明翠惊诧了，她没想到一个脑满肠肥的房地产商居然抽的是美国工人阶级的香烟。她点点头，说："来一支。"她知道那烟很烈。

顿时，这间雅致的新古典风格的茶室里，弥漫起了呛人的、浓烈的、异香异气的烟雾。

在烟雾的遮蔽下，她一五一十讲出了那个故事。陈香的故事。那个年代的故事。小船的故事。隔了这么多年，这么辽阔的时光，那一切，仍旧清晰得就像是昨天发生的事。她讲得很安静，很平静，没有渲染，水波不兴，茶凉了，水冷了，烟灰缸里烟蒂却在增多，两个、四个……她觉得就像是在做梦，居然可以对着这个人讲出这一切。生活还是仁慈的，她想。这样想着的时候她眼里慢慢涌上来泪水。

"小船死后，陈香一滴眼泪也没有掉，她只是不停地给小船写信，写一封，拿到十字街口去烧一封。不停地写，不停地烧，不停地写，不停地烧……我们都不知道她写点什么，她就那么白天黑夜不吃不喝地写个没完，烧个没完。大家都很害怕，我急了，我冲到她面前对她说，我说，陈香你别白费心机了，小船根本不识字，他——看——不——懂！我这么一吼，把她吼醒了，她突然望着我惨叫一声，昏了过去……你说，我为什么不恨你？"她望着他，突然说不下去了。

原来是这样，他想。原来是这样啊。这是一个什么样的女人哪！他在毫不知情的情状下居然改写了这样一个女人的一生。他重新打开了那封信，怀着凛然的感动细细地读完了它，当读到结尾那几句："假如，你走在一条乡野间的大路上，如洗的蓝天下，金黄的杨树，或者，银杏树，与你突然遭遇，那时，你会被这种纯粹的辉煌的美所深深打动，并且，你会理解，为什么有的人终其一生要走在这样的路上，就像你的生身父亲。"他一阵眼热鼻酸，尽管阴差阳错，可那正是他青春时

354

代的理想，是他曾经向往的人生。他读着它们，就像在和另一个自己会晤。

也是在会晤一个知己。红颜知己。

"她，这个陈香，她现在在哪儿?"许久，他抬起脸问对面的女人。

明翠笑了，那是一个讽刺的讥笑："我为什么要告诉你呢?你是谁? 赵董还是赵总?"

四、仁者爱山

北方，某山区，一个新的希望小学建成剪彩。那是个很深的深山里的村庄，从前，只有一条羊肠小路通向山外，交通十分不便。后来，有了这条公路，村里的年轻人沿着这条路走出了山外，去外面的世界闯荡、怀着梦想打工挣钱，渐渐地，村庄里剩下的大多都是孩子和老人。

某房地产公司援建的这所希望小学，很漂亮，也很结实。整体浇筑的结构，外墙采用了本地取材的青石料，和这大山、和这干净的天空、和村庄的其他建筑十分吻合。除了主教学楼，还附带了配楼，用来做学生公寓和教工宿舍。剪彩这天，很热闹，市里、县里都来了人，还有媒体，公司来了最高首脑。热闹过后，嘉宾们星散了，这公司的老总却提出了要求，说是想在山里留宿一晚。他说他喜欢这山里的空气。

就留下来了。

秋天，正是山里最美丽的季节，阔叶的树、针叶的树，都变了颜色，四顾一望，层林尽染，浅黄、橙黄、明黄，还有火焰般的红，把秋山渲染得如梦境般辉煌斑斓。叫不出名字的野草，有许多结出了小小的果实，颗颗如同艳丽的玛瑙粒，在微风中摆荡。空气是香的。

"真美——"老总站在山坡前慨叹。

女校长陪同着他，她听惯了外来者这样浮光掠影的感慨，笑笑，没有说话。她在想着更现实的事，今天晚上，怎样安排这位贵宾的下榻之处。新建成的学生公寓和教师宿舍还没有启用，里面还都是四壁空空的空屋。

"赵总，"她迟疑地叫了他一声，"村里有一对刚刚结婚的小夫妻，一结婚就结伴出去打工了，他们的洞房是新石窑，空着，我让人给您收拾出来，今晚，您住那里，您看行不行？"

赵总，赵善明回答说："校长，不用麻烦人家，我就住学生公寓，我打地铺就行——就当是给新校舍暖房了。"

"那哪行！"女校长着急了，"山里的秋天，到晚上，很凉的。这样吧，学校里还有间窑洞，空着，是给志愿者准备的，您要是不介意的话，我这就让人去打扫出来，生上炕火。"

"行，这样就好，给你添麻烦了，真不好意思——先说好，晚饭你千万别张罗，你给你那些留守孩子吃什么，我就吃什么。校长，我——"他笑了，"说句粗话，我还不那么太装丫!"

这话，把女校长逗笑了。

太阳坠落了，黄昏来临了，鸟鸣声突然变得响亮，孩子们吃完了晚饭，在学校空场地上跑着、闹着、跳着。他们的爸爸妈妈都在远方的城市里打工，现在，学校就是他们的家。

伙房被临时布置成了餐厅，两张课桌拼在一起，变成了一张长桌。上面，蒙上了一块当地老乡手织的土布做桌布，一把结着红果实的野草，颇有几分姿态地插在一只玻璃水杯里，袅袅娜娜，点缀着餐桌的气氛。餐桌上，金黄的小米粥、煮好的老玉米和南瓜、用葱花爆炒出来的山药蛋"布烂子"、真正的笨鸡蛋摊出的鸡蛋饼……每一样都是最平常的材质，可是每一样，都诚心诚意。面对着这样一张餐桌，客人突然十分感动。

"校长，你，谢谢你了。"

"您怎么这么说？我们应该谢您……这么好的新校舍盖起来了，这方圆几十里、百里的孩子们，都会受益。赵总，谢谢您!"女校长边说边斟满了酒杯，那酒，也是本地的白酒，"我敬您一杯!"说着，她端起一杯一饮而尽。

客人也端起来一饮而尽。

"校长，听说你本来是来山里支教的志愿者，怎么就留下来了？"他借着酒劲突然这么问。

"我喜欢这儿。"她回答，"还有这儿的孩子。"

"是吗？"

"当然是。"她望着他。

他们相互对望了一会儿。他笑了。

"仁者爱山，智者爱水，看来你是仁者。"他说。

"我猜，你大概爱水，对不对？"她也笑了，举起了酒杯，"智者，干一杯。"

他们干了。

他放下了酒杯，望着她，灯下的她，突然说道："我从前是个诗人。"

她微微一笑："是吗？从前，我也很爱诗。"

"我想说的是，我从前是个诗人，可我大概从来没有爱过诗。"他说。

"为什么这么说？"她回答。

"诗其实很残酷，对吧？"他望着她。

"你问我？"

"对。"

她笑笑："美的东西都很残酷。"

就在这时，门外突然有人喊："赵总！赵总！"门帘一掀，两个男人前后脚进来，原来是这村里的村长和书记，他们是来请贵客去吃酒的，"赵总啊，走走走，那边都准备好了，一桌人都等着呢！山里没有好茶饭，可也不能怠慢贵客！赏个脸，不去？不去可就是看不起我们山里人啊——"他们连说带拽，客人根本没有招架的余地，一阵风似的，他们席卷他而去。

如画的餐桌旁，只剩下了女主人。

深夜，几个人把他送回了学校，他醉了，他的司机扶着他，架着他，走得东倒西歪。她一直在等他，临时收拾出来的那间"客房"，此刻，窗明几净。炕烧得很暖，被褥也都是在太阳下晒出了香味的被褥。那瓶野趣盎然的小野果，摆在了房间醒目的地方，给这朴实无华的窑洞平添了几分柔情和姿色。他们扶他进来，让他躺下，他说："我没醉——"然后他在一群人，一群闲人后面看见了她，女主人，他冲她一笑，说道："我从前是个诗人——"话音没落，他"哇——"一声吐了。

第二天早晨，太阳刚刚升起的时候，他要出发了。山里的早晨，有一种神秘的宁静，山岚若隐若现，如同山的隐衷。四面山坡上，每一棵树都沉默着，那沉默很坚韧，而鸟鸣声则铺天盖地。他的奔驰越野车停在学校的空场上，她带着她的学生来给他送行。

"不好意思，昨晚让你看笑话了。"他对她说。

"谁没有醉过？"她回答，"我也有。"

他望着她，千言万语，涌动着，却一句也没有说出。一句也没有机会说出。他知道，是她不给他机会，她那张波澜不惊的、平静的、受尽磨难的脸，沧桑的脸，不给他机会。他笑着，向她伸出手，心里却觉得忧伤和怅然。

他说："再见！"

她握住了他的手，说："再见！"

他打开车门，向她，向孩子们挥手，就在这时，孩子们，她的学生们，突然间，用清脆的、天籁般的童声，鸟鸣般的童声，齐声朗诵起来：

> 也许，我是天地的弃儿，
>
> 也许，黄河是我的父亲——

他惊呆了。

这久违的、这石破天惊的声音，这重如千钧的礼物，让他震撼。

也许，我母亲分娩时流出的血是黄的

它们流淌至今，这就是高原上所有河流的起

源……

他寻找着她的眼睛，他看到了那里面的泪光。被阳光照耀着的、美如霞光的泪光。他知道不需要再说什么了，他乘车而去，泪流满面，把他纯真的青春时代留在了黄尘滚滚的身后，留给了陈香。

2010 年 4 月 26 日于北京顺义东方太阳城

图书在版编目（CIP）数据

晚祷 / 蒋韵著 — 北京：作家出版社，2015.9
（名家小说集）
ISBN 978-7-5063-8292-2

Ⅰ. ①晚… Ⅱ. ①蒋… Ⅲ. ①中篇小说－小说集－中国－当代
Ⅳ. ①I247.5

中国版本图书馆 CIP 数据核字（2015）第 218828 号

晚祷

作　　者：蒋　韵
策 划 人：杨晓升　罗　英
责任编辑：张　平
装帧设计：薛冰焰
出版发行：作家出版社
社　　址：北京农展馆南里 10 号　　　　　邮　　编：100125
电话传真：86-10-65930756（出版发行部）
　　　　　86-10-65004079（总编室）
　　　　　86-10-65015116（邮购部）
E-mail：zuojia@zuojia. net. cn
http://www.haozuojia.com（作家在线）
印　　刷：北京市玖仁伟业印刷有限公司
成品尺寸：130×135
字　　数：184 千
印　　张：11.5
版　　次：2016 年 1 月第 1 版
印　　次：2016 年 1 月第 1 次印刷
ISBN 978-7-5063-8292-2
定　　价：35.00 元